麦积山石窟历史纪事
WANGSHIYUEQIANNIAN

董广强 / 著

甘肃人民出版社

图书在版编目（CIP）数据

往事越千年：麦积山石窟历史纪事 / 董广强著. --兰州：甘肃人民出版社，2020.2
ISBN 978-7-226-05511-3

Ⅰ. ①往… Ⅱ. ①董… Ⅲ. ①历史故事－作品集－中国 Ⅳ. ①I247.81

中国版本图书馆CIP数据核字(2020)第005937号

责任编辑：李依璇
封面设计：董世强

往事越千年：麦积山石窟历史纪事

董广强　著

甘肃人民出版社出版发行
（730030　兰州市读者大道568号）

兰州新华印刷厂印刷

开本 787毫米×1092毫米　1/32　印张 13　插页 5　字数 310千
2020年6月第1版　2020年6月第1次印刷
印数：1~5 000

ISBN 978-7-226-05511-3　　定价：88.00元

序

讲好麦积故事,感受历史人文

"往事越千年,魏武挥鞭,东临碣石有遗篇。萧瑟秋风今又是,换了人间。"

每一处历史遗迹,都有着说不完的历史故事。千余年的时光让历史遗迹愈加厚重。

麦积山石窟从公元400年前后开凿佛窟、塑造佛像。至今为我们保留下来221个洞窟、7800多尊造像、1000余平方米的壁画。

我们给游客讲解的时候,重点都是讲述塑像如何精美、如何代表那个时代,壁画内容如何丰富、引人入胜,洞窟建筑如何宏伟、精雕细构。这些都是我们能直接看到的、感受到的,但是我们却忘记了一个最根本的内容——这些物质化的形象,都是由人来创造的。

但是，这些人都离我们远去了！

在我们的研究中，都是将这些内容提升到艺术的高度，探讨艺术之美、艺术源流、艺术风格、艺术特征，而这些研究，都忽略了这些艺术作品背后的人文。仿佛这些建筑、艺术品凭空而出，没有人间烟火。失去了人文，这些塑像所表现的美是外在的、物质的、不完美的、残缺的。

我们离古人太远了，我们总是高高在上地俯视着古人。我们缺乏一种近距离融入古人、接近古人、理解古人、对话古人、相望古人、携手古人的视角，以至于我们越"研究"，反而距离古人真实的状态越遥远。

麦积山石窟的这些窟龛、佛像、壁画，都是由人创造出来的。这些供养人、工匠、僧人，有生活、有悲欢、有苦痛、有无奈、有彷徨，我们现代人所有的生活状态，他们都具有。他们就是我们的过去，我们从他们中间走来。我们需要去感受他们的悲欢离合，我们需要去触摸他们的心灵起伏，我们需要和他们把酒言欢、金樽对月，我们需要和他们相执无言、泪眼濛濛。

麦积山石窟，一千六百年，经历了多少人、多少事。这些雕凿的窟龛、佛像、壁画等得以保留下来，但是那些人、那些事却飘散在岁月里、沉淀在长河中。我们需要去静下心，去倾听古人的声音。我们需要向现代的人传递一个完整的麦积山、一个令人心潮澎湃起伏的麦积山。

坚韧的高僧、虔诚的供养人、悲苦的少年僧人、独镇一方的刺史、意气风发的都督、出家为尼的皇后、挥剑领军的将军、建造佛龛的皇子、无奈隐居的大臣、登高远望的诗人……一个一个活生生、有血有肉的历史人物清晰地呈现在我们面前。

从大众的角度看，诸如洞窟形制、艺术风格、流传演变、宗教内涵等这些在专家视野中十分重要的研究内容，其实跟社会大众没有什么关系。大众更关心的是在这一千六百年里，为什么在这里开窟、都有些什么人、发生了什么事，大众能从这些人和事中感受到什么等等。

所以用故事的方法讲述麦积山，应该可以被更多的读者接受，在严谨考据的基础上，将历史上围绕麦积山石窟发生的事件用叙述和身临其境的手法表达出来，让读者在轻松、自然的阅读状态下深度了解麦积山，让麦积山石窟的历史文化走出历史迷雾，以更清晰、更完整的面目呈现在读者面前，这应该是研究者的任务之一。

石窟研究工作应该走出象牙塔，在"用匠心呵护遗产，以文化滋养社会"的宏观目的下，将历史文化转换为社会大众可以接受并乐意接受，同时可以轻松接受的文化产品，是研究者的责任和担当。只有如此，麦积山石窟文化才能得到真正的传承，真正能在社会发展中达到文化滋养的目的。

但愿，这本书能得到更多人的喜欢，更多的人能感受到麦积山石窟的文化魅力。

第76窟北魏藻井《供养飞天》

目录

天　水 / 001
祁　山 / 017
割　据 / 043
玄　高 / 065
供　养 / 089
刺　史 / 111
古　道 / 129
西　行 / 149
废　后 / 173
隐　士 / 195
庾　信 / 211
秘　藏 / 231
皇　子 / 261
诗　圣 / 279
罢　使 / 291
巡　游 / 305
圆　通 / 329
申　诉 / 347
经　藏 / 369
暮　色 / 389
后　语 / 405

天水
TIANSHUI

:: 麦积区的渭河

:: 陇南西汉水

天水市，位于甘肃省东南部，南靠秦岭、北依陇山，年平均降水量750毫米～800毫米，气候温润，有"陇上江南"之称，和多数人概念中的"西北"有很大的区别。

"天水"之名，源于汉武帝时期。这个地名充满了一种诗意。

在遥远的地质年代，这片土地是黄土高原的一部分，厚厚的黄土沉沉地覆盖着这片区域。

后来，形成了两条河流，一条向东流，一条向南流。向东的称为渭河，向南的称为西汉水。

渭河流进黄河，西汉水辗转流进嘉陵江。

这片土地自然地也就位于黄河流域和长江流域的分水岭。

两条河流及其众多的支流在这片土地上纵横切割，留下了千沟万壑。

有些沟壑逐渐扩展，形成了宽阔的河谷平原。

众多的河谷平原在渭河、西汉水及其支流两侧逐渐形成。

这些河谷平原、盆地，在地质学上称为"串珠状盆地"。

以河流为丝带，串起了这些珍珠。

极其富有诗意，恰如其名。

厚重的黄土以及宽阔平坦的河谷为先民提供了便利的农业条件，远古的先民就在这片土地上生息繁衍。

清水河是一条绵延很长，但是很小的河流，流入葫芦河，再注入渭河，是渭河的二级支流。

清水河谷宽阔平坦，远古时期应该是水草丰茂，林木参天。

大地湾文化就孕育在这里，距今八千年。

:: 天水地区黄土地貌

发掘的遗址中有著名的 F901 房址，系一座大型原始宫殿式房屋建筑遗存，具有"前堂后室、东西厢房"的结构。处于遗址区域的较高位置，可以俯视整个大地湾聚落遗址。大约是长宽 20 米 ×20 米的建筑（部分残损），占地 420 平方米，外侧有厚重的夯土墙围护，保存较完整的多间复合式建筑，结构复杂，布局严谨，规模较大，技术先进，不仅是大地湾遗址发现的房址之最，也是中国新石器时代迄今为止发现的规模最大、最具重要性的特殊建筑。

宏大的规模，让我们对当时的生产力、社会组织形式等有了更多、更深入的认识。

当时为了取暖，在室内生火就是必须的，在大地湾的每个房间里，我们都能看到火坑的痕迹。

草房木构，失火就是经常的事情。消防安全也是必须考虑的，当然，这是现在的表述。

在 F901，我们发现了当时的消防设施。

这个宏大的房间内有很多粗大的柱子，这是引起火灾的最大隐患。

用泥巴将木柱包裹起来，将火源和木柱在一定程度上隔离起来，这是在当时的材料下，所能想到的最好、最先进的做法，也是切实有效的做法。

如今,我们在室内的各个柱子遗迹周围,看到这些外围的泥巴,应该是我们能看到的最早的建筑消防设施。

面对这些设施,我们已经不能以"原始社会"这个词来想象那个年代了,他们的文明程度远远超出我们多数人的想象。

渔猎、耕种、饲养、信仰、审美、家庭、舞蹈、文字等,都在那个时期成熟或者是具有雏形。

先秦时期,这里居住的是"戎"。

或许是史前遗址如大地湾先民的后代,逐渐繁衍生息后扩大了族群,或许是从其他地区迁徙来的部族,总之,这里已经居住了很多人,在每个河谷、每个平缓的山坡上都有人类居住。

东夷、西戎、北狄、南蛮, 是先秦时期以中原为中心对周边民族的称呼。

夷,本字是一个"人"一张"弓";戎的本字是一个"戈"

∷ 大地湾原始村落复原

和一个"甲"(铠甲);狄则是一"犬"和"火";蛮则是"丝"和"虫"。

这些字的原始本意都是对当时周边民族生活状态的一种描摹,如渔猎、饲养蚕桑等,并没有歧视之意。

总之,当时的中原人都认为西部的民族都好战,戈不离手、甲不离身。

只是随着后来的历史推进,被赋予了其他的含义,比如野蛮、不懂礼节、茹毛饮血等。

也许,《诗经·秦风·无衣》正是记录了这种好战的民族特点:

岂曰无衣?与子同袍。王于兴师,修我戈矛。与子同仇!
岂曰无衣?与子同泽。王于兴师,修我矛戟。与子偕作!
岂曰无衣?与子同裳。王于兴师,修我甲兵。与子偕行!
一种同仇敌忾、无畏强敌、浴血沙场的气势扑面而来!

而《诗经·秦风·小戎》就是记录这个地区戎的生活状态:

小戎俴收,五楘梁辀。游环胁驱,阴靷鋈续。文茵畅毂,驾我骐馵。言念君子,温其如玉。在其板屋,乱我心曲。

四牡孔阜,六辔在手。骐骝是中,騧骊是骖。龙盾之合,鋈以觼軜。言念君子,温其在邑。方何为期?胡然我念之!

俴驷孔群,厹矛鋈錞。蒙伐有苑,虎韔镂膺。交韔二弓,竹闭绲縢。言念君子,载寝载兴。厌厌良人,秩秩德音。

其中的"板屋"是当时民众居住房屋的基本形态,在《汉书·地理志》中也有记载:天水、陇西,山多林木,民以板为室屋。及安定、北地、上郡、西河,皆迫近戎狄,修习战备,高上气力,以射猎为先。故《秦诗》曰:"在其板屋。"

在张家川马家塬的战国墓地中,发掘了很多大型墓葬,出

:: 川北、陕南等地区的板屋

土了很多辆装饰豪华的车。

　　这处墓葬普遍被认为是戎族部落的墓地。

　　各种镂空的金银装饰，各种豪华的点缀，工艺之复杂和精巧，以及和东方的海滨之地、西方的游牧草原之间的文化交流，再次刷新了我们对"西戎"的认识。

　　我们对那个时代的认识远远不够！

秦人并非是这片地区的原生民族，而是从遥远的东方迁徙而来。

商王朝鼎盛时期，秦人是属于忠于商朝的民族，而活动在西北部的周族也是商王朝的心腹之患。为了监视和牵制周族，商王朝将秦人迁徙到西北一带。

秦人也就不辱使命，时常骚扰周族。

根据现今的调查和研究，秦人早期生活的区域是在西汉水流域，也就是现今的陇南市范围内。

在遥远的地质年代，这条河流是汉水的上游，向南流过汉中盆地，再注入长江。

现今的陕西省汉中市位于汉水中游，所以命名为汉中。

公元前186年，陕西宁强、略阳一带发生强烈地震，造成了大面积的山体滑坡，阻断了汉水河道，汉水被迫改道注入嘉陵江。

:: 马家塬墓地出土车辆复原

:: 西汉水流域出土的先秦青铜器

原来的汉水被分为两条河流,在天水范围内的称为西汉水,汉中的仍称为汉水。

西汉水的发源地是嶓冢山,而后来人们给汉水也寻找到了一个发源的山脉,也命名为嶓冢山。

天水的名称和这条河流息息相关。

"天水"之名的来源问题,是本地人最为关注的话题。目前的说法超过十种。

"天水郡,武帝元鼎三年置(公元前114年)。"出生在大约五百年后的北魏地理学家郦道元在《水经注·渭水》篇中记载,"上邽县……五城相连,北城中有湖水,有白龙出是湖,风雨随之,故汉武帝元鼎三年,改为天水郡。"

这是有关天水的最早记载,并在民间演绎成为了"天河注水"的美丽传说。

但是众多的专家学者并不认可郦道元的这种说法,认为"白龙、风雨"之类纯粹是民间无稽之谈,不可信。

专家从历史考据的角度,提出多种看法,比较重要的有以下几个。

:: 西汉水、汉水大地震区域示意图

:: 西汉水源头嶓冢山(现称齐寿山)

:: 银河（摄图网）

《周易》说：天水一词语出《周易》的《讼卦》，"天与水违行，讼"，讼是争吵、争斗的意思。天水西边高峻，渭河东流，天和水方向相违背，合乎"讼"的特征。在此之前，汉朝和匈奴进行了多次大规模的战争，出于国家战略的考虑，以"天水"命名关中西向的第一道屏障。

阴阳五行说，取自"天一生水"。

西汉水说，生活在西汉水流域的秦人，仰望天空，天上有闪亮的光带，这就是银河，秦人认为那是天上的河流，和身边的汉水有密切的关系，将其命名为云汉或者是天汉。天上地上两条河流相通，也就将这片土地命名为天水。

纪信诳楚说：

公元前204年夏五月，刘邦被项羽围于荥阳（今河南荥阳县），在荥阳危在旦夕、城破兵败的紧急关头，部将纪信装扮成刘邦的模样欺骗楚王出城投降，而刘邦乘隙从荥阳城西门逃走。项羽被欺，一怒之下烧杀纪信。纪信生前替刘邦而死，死后被封为天水城隍，天水市城区有"汉忠烈纪将军祠"。刘邦在汉中称王而称国曰"汉"，而汉水的发源地在天水，让纪信这样的忠臣烈士到天水当城隍，镇守汉水之源，则表达了其希望国运长久，帝祚永享这样的观念。即如汉水之源永浚不息，这个意义是明显的。汉武帝元鼎三年（公元前118年）设天水郡，正是寄托了汉朝统治者代代延续的美好期望，以及其对立国为汉的深刻记忆。他们希冀刘汉王朝的统治如天汉一样高悬永存，如汉水一样源远流长，"天水"地名的象征意义不言而喻。

◇ 知识链接

大地湾

位于甘肃省天水市秦安县东北的五营乡邵店村，分布在葫芦河支流清水河南岸的二、三级阶地相接的缓山坡上。

为新石器早期及仰韶文化早、中、晚各期文化遗址，遗址面积约275万平方米，文化层厚1~4米，距今4900—8120年，是中国西北地区考古发现中最早的新石器文化，1988年被公布为全国重点文物保护单位。

大地湾一期房址为圆形半地穴式，仰韶早、中期为方形或长方形半地穴式，晚期多为平地起建，面积加大，结构复杂，出现F405、F901、F411等大型房子。F411发现人物地画，F901出现类似现代水泥地面。各期房址均有部分地面抹有白灰面。

目前有大地湾遗址博物馆和原始村落复原。

板屋

一种民居建筑形态，指建筑的墙壁、屋顶等全部是采用木板维合。这种房屋的保温性差，所以其存在的地理范围仅限定在年平均气温在12℃以上的地区。

先秦时期，天水地区的年平均气温要高于现在2℃左右，适宜板屋的存在。

在《诗·秦风·小戎》篇曰："在其板屋，乱我心曲。"《汉书·地理志》也有："天水、陇西，山多林木，民以板为室屋。"《南齐书·氐羌传》记载："（仇池）氐于上平地立宫室果园仓库，无贵贱皆为板屋土墙。"郦道元在《水经注》中记载，"汉武帝元鼎三年，改为天水郡。其乡居悉以板盖屋"。北朝时期的板屋形式有点改变，是为"土墙板屋"，说明这个时期天水年平均气温较先秦时期降低。

板屋目前在川北、甘肃陇南的武都等地都还广泛存在。

西汉武都大地震

陕西汉中的汉水和天水的西汉水，在上古时期是一条河流。

"（高后二年，公元前186年）春正月乙卯，地震，羌道、武都道山崩……崩，杀七百六十人；地震至八月乃止。"此次震中约在今陕西略阳、宁强一带。

造成今陕西宁强汉王山一带山体发生巨大滑坡。山体滑坡阻断古汉水，并在古汉水上游形成规模极为巨大的堰塞湖。至前161年，堰塞湖水南向溢流而夺古潜水河道下泄，又在龙门山以北的阳平关谷地形成新的堰塞湖。随着堰塞湖的消失，到约8世纪，古汉水的上游完全和嘉陵江合并为一条河流。

天水汉忠烈将军纪信祠（城隍庙）

祁山
QISHAN

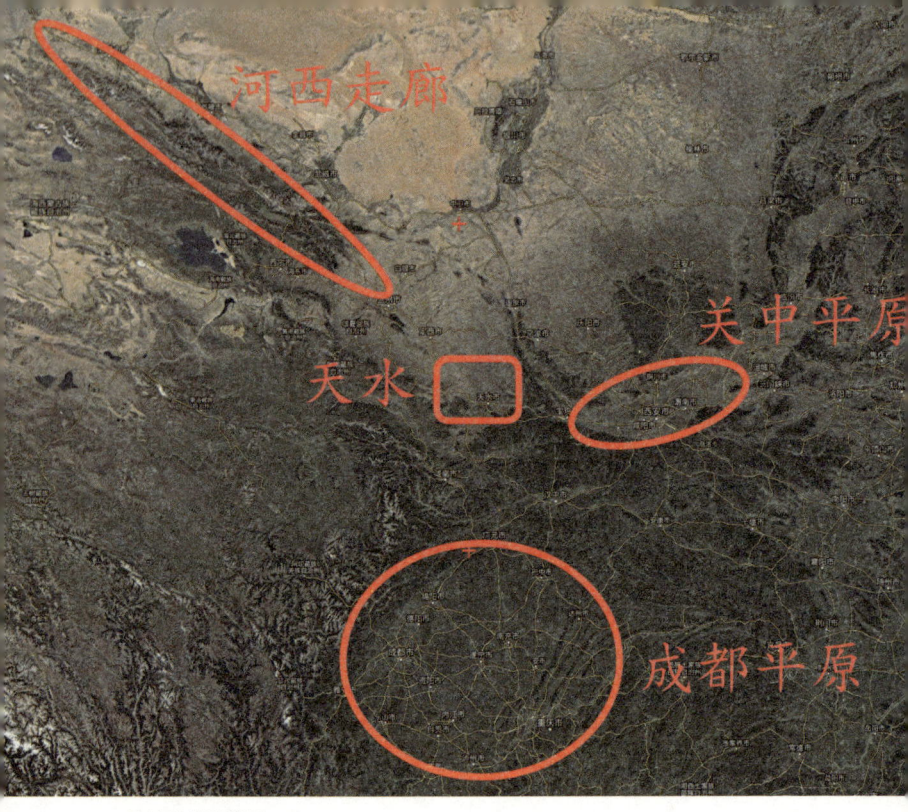

:: 天水周边地理形势图

　　天水介于关中平原、河西走廊、四川盆地之间，在古代军事地理方面极为重要。

　　陇山是关中平原的战略屏障，所以，古代占据关中的割据政权必须先守住天水，而其他政权要夺取关中，也必须先占领天水。

　　所以，天水在古代王朝分裂的时期极为重要，如三国、十六国、五代十国等时期，天水都是必争之地。

　　我们以三国时期诸葛亮争夺天水为例。

　　建兴五年（227年），诸葛亮向后主刘禅上《出师表》：

先帝创业未半，而中道崩殂，今天下三分，益州疲弊，此诚危急存亡之秋也……

以此掀起了北伐曹魏的序幕。

次年（228年）春，诸葛亮第一次兵出祁山。

祁山在天水的西南方向，现今的道路里程为80公里左右，道路和古代完成重合，在古代道路里程也不会超过110公里。

如果是骑兵突袭，也就是一天半的路程。

天水和祁山之间有西汉水，全程河谷，没有任何阻碍。

诸葛亮这次对天水是志在必得。

当时曹魏都城在洛阳，天水和关中长安之间，有陇山相隔，天水及其以西区域，被称为陇右。

除了天水以外，曹魏的势力范围还包括河西走廊地区。

但是陇右以及河西地区，在汉代都是属于少数民族为主的地区，曹魏对陇山以西的控制力并不是很强，这里的少数氏族、羌族等对曹魏政权的认可度很低，向心力不强，时叛时服。

一则有天然地理阻隔，再则民心离叛，诸葛亮正是看到了这一点。

如果出兵天水并占领这片区域，可以借助陇山相隔和曹魏进行长期的军事对抗，完成对曹魏的半月形战略包围；再则可以联络氐羌共同抗曹，至少，这些少数部族不会成为自己军事上的后顾之忧。

这样的战略构想可以说是完美的。

但是要完成这样的战略有两个前提条件，一是要保障好天水和川蜀之间的交通线路，使军事力量、后勤粮草能及时供应；二是要控制住天水和长安之间交通要点，防止曹魏军队直接大规模对抗。

∷ 祁山堡远景、俯视、近景图

:: 诸葛亮塑像（天水南郭寺景区）

占据天水的首要目的是在陇山以西站稳脚跟，并以此为根据地向长安进兵。

而蜀军占领天水，曹魏军队必然会翻过陇山来战。

所以，诸葛亮占据天水第一阶段的战略目的应该是稳扎稳打，做好长期作战的准备，在前线占领据点和曹魏军队消耗战，以腾出时间在天水站稳脚跟并向西发展，彻底将陇右、河西作为自己的势力范围。

而作为曹魏来讲，天水被蜀军占据，中原和河西之间就被完全割断，河西走廊被蜀军完全占据是很快的事情。

所以，曹魏的军事战略就是快速进军，在最短的时间内击破蜀军并将其赶出天水、退回川蜀。

一方是需要持久战，一方是需要闪电战，双方的战略完全不同。

天水至巴蜀有秦岭隔绝，大家都知道其中的交通难度，要

:: 三国形势和天水、陇西、安定三郡位置

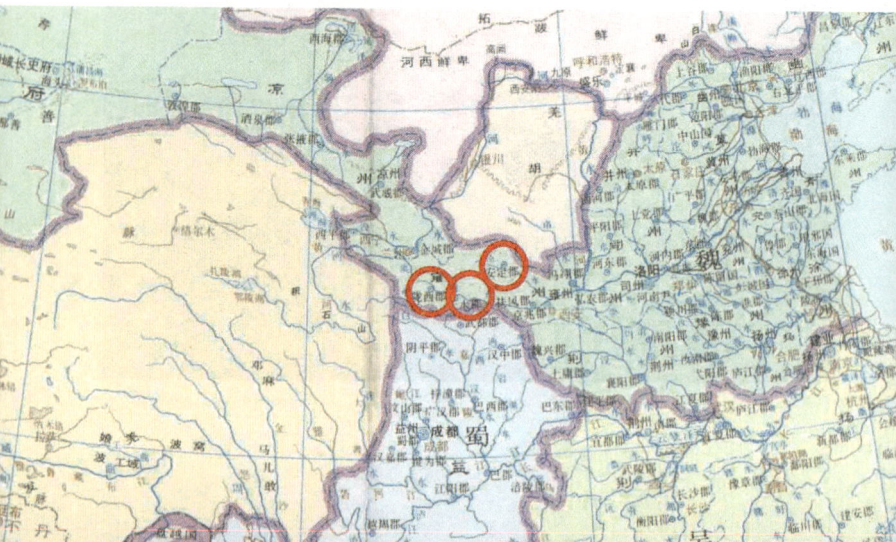

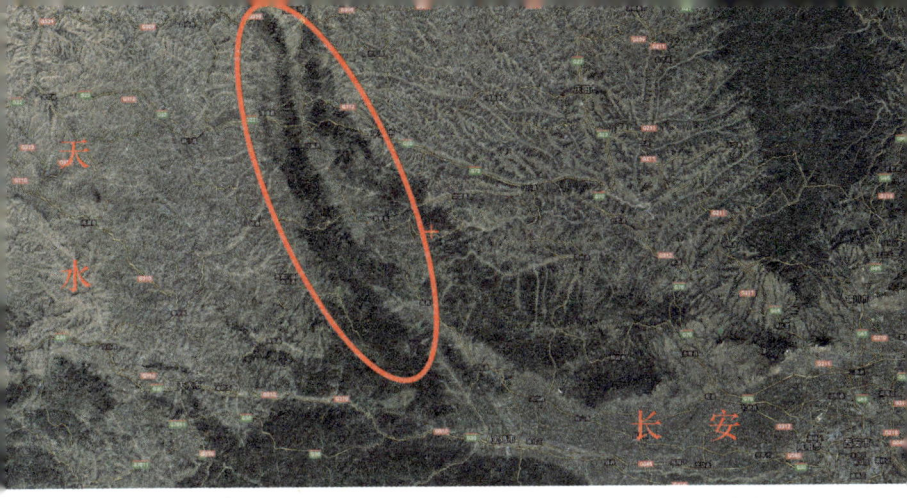

:: 天水、陇山、长安关系图

供应数万大军的粮草和军械，难度确实很大。

天水至巴蜀之间的交通道路，在这个时间只有祁山道，大致是从天水—祁山—礼县—武都—文县—平武县（陕西省）—江油（四川省），著名景点九寨沟就在这条路上。

蜀军首先攻破了阴平、武都等地，这些位于山间的小城驻扎的军队很少，再加上出其不意，很快就占领了。

然后蜀军进军祁山，这就算是建立了攻击陇右的桥头堡。

蜀军到达天水后，没有经过什么战斗，天水郡、南安郡（今陇西市，在天水西）、安定郡（今平凉、庆阳的部分地区）等几个地区都"叛魏应亮"。

此次北伐，诸葛亮带领的军队应该有 7 万～10 万人，人多势众，声势浩大。

安定郡和南安郡，蜀军应该还没有到达那里。

造成这种局面，可能是蜀汉树立的"匡扶汉室"的旗帜起到了一定的作用，陇右各地的民众、官员等还是不认可曹魏政权。

另外一点，陇右安居西北，三国纷乱时期未经受大的战乱，兵备松弛，突然听到蜀军来攻，无力抗击，只好降城。

再或者，诸葛亮前期派人对这些区域的少数部族首领做了一些工作。

结合曹魏和刘蜀之间的政治态势以及陇右地区的民族背景，这个"叛魏应亮"事件，应该首先是各个地区的少数民族首先响应诸葛亮，起兵反叛，并挟制朝廷官员，其中本地提拔的官员应该是起到了很大的作用。

这就为雍州刺史郭淮不信任本地官员姜维埋下了伏笔。

如此一来，三郡反叛，中原和河西之间完全阻断，西域断绝，所以会"关中响震"。

蜀军攻击天水，《三国志》中有"蜀军垂至"的描述，在这里，"垂至"二字的运用相当经典，突然垂直到达，就是"从天而降"。

因为在此之前，诸葛亮派出赵云、邓芝等作为疑兵，从汉中出发，沿着褒斜道向长安方向进兵，魏国派出大将军曹真驻扎眉县（陕西境内）和赵云对抗。

魏军的注意力都在赵云那里。

而诸葛亮则出祁山，出其不意，并且保密工作做得也很好。

数万军队从天而降，使天水周边郡县大感意外和惊恐，纷纷叛降。

诸葛亮也知道周边郡县叛降只是表象，魏军肯定很快会从长安赶来，当务之急是派出军队在魏军来的路口上驻扎，阻挡魏军。

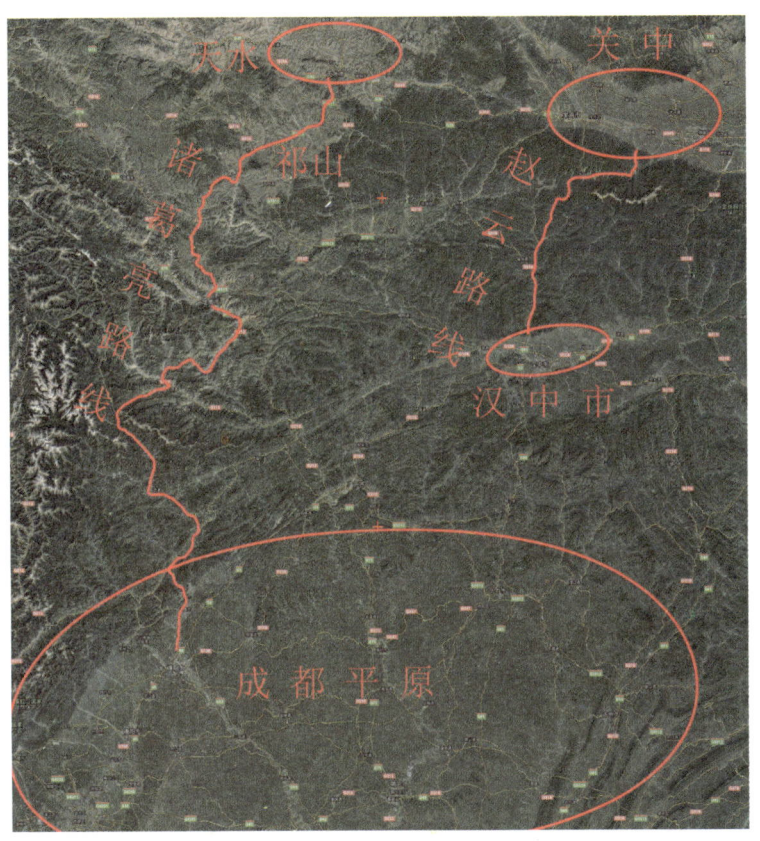

:: 诸葛亮和赵云出兵路线

阻挡魏军的军队应该担当的是长期驻守、和魏军拼持久消耗的战略目的，这样就可以腾出时间来对天水、南安、安定等郡县实施有效的统治管理。

这些郡县能很快叛魏降亮，也能很快叛亮降魏。

而且这个时候，还有很多的地方没有"叛魏降亮"，仍然是举着曹魏大旗坚守城池和蜀军对抗。

陇西太守张既据陇西对抗蜀军,对围城的蜀军将领说:"卿能断陇,使东兵不上,一月之中,则陇西吏人不攻自服,卿若不能,虚自疲弊耳。"

攻击陇西的蜀军将领可能是魏延,出发前魏延被授予"凉州刺史"。

只要能阻断从长安来增援的军队一个月的时间,天水周边就完全可控。

在已经占领的地区派驻军队、任命官员、安抚民心、征收粮草等,有很多工作需要做。一个月是最短的时间要求。

时间在这个节点显得特别重要。

诸葛亮的目光从军事地图上仔细、认真查看了无数遍,也请了当地的人士进行询问,最终将目光停留在了"街亭"。

两汉三国时期,天水和关中地区的交通道路有两条,一条是陇关道,另外一条是陈仓渭水道。

陇关道就是翻越陇山,路线是:长安—岐山县—凤翔县—千阳县—陇县,其中从凤翔县到陇县是沿着千河上行。在陇县翻越陇山(或称为关山),翻过陇山后就是天水市张家川县。

这条路上有个著名的关口—大震关,传说汉武帝路过这个关口的时候,遇到惊雷,故名大震关,现在称为固关,有固关镇。

陈仓渭水道就是从宝鸡沿着渭河前行,到达天水,从路程上要远远短于陇关道,但是高山险峻,水流湍急,峡谷相逼,很少有平坦的河谷道路,所以这条路在古代不能称为真正意义的道路。

现今的天水—宝鸡高速公路就是沿着这条道路修建而成。

:: 陈仓渭水道景象（天宝高速）

东汉建安十九年（214年），西凉马超兵围祁山，夏侯渊"使张郃督步骑五千在前，从陈仓狭道入，渊自督粮在后。郃至渭水上，（马）超将氐、羌数千逆郃。未战，（马）超（败）走"。这里的"陈仓狭道"就是陈仓渭水道。

这种道路不利于大规模军队进兵，所以魏军从陇关道进兵天水是最大可能。所以在这条路上适当的节点建立军事据点，和魏军消耗时间，是诸葛亮的基本战略。

确定好了具体的军事位置，下一步就是选择具体的将领。在众多的将军中，马谡进入了诸葛亮的目光。

马谡，襄阳宜城人，"才器过人，好论军计"，但是刘备对此人却很有意见，在去世前特意叮嘱诸葛亮："马谡言过其实，不可大用，君其察之！"但是诸葛亮却没有认识到这一点，对刘备的意见不以为然。

在确定驻守街亭的将领时，大家都认为魏延、吴壹等人都是先锋官的最佳人选，久经大战，经验丰富。

但是诸葛亮却没有听从大家的意见，"违众拔谡，统大众在前"，当时反对马谡为先锋官的人非常多。

诸葛亮如此信任马谡，有两点依据，其一是马谡经常和诸葛亮彻夜长谈，其军事思想和诸葛亮完全一致；其二是在建兴三年（225年）征伐南中（云南、贵州等地）之前，马谡建议以征心为上，保障了南方的稳定，为北伐奠定了基础。

但是马谡所提的都是理论，本人也没有经过大仗的实际性考验，现场经验十分缺乏。

诸葛亮决定给马谡一个实际带兵、独立指挥作战的机会。

他太信任马谡了。他忽略了街亭涉及北伐全局，这个位置一旦出现问题，就会满盘皆输。他没有留下任何回旋余地。

无论怎样，马谡带领先锋部队出发了。

诸葛亮对马谡的布置是"据城以守"，可见当时街亭有城池。依靠牢固的城池，和魏军消磨时间，以达到先稳定陇右、再军事对抗的战略目的。

但是，马谡却"违亮节度，举措烦扰，舍水上山，不下据城"，将部队在半山上扎营立寨，将山下的平坦河谷、道路让给对方。

马谡此举确实让人费解。诸葛亮已经很具体地安排了营寨位置，他为什么会"违亮节度，舍水上山？"

其手下的将领王平也反对马谡的做法，但是马谡不为所动,坚持己见。

另外一个将领高祥屯列柳城,作为掎角之势,从列柳城这个名字看,柳树成行,必然是靠近河谷位置,符合诸葛亮此次用兵思想。

我们现在分析马谡,应该是没有理解诸葛亮此次出兵陇右的战略思想。

在街亭这个位置,按照诸葛亮的计划应该是长期据守,迟滞魏军,为建立稳固的后方基地争取时间。

诸葛亮需要一个月的时间来安定陇右,而不是和魏军直接对抗。

在山坡上扎营,并且舍弃水源,不占据有一定防卫设施的城池,显然马谡没有长期作战的准备。

马谡应该是想借助于山坡上扎营列阵,当魏军进攻时,部队从山上一冲而下,一举击溃魏军。

这和诸葛亮长期据守的思想完全违背。

魏军向山上进攻,他率领军队从山上纵马冲锋而下,这只是他想象的场景。

马谡太想用胜利来证明自己!同时,马谡也想为诸葛亮解围,诸葛亮任命马谡为先锋担负了太多的压力。

魏军的先锋官张郃不会按照马谡的设想进攻。

一个久经沙场、征袍血染,一个高谈阔论、坐论兵戎,这样两个先锋官遇到一起,自然有戏剧性的结果。

张郃兵峰到达街亭,在平川下的城池里安安稳稳扎下营寨。

对于蜀军,张郃所做的第一件事情就是"断其汲道",也就是截断了下山取水的道路。

当时可能也没有大量存储水的设施，没有水源，数万人的军队不能长久支持，没有水喝的军队顶多两天，军心自乱。

三五天内，张郃发动攻击，这个时候无论是马匹还是士兵，都不能做到一冲而下了。

败局已经成为定然。

马谡"大败于街亭，众尽星散"，后来还是王平率领的千余人"鸣鼓自持，魏将张郃疑其伏兵，不往逼也"。王平收集了奔散的士兵，率将士而还。

马谡被收监，后被斩刑，这是后话。

街亭的具体位置是三国研究中的一个热点，有多种结论。但是目前多数研究者都将其位置确定在张家川县的陇城镇。

主要根据是历史文字资料，如地名沿革、建制、历史事件等。

以往学者研究，限于条件，只能是来往奔波，实地勘察，极为艰辛。

但是这种实地奔波的勘察方式限于条件，不能对大区域的山形地理、交通条件等进行宏观的俯览。

身在此山中，难辨真面目！

不过现在的卫星地图为我们提供了在更大范围内俯览山形地理的极大便利，平原、山川、河谷一目了然。

诸葛亮兵据岐山时，雍州刺史（管辖现西安一带）郭淮正在天水视察工作，郡守等各级官员陪同，向西至洛门（今武山县洛门镇）视察，听到蜀军占据祁山后，急忙回奔，据守上邽。

上邽城的位置有两种研究结论，现在的天水市城区和清水县。

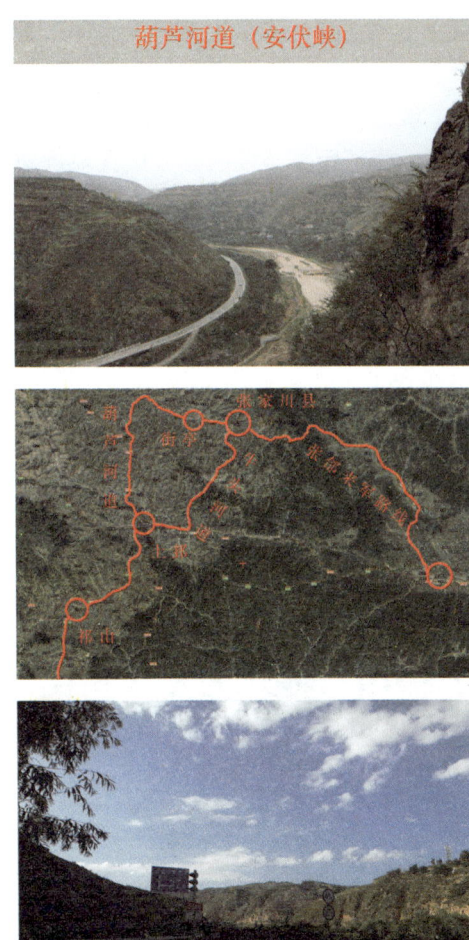

:: 牛头河道和葫芦河道

在郭淮据守上邽之时,诸葛亮派出了马谡、高祥等驻扎街亭。马谡舍水上山,"高祥屯列柳城",当张郃大军来到时,"张郃击(马)谡,(郭)淮攻(高)祥营,皆破之"。

这可以说明,张郃距离马谡的营寨位置要近一点,郭淮所处的位置距离高祥的列柳城要近一点。

从诸葛亮占据的祁山到陇山镇,有两条路可行,都是沿着河流行进,我们暂且命名为牛头河道(经清水县)和葫芦河道(经秦安县),这两条路都要首先到达天水市(2-7)。

牛头河线路如下:祁山—天水市—麦积区—沿牛头河上行—清水县—张家川县—陇城镇。

葫芦河线路如下:祁山—牡丹镇—籍口镇—渭南镇—(渡渭河)中滩镇—沿着葫芦河上行—秦安县—安伏乡(有峡谷)—

:: 姜维塑像(天水市博物馆)

莲花乡—五营乡—陇城镇。

郭淮占据上邽，无论上邽是天水市城区还是清水，这个位置都是在牛头河道上，说明魏军此时控制着向东而行的牛头河道。

马谡只能是沿着葫芦河道进军街亭。

从卫星地图上，我们可以看到这两条道路有个交点—张家川县城。

张家川县城和陇山道翻越陇山后第一个河谷平原，和清水县、麦积区之间都有宽阔平坦的河谷连接，是长安到达天水的第一站。

从张家川县城到陇城镇现今的距离是28公里，古代历程可能是40公里左右。

如果将街亭的位置确定在陇城镇，说明蜀军放弃了张家川县这个最重要的地理位置。魏军翻越陇山后可以在这个位置建立桥头堡，扎营休息。

魏军完全可以对马谡不管不顾，沿着牛头河道到达天水，和郭淮的军队合兵一处，向祁山的蜀军进攻。

马谡据守陇城镇毫无意义。

并且牛头河道路和祁山之间的距离更近。

从张家川沿着牛头河到天水市距离是95公里，而从张家川到秦安县再到天水市，距离是130公里。

这是现今的里程，古代要增加三分之一左右，远近一目了然。

所以，陇城镇不具备道路节点位置，在葫芦河谷地的任何位置都可以驻军。

再者，高祥在列柳城扎营，和马谡互为犄角。按照一般规律，高祥扎营的位置应该是在马谡的后方位置，如果马谡在陇城镇，则高祥应该是在陇城镇至五营乡之间。

但是，这样的布局，占据上邽的郭淮和扎营列柳城的高祥就有着更远的位置，其间还隔着马谡，这样就不符合"张郃击（马）谡，（郭）淮攻（高）祥营，皆破之"。

而最大的疑问还是诸葛亮为什么会放弃道路节点位置的张家川县城。

所以，将街亭定在陇城镇有疑问。

∷ 甘谷县姜维墓（衣冠冢）

但是我们将街亭确定在张家川位置，这些疑问就可以迎刃而解。

张家川县城是翻越陇山的第一站，两条道路的节点。蜀军占据，则控制了这个节点，让魏军翻越陇山后"进无所据"，甚至安营扎寨都要在山里。

但是如果魏军占据这里，一方面军队可以安稳扎营，建立前进基地。再则有两条路可以选择，牛头河道和葫芦河道。

如果蜀军仅仅控制了葫芦河道，放开了牛头河道，则对整体战局没有任何意义。

高祥的列柳城如果布置在张家川和清水之间的某个位置，一方面可以作为马谡的后援，另一方面可以防止郭淮率领的上邽军队对街亭的攻击。

按照诸葛亮的设想，只要马谡在街亭坚持一个月时间，这边就可以对天水境内没有投降的城池（如郭淮占据的上邽）进行攻占，然后全境占领天水及其周边，就有条件和长安过来的魏军直接对抗。

从卫星地图上判断，张家川是最佳的阻击地点。

一切只能是可能了！

再说姜维。

姜维是这场败局中诸葛亮最大的收获。

姜维，冀县（天水市甘谷县）人，官职为冀县魏军中郎将，算是县城的一名中高级军事官员。但是"参与本郡（天水郡）军事"，天水郡范围内的一些军事会议这名年轻的军官都是可以参与。

当诸葛亮占据祁山时，姜维27岁。

雍州刺史郭淮在洛门视察工作时，姜维就在随行的官员之中，还有天水太守马遵等人。

当听到诸葛亮占据祁山时，郭淮急忙奔回上邽。

当时天水郡的治所在冀县，而不是后来的天水市。

郭淮急忙奔回上邽，一方面是周边郡县都"叛魏应亮"，而西侧的陇西等郡更是严重，只有向东靠近长安，固守待援更为安全。另外一方面，作为本地军官的姜维等人，郭淮十分不信任，担心他们也会"叛魏应亮"，而冀县是姜维等人的家乡，所以郭淮不敢待在冀县，越城而过，直奔上邽。

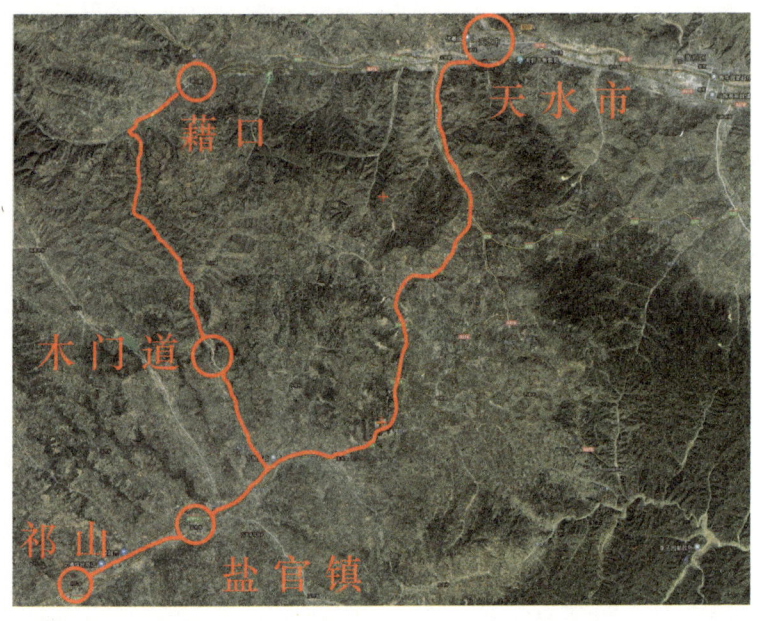

:: 第二次祁山战役形势地图

此时的姜维完全不明就里,看到刺史和太守舍弃冀县而奔向上邽,拉住马缰,建议应该固守冀县,这更增加了郭淮对姜维的怀疑。

无奈的姜维只好在郭淮和马遵之后奔向上邽,但是晚了一步。当郭淮和马遵进入上邽城后,城门紧闭,拒绝姜维等人入城。

无奈之下,姜维等人只好再次回到冀县。

高级官员都跟随刺史和太守逃向了上邽,冀县一时没有了主政官员,少了主心骨,民心扰乱。

姜维此时回到冀县,可能是这里的最高官员了。

官吏和民众欣喜异常,在大兵压境的情况下,推举姜维到诸葛亮处商谈。

姜维此时确实是身不由己,只好来到蜀军大营见诸葛亮。

后来的事情大家也就清楚了,诸葛亮见姜维是难得的将才,就将其留在营中不让其还。

也正是姜维不是自愿投降蜀军,这一点冀县的官吏和民众都可以作证,所以,魏军收复冀县后,也没有难为姜维家人,这也就有了姜维母亲给在蜀中的姜维寄去了"当归",而姜维则给母亲寄回了"远志"之说。

失去了街亭之后,魏军就会通过陇山道源源不断地来到天水,虽然是有陇山和关中相隔,但是后勤运输比起从川蜀地区向天水运输要好得多。对抗下去,蜀军无法持久,并且此时蜀军对天水及其周边地区并没有实际性牢固控制,与魏军在天水对抗,已经没有实际意义。

诸葛亮无奈之下只好退兵,在撤退时将西县的百姓数千人强制迁移到川蜀地区。

人口也是重要的战略资源,这在当时是各个政权常用的手段,所以也无可厚非。

时隔两年,建兴九年(231年)二月,诸葛亮再次出兵祁山。

这次并没有诸郡纷纷"叛魏应亮"的现象出现。

但是诸葛亮联络了鲜卑部族的将帅轲比能,轲比能等从北地郡(今陕西北部一带)的石城和诸葛亮相互呼应,进击魏军。

魏军大将军曹真有病在家,不能征战,遂启用了司马懿率军。

司马懿除了在上邽布置了四千军队留守之外,其余大军全

:: 木门道战役卫星地形图　　　　:: 木门道谷口

部奔向祁山,和蜀军对战。

诸葛亮也不示弱,也是留下了少部分兵力继续围困祁山,其他兵力都奔向上邽和魏军短兵相接。

双方都是气势汹汹!杀气腾腾!

此次和上次蜀军攻占天水的用兵战略完全不同,这次诸葛亮就是要和司马懿直接对抗,消耗对方兵力。

在上邽城外,诸葛亮击破了郭淮、费曜率领的魏军。

蜀军初战而胜,扎营于上邽城外。

诸葛亮此时出了一个奇招,让军队把上邽城周边的小麦全部收割,《三国志》的记载是"大芟刈其麦"。

很多学者将这个事件理解为收割成熟的小麦作为军粮。但是都忽略了一个最根本的因素——小麦的成熟时间。

天水地区种植的是冬小麦,是在阴历六月中旬以后开始成熟收割。

这个事件发生在三、四月之间,小麦正在发芽抽穗,远没有到收割的时候。在这个时候收割小麦,只能作为军马饲料。

诸葛亮此举无非是破坏魏军所依赖的粮食供应,他知道在短时间内无法占据天水。

收割完青青的小麦后,诸葛亮主动后退至卤城(现礼县盐官镇)。在运动中寻找战机歼敌,是这个时期的战术手段。

张郃建议,蜀军运粮不继,不用追击,耗时多日自然退兵。

司马懿没有采纳,率兵追至卤城。

双方各自在山上挖掘深壕,树立木栅,扎寨对垒。

五月中旬,司马懿主动出击,派出张郃等将领分两路进攻蜀军。

诸葛亮正等待这个机会,安排魏延、高祥、吴班等将领迎击。

此战蜀军在诸葛亮的指挥下大获全胜,"获甲首三千级,玄铠五千领,角弩三千一百张"。

这一仗,是一场酣畅淋漓的胜利,自上次街亭失守以来,诸葛亮一直盼望着这场胜利。

司马懿无奈舍弃营寨,退回上邽城内据守。

从祁山到上邽,有两条道路,其一是沿着河谷直接到达上邽,出口位置正对上邽城;另外一条是沿着现在的牡丹乡到达耤口镇。

耤口镇在天水市西侧,耤河从西向东安静流过,流经上邽城十余公里注入渭河,孕育了宽阔的耤河谷地,从耤口镇到天水市(上邽)现今里程是 22 公里,古代也大致如此。

耤口镇位置和耤河谷地的最西端,有道路和祁山相通。为了防止诸葛亮从这条道路出兵侵扰,张郃驻兵守住了这个路口。

"糟口"可能是"西口",是从祁山到上邽靠西边的一个路口,是相对于上邽这个东边的路口而言在西侧位置。

此时的诸葛亮就像之前张郃说的那样,军粮运输不继,并没有乘胜追击,而是乘胜退兵!

听到诸葛亮退兵的消息,司马懿命令张郃快速追击。

张郃虽然久经沙场,但是非常谨慎,对司马懿说:"军师,围城必开出路,归军勿追。"

但是司马懿强令张郃追击,无奈之下,张郃率军追击。

"归军勿追",张郃知道诸葛亮肯定会有埋伏。本应该小心翼翼,但还是中了埋伏!

现在实地考察这条线路,在大部分的路段河谷都是很宽阔,两山之间的距离很远,有两三公里,这样的道路在中央位置行军,如果弓箭手埋伏在两侧山上,射程无法达到中间位置。

古代弓箭射程一般在 120 米左右,最大 200 米,在实际作战状态下,应该在 100 米以内。

在这种情况下张郃自然放松了警惕,纵马向前。

但是到了木门道位置,两侧的山突然收紧,形成了一个二百多米的峡谷。过了这个峡谷,就又是宽阔的河谷。

这个位置即使安排伏兵,也藏不了多少人。

先头的追击部队已经安然通过。

张郃大意了!

就在张郃经过这个短短的峡谷时,从两侧山岭上射出乱箭,张郃猝不及防,被射中右膝。

按理,被射中膝盖部分,在战场上完全属于不碍事的轻伤。

但此时的张郃已经有六十多岁了,可能是箭伤引起了其他疾病，总之，死于此次战斗。

此地，仍保留有木门道、木门村地名以及武侯祠的遗存，都是对这场战役的纪念。

此次多次战斗蜀军都取得了胜利，收获不小，但是在战略上，此次仍是一无所获，最终仍然是退回川蜀。

此后，诸葛亮再没有来到祁山。

◇ **知识链接**

陇山

位于宁夏、甘肃、陕西三省交界处，山脉大体为南北走向。古代称田埂的"垄"与"陇"相通，古代人们看到横亘于关中平原西部的山脉如同田埂一样，就把它们称之为陇山。

陇山在靠近宁夏范围成为六盘山，红军长征时，毛泽东曾写下《清平乐·六盘山》。

在陕、甘之间的陇山习惯上称为"小陇山"，古代从长安向西，必须翻越陇山，陇关道是丝绸之路东段的重要道路。

陇山上最著名的关口是大震关，因汉武帝路过时遇到雷震而名。而因为大震关陇山又名"关山"。

因道路繁忙，过往众多，所以很多诗歌中对陇山也有反映：比如唐代诗人曾参《初过陇山途中，呈宇文判官》中："一驿过一驿，驿骑如星流。平明发咸阳，暮及陇山头。"又如王勃《滕王阁序》中："关山难越，谁悲失路之人；萍水相逢，尽是他乡之客。"

褒斜道

古代穿越秦岭的山间大道，也是最主要的道路。南起褒谷口（汉中市大钟寺附近），北至斜谷口（眉县斜峪关口）。此道路在春秋战国时期已经开通。司马迁在《史记》中说道，"栈道千里，无所不通，唯褒斜绾毂其口"，说明褒斜极其重要。

褒斜道实际是由两段路组成，秦岭北侧是沿着斜水（现名石头河，渭河的支流）前进。而翻越秦岭主脊后则是沿着褒河（古代称为褒水）前行，然后到达汉中。此道路全长共计237公里左右。

蜀汉建兴六年（公元228年）春，诸葛亮兵伐祁山，赵云沿褒斜道侵袭关中，退军时，赵云"烧坏赤崖以北阁道缘谷百余里"，以防魏军追击。

上邽

陇山在先秦时期称为邽（guī）山，所以邽山以西有地名为上邽，邽山以东有地名为下邽。现陕西省渭南市临渭区有下邽镇。

先秦时期，秦武公击破当地的邽戎（公元前688年），取其地，置邽县，后改名为上邽县（现在的天水市清水县）。

秦代上邽县属于陇西郡，汉代属于天水郡，但是其位置可能移动到现今的天水市区位置。

北魏前期，道武帝名为拓跋珪，为了避讳，将上邽改称为上封，隋大业初复名上邽。

西汉时期的名将赵充国为天水上邽人，力主西域屯田。

割据
GEJU

:: 雕巢峪景色

麦积山后山，有一处奇险的山峰。三座山峰高耸入云，壁面平整。因为山峰整体像扇子一样，所以当地农民称这里为"三扇崖"。

这里还有另外一个名字"雕巢峪"，意思是有飞鹰（雕）巢穴的山峰。这个名字显然是经过了文人的加工。

这个地方还有一个名字在当地流传，就是"隗嚣避暑宫"。在南宋时期编撰的《方舆胜览》中有"（麦积山）北为雕巢峪，上有隗嚣避暑宫，对面瀑布，下注苍崖间，亦胜景也"。

隗嚣是谁，为什么要在麦积山修建避暑宫？

隗嚣，西汉末年、东汉初年天水人，青年时代便以熟读儒家经典、才华出众而闻名州郡。

西汉初始元年（公元8年）十二月，王莽逼迫王政君交出传国玉玺，接受孺子婴禅让后称帝，即新始祖，改国号为"新"，改长安为常安，称"始建国元年"。王莽在朝野的广泛支持下，登上了最高的权位，开了中国历史上通过禅让做皇帝的先河。

王莽篡汉不久，刘秀便于南阳起兵声讨王莽，于是天下兵争又起。

刘秀起兵后，王莽接连兵败，政权危若累卵。

在这样的情形下，各地的豪杰自然也不甘寂寞，纷纷起兵，或者自保，或者响应刘秀，都希望能成为乱世豪杰，成就一世英名。

隗嚣叔父隗崔起兵响应刘秀，聚兵数千，首先攻下了天水郡。

这个时期的王莽政权也根本管不了这些边缘地区的郡县，民心散乱，军无斗志，所以攻破郡县也不是很困难的事情。

为了壮大自己的力量、号召更多的人共同举事，这就需要一个有声望的人来作为领袖。

隗崔便推举在民众中声望较高的隗嚣为领袖。

隗嚣起初不愿意参加，对大家说："起兵是一件很凶险的事情，如果兵败将会连累宗族，大家都要慎重考虑。"

但是众人一再请求，无奈，隗嚣说："如果大家不嫌弃我，能听从我的指挥，我才能担任这个职位。"

大家都纷纷表示服从隗嚣的指挥。

隗嚣聘请方望作为自己的军师。

方望对隗嚣说："大将军现应以汉王室为正统，供奉汉室的先祖列宗，这样便可号召州郡百姓从之。"

隗嚣听从了这个建议，遂在城东建立宗庙，祭祀汉王室的先祖列宗，并同诸将歃血盟誓，要共同匡扶汉室。同时向天下发布檄文讨伐王莽。

∷ 隗嚣

在辅助汉室旗号的号召下,周边势力都逐渐汇聚在隗嚣旗下,很快便聚兵数万。有重兵在握,没多久,便攻下了陇西、定西、兰州、武都、武威、张掖、酒泉、敦煌等地,现今的整个甘肃都是隗嚣的地盘,成为雄霸一方、割据西北的诸侯。

淮南王刘玄是汉室宗族,也是当时割据势力中比较大的一支。

公元24年,淮南王刘玄于长安招抚隗嚣。

当时各地诸侯的割据势力纷起,谁主中原都未可知,所以方望等将领都希望隗嚣不要前往,以静望天下,等待局势明朗再决定投靠哪股势力。

但隗嚣不听,执意前往,军师方望无奈,留下一封书信离去。

隗嚣带领隗崔、隗义(隗崔之兄)来到长安,隗嚣被封为右将军。

这是隗嚣起事以来犯的第一个错误。

∷ 汉长安未央宫遗址(遗产监测平台下载)

刘玄毫无帝王之才，有一定的势力后，就大肆封官拜爵。所封授的官爵，都是一些小人商人，还有伙夫厨师之流，许多人穿着绣面衣、锦缎裤子、短衣，或者穿着妇女的大襟上衣，在路上嬉笑怒骂。长安城有歌讽刺说："灶下养，中郎将。烂羊胃，骑都尉。烂羊头，关内侯。"

隗崔、隗义在长安待了一段时间后，更加认为刘玄这股割据势力在天下纷争中不能长久，所以就有脱离刘玄、奔回天水自守的想法。

两人劝说隗嚣一起奔回天水，壮大自己的势力。

隗嚣此时已经认定刘玄在未来能主宰天下，没能听从建议，反而向刘玄告密，隗崔和隗义两人随即被斩杀。

隗嚣犯的错误逐步加深，将自己的两个叔叔送上了断头台。

刘玄也因此更加信任隗嚣，封其为御史大夫。

次年，光武帝刘秀在河北高邑即位，势力逐步壮大。

这个时候隗嚣感觉到刘秀能成为天下霸主，又有投靠刘秀之心，并劝说刘玄也能投靠刘秀。

刘玄当然不会答应，派兵围困隗嚣的府邸，隗嚣闭门拒守，到黄昏的时候，趁着黑暗，奔逃出城，回到天水，自称西州上将军。

公元25年10月，赤眉军攻破长安，刘玄被缢死。刘秀听到消息很是悲伤，念刘玄是同族兄弟，故诏令大司徒邓禹将其安葬于霸陵（今陕西西安附近）。

建武二年（26年），光武帝刘秀派遣大司徒邓禹攻击赤眉军。此时邓禹军队中的偏将冯愔带领军队叛乱，带兵向西，意图占领天水自守。

天水是隗嚣占据，自然会派兵迎击，在高平（宁夏固原境内）大破冯愔，尽获辎重。

这件事，隗嚣本意是出于自守目的，但实际上还是帮助了汉室军队剿灭了一股叛军，所以邓禹向光武帝汇报后，派遣使持节任命隗嚣为西州大将军，得专制凉州（河西走廊）、朔方（宁夏河套平原）事务。之后又抗击赤眉军残部，势力进一步扩展。

此时，中原地区的局势已经基本明朗，光武帝刘秀逐步剪灭了各个割据势力。

建武三年（27年），隗嚣向光武帝上书称臣，光武帝也给了很高的礼遇。隗嚣让自己的一个儿子隗恂到洛阳做人质，这也是当时的惯例。

中原的势力基本平定，但是南方在四川成都地区还有公孙述割据，势力不可小觑。

隗嚣占据的天水就在四川和长安之间，在这种情况下，就显现了该地区的军事战略地位。

前面篇章中的三国时期魏蜀争夺天水，也是这种局势。

公孙述多次进犯汉中，并派使者拉拢隗嚣归蜀，派遣使者以大司空、扶安王印绶授予隗嚣。

隗嚣认为，自己的势力和公孙述大致相当，这个情形下向公孙述称臣，是对自己的一种侮辱，所以就"斩其使，出兵击之，连破（公孙）述军，以故蜀兵不复北出"。

刘秀也想趁此攻击公孙述，让隗嚣派兵从天水攻打。

但是隗嚣此时却拨拉起自己的小算盘，以兵力不足、蜀道艰难等诸多原因拒不出兵。

:: 朔宁王太后印

建武五年（29年），光武帝多次请隗嚣入朝，并许以重爵，但是隗嚣却以自己无功无德，没有颜面入朝，不能无功受禄，须等天下平定之后，自己归隐乡里。

刘秀通过这些事件，已经看透了隗嚣，知道此人终不能为自己所用，早晚要灭掉。

建武六年（30年），公孙述派兵南下攻击荆州，蜀地空虚，此时如果派兵攻击，成功率极高。

光武帝再次请隗嚣派兵攻击蜀地，隗嚣同样是以"白水险阻，栈阁绝败"的理由拒绝。

错失了攻击蜀地的良机，刘秀也对隗嚣彻底失望。

而在天下初定的情况下，隗嚣依然是割据自守，不知道是优柔寡断还是自以为是，一些将领、谋士都感到失望，就借机离开隗嚣。

光武帝派遣建威大将军耿弇等七名将军从陇道伐蜀。

陇道就是陇山道,从长安向西,在陕西陇县翻越陇山,至天水。

这次军事行动的表面意思是从隗嚣割据的天水借道向蜀中攻击。而实际的意思也很明显,就是借机灭除隗嚣。

春秋时期有假道伐虢,此时有假道伐蜀。

虞国的国君贪财,致使灭国。陇、蜀之间虽然没有到唇齿相依的程度,但刘秀的态度很明朗,隗嚣不傻,自然看出了其中的端倪。

他迅速派出军队,在要道路口"伐木塞道",并借助地形优势击败了耿弇带领的军队。但是在后续的战斗中,隗嚣大败。

隗嚣害怕耿弇乘胜追击,于是急忙给光武帝上书请罪,将罪责推到兵卒身上。"吏人闻大兵卒至,惊恐自救,臣嚣不能禁止。兵有大利,不敢废臣子之节,亲自追还",并且说"在于本朝,赐死则死,加刑则刑。如遂蒙恩,更待洗心,死骨不朽"。

有人建议杀了隗嚣在朝廷做人质的隗恂,光武帝不忍心,

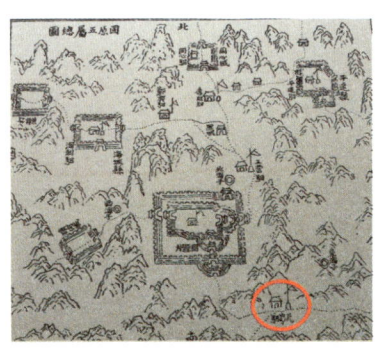

:: 《固原州志》中瓦亭关位置和固原八景之———"瓦亭烟岚"

就没有同意。

隗嚣也知道光武帝不会相信自己，也就干脆翻脸，投靠了自己之前不屑一顾的公孙述，合力抗击汉军，延续性命。

公孙述大喜过望，封隗嚣为朔宁王。

"朔"指朔方郡，西汉时期在河套平原设置的郡，"朔宁"也就是北方宁静的意思。

1954年，在修建陕西汉中阳平关的铁路时，出土了一枚"朔宁王太后玺"的金印，龟纽、白文、篆书，印面刻"朔宁王太后玺"六字，重109克。印纽龟头微昂起，背圆，龟甲饰重环纹，制作精细。

此式龟纽官印流行于西汉中期至东汉早期。

据推测，此枚金印应该是隗嚣母亲的印玺，可能是在奔逃蜀地时遗落在阳平关。

隗嚣虽投靠公孙述，但是部下将领中多有投靠汉室之心，王遵就是其中之一，在多次劝谏无果的情况下，"（光武）帝因令来歙以书招王遵，遵乃与家属东诣京师，拜为太中大夫，封向义侯"。

隗嚣逐渐众叛亲离。

建武八年（32年），刘秀派遣多路军队攻击隗嚣，公孙述也派遣军队支援隗嚣。双方在陇山多个要点对抗数月。

刘秀亲自坐镇长安，并任命王遵为监军。

王遵知道隗嚣必败，就给熟知的将领牛邯写信，因为他知道牛邯对隗嚣也不满意，有归降之心，但两军相持，苦于没有门路。

牛邯镇守的是瓦亭关（宁夏固原境内，六盘山要道）。

王遵动之以情、晓之以理，将天下大势向牛邯分析得很清楚。

"邯得书，沉吟十余日，乃谢士众，归命洛阳，拜为太中大夫。于是嚣大将十三人，属县十六，众十余万，皆降。"

汉室讨伐隗嚣，获得了决定性胜利。

至此，隗嚣占据的范围就只剩下天水周边的几个县城。

光武帝仍有招降隗嚣的心意，向隗嚣发布诏书说："若束手自诣，父子相见，保无佗也。高皇帝云：（田）横来，大者王，小者侯。若遂欲为黥布者，亦自任也。"

首先用父子情打动（隗恂在洛阳做人质），后用田横和黥布归顺汉武帝的典故希望隗嚣归顺汉王室。

虽大势已去，但隗嚣仍然是不归降，他可能害怕归降后仍然被刘秀斩杀。

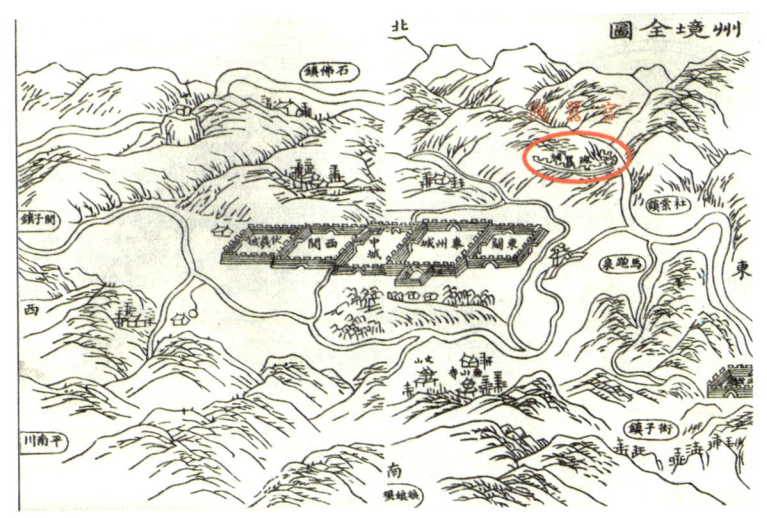

:: 《秦州志》中的隗嚣宫

::天水东关万寿宫

但这样对抗下去仍然是死路一条。

隗嚣坚持一条路走到黑。

虽然如此,手下还是不乏忠勇之士。大将军王捷别登上城楼对围困的汉军说:"隗王城守者,皆必死无二心!愿诸军亟罢,请自杀以明之。"遂自刎颈死。

有自杀来向敌人表明守城决心,这位壮士也只能是以愚忠来形容了。

此时,王元从公孙述那里借来了五千兵马。

五千兵马,在数万军队对抗的情况下,只能是象征性的支援。

但是王元却充分地利用了这五千兵马。

王元带领兵马突然来到天水城外围,让兵士们纵马高呼:"(蜀中)百万之众方至!"汉军听闻大惊,队形大乱,指挥联络也同步失灵。王元兵马乘势攻击,汉军大溃。

也恰在此时,汉军因围困天水数月,军粮不继,也在无奈中退军,于是安定、北地、天水、陇西等地复为隗嚣占据。

刘秀退回洛阳，给前线坚守岑彭去信说"两城若下，便可带兵向南击破蜀虏。人若不知足，即平陇，复望蜀"。

意思是说：天水周边的县城占领后，就可以直接带兵攻击蜀地的公孙述。人心都是不知足的，（我也一样），即得到了陇山，又在盼望占据蜀地。

在刘秀看来，平定陇上诸郡只是时间问题，战略的主动权都在自己手里。

这就是"得陇望蜀"的典故。

这场战役在天水周边来回拉锯数月，田地里的粮食要么无法收获，要么被汉军收获，隗嚣军队面临着严重缺粮的局面。

第二年（33年）春天，"（隗）嚣病且饿，出城餐糗糒（qiǔ bèi，大豆高粱等杂粮饭），恚愤而死。"

总之，连病带饿，气死的。

也难怪，如果早一点投奔刘秀，封王拜相是肯定的，自己

:: 甘谷大像山石窟

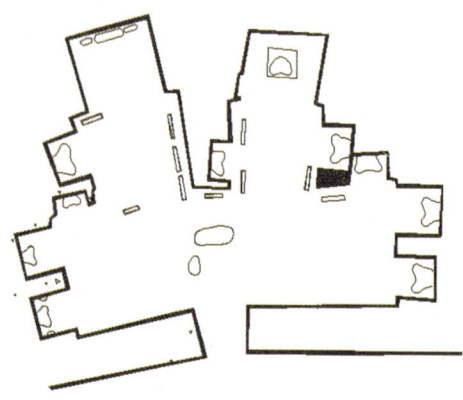

:: 第133窟平面图

:: 第133窟内景

一次次错失良机，部众离散，还反过来攻打自己，现在落到了饭都吃不饱的境地。

气自己？气刘玄？气刘秀？气公孙述？气离散的将领谋士……，总之，起兵时的雄心壮志都已经灰飞烟灭了。

隗嚣死后，王元、周宗等人又立隗嚣小儿子隗纯为王。

公元34年，来歙、耿弇、盖延等再次攻打天水，王元等人出降，隗嚣割据政权至此结束。

从起兵到死亡，隗嚣占据天水26年时间。

天水有较多的隗嚣传说和遗迹：

城北山上也有"隗嚣宫"遗址，杜甫在公元759年流寓秦州时，曾经到这里游览，并作诗一首："秦州城北寺，传是隗

:: 第133窟内散乱开凿的佛龛

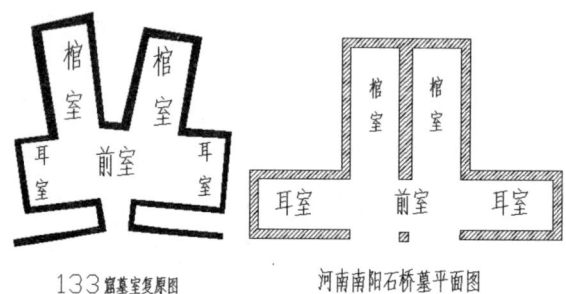

:: 133窟平面和墓葬平面对比图

嚣宫。苔藓山门古，丹青野殿空。月明垂叶露，云逐渡溪风。清渭无极情，愁时独向东。"从诗中可以看出，在唐代时隗嚣宫尚有较大规模的宫殿建筑遗存，天水人称之为"皇城"。

山下的一条道路，是为皇城路！

天水市东关有一处万寿宫，传说故址为隗嚣行宫。当然，这些都可能是明清时期的文人为追忆地方文史而演绎的。

在邻近的甘谷县，渭河谷地旁边有两座山峰，像展开的旗面一样，分别称为文旗山和武旗山，传说都是隗嚣点将的地方。甘谷大像山石窟就在文旗山上。

麦积山石窟后山的隗嚣避暑宫，现在已经没有任何遗迹可寻，可能宋代根据一些史料或者遗迹判定，所以《方舆胜览》中才会记述为"隗嚣避暑宫"。

在麦积山石窟，也有疑似隗嚣的遗迹。

说是"疑似"，是因为在考察这个问题时，我们没有直接的证据。

133窟是麦积山石窟内部空间最大、内容最丰富、精品最多的一个洞窟，窟深10.8米，宽12.2米，高5.8米，窟内有众多的文物精品。公元911年，天水诗人王仁裕曾冒险登临此窟，对窟内的千佛万像惊叹不已，称"其雕梁画拱，绣栋云楣"。可见当时是何等的壮观。

这个洞窟的空间形式很奇怪，无论是平面还是空间形式，和其他的洞窟都不相同，甚至在中国石窟中都是孤例。进入窟门之后，首先是一个横长方形的空间，在后部是两个纵长方形的并列空间，整体形式大约呈"业"字形。

常规的洞窟都比较规整，并且依据石窟考古的规则有一个可以对应的名字。如中心柱窟、佛殿窟、穹隆形窟、帐形洞窟等，但是这个洞窟却找不到任何一个合适的名字来命名它。

前辈学者在无奈之下，将它命名为"崖墓式佛窟"。

但"崖墓"和"佛窟"根本就不搭界。

另外，通常的佛窟都会有主尊佛像，如一佛、三佛、七佛等，但是这个佛窟却完全不能布置任何一种组合的佛像。

一层层的迷雾覆盖在这

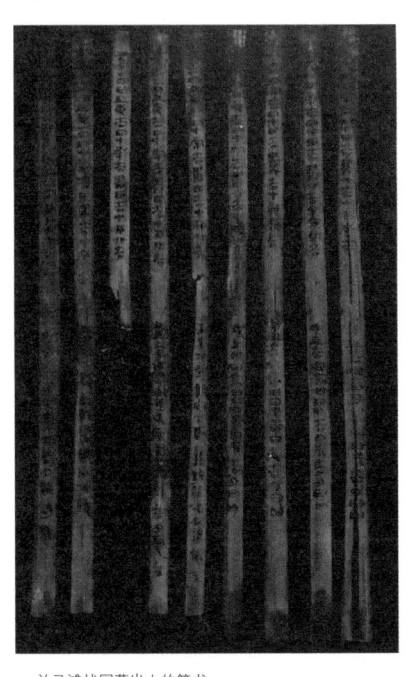

∷ 放马滩战国墓出土的简书

个千年的佛窟里。

真面目在哪里！

现在133窟内部，没有主尊佛像、也没有主体信仰，将近二十个小佛龛散乱地分布在洞窟的各个壁面上，上下左右、层层叠叠，杂乱无序。

这些佛龛分布散乱、大小不一，完全没有一致性，佛像的艺术特点也不一致。

当时的工匠们都是各唱各的曲、各弹各的调，各开各的龛、各塑各的佛！

在一个统一规划、统一施工的洞窟里，不可能出现这种怪异现象。

建造多大的窟、塑几个佛像、怎么排列布置、甚至是壁画的内容和样稿，这些都是在开工前都计划好的工作。

所以，对133窟目前的状态，我们只能说：洞窟的开凿者和开龛塑佛的工匠，不是一批人。

在佛教石窟群里面，开凿者原本是想开凿什么样的洞窟形式呢？

我们首先要打破的思维困局——石窟群中的窟就一定要和石窟有关，就一定是塑造佛像，就一定要限定在石窟发展的时限范围之内。

一旦进入某种学科，思维就很难打破固定的模式。石窟考古亦然。

思维模式的调整比知识的累积更重要，特别是面对诸如麦积山133窟这种谜题或困局。

有时候问题的破解需要从更细微的角度入手，从细节处寻找破解的钥匙。

但是有时候却是需要从总体上确定思考方向。

133窟的诸多佛龛开凿散乱，没有规律，显然是后期开凿的。

那么我们是否可以将这些散乱的小龛排除，看一下这个洞窟整体的结构是怎么样的。

这个工作，在图纸上就可以完成，通过整理，一个规整的图形出现在我们面前，"业"字形平面。

在全国各地的石窟群中，我们找不到这样的窟形。

但是，在古代墓葬中，我们却找到了这样的墓葬形式——横前堂、双后室的墓葬形式。

河南南阳地区的东汉墓葬和133窟的形式完全一致。

这是一个夫妻合葬墓的形式，前堂用以放置各种陪葬品，后室则放置夫妻的棺木。

从墓葬考古的角度切入，这种墓葬形式的时代限定在西汉末期至东汉时期，错过这段

:: 133窟造像碑

历史时期，墓葬形式完全不同。

所以我们有理由推测，133窟最初的开凿是一个夫妻合葬墓的形式，并且是在东汉前后。

这个结论太跨界，所以专业的石窟考古学者都不会提出这样的概念和思路。

但是历史的谜题并不是给某个特定的专业设定的，所以破解时也不能将思路限定在某个专业领域之内。

突破和跨界，是解决疑难历史问题所必须的思维模式。

如此，我们可以推定麦积山在东汉时期已经是进入了人类活动的视野，毕竟，这座山峰突兀不群，傲然独立，有河流和平原相通，距离也不是太远，人们通过狩猎等活动是不难发现这个山峰的。

而在距离麦积山石窟不远的放马滩，发掘了数十座战国时期秦国墓葬，所以麦积山石窟在春秋时期被人们发现也是肯定的。

雄伟的山崖自然会引起人们攀登和征服的梦想，而将墓葬营造在绝壁之上，也是当时人的梦想。

营造这样一个墓葬，自然需要充裕的财力，同时还需要有一定的权势，墓主人肯定是能够征服天水的人物。

在西汉末期至东汉时期，符合这些条件的，目前只能是——隗嚣。

隗嚣在天水割据称雄二十多年，镇霸一方，在得意之时，自然会对自己的身后事精心安排。

夫妻合葬的崖墓是当时最流行的墓葬形式。

在自己家乡最雄伟的山崖上开凿墓穴应该是很多乱世豪

杰的梦想。

麦积崖高峰独立，也符合这种独霸一方诸侯的气度。

结果大家已经知道，随着陇嚣的衰败，这里的工程也就不了了之，成为了一个废弃的空穴。

岁月湮灭，草木峥嵘，麦积山又恢复了自然的宁静。

谁也不知道这个空荡荡的洞窟是做什么用的，什么人开的。

四百年后，这里重新响起了斧凿之声，佛教徒将这里开辟为圣地。

在麦积山石窟开凿的初期，有很多的崖面可以利用，所以信徒们也没有重视这个洞窟，有可能会将这里作为临时休憩场所，或者是放置杂物的场所。

人来人往，谁也不问这个洞窟的来由，也没有人知道。

到了北魏晚期，西崖的崖面基本上已经满了，无处开凿洞窟，信徒们就想起了这个空荡荡的洞窟。

于是，在供养人的资助下，各个工匠各自为政，各自开凿，形成了这样的局面。

北周建德三年（574年），北周武帝灭佛，这个洞窟因为空间巨大，信徒们出于保护石刻造像的目的，将很多造像碑放置在这个洞窟中。

公元911年，天水诗人王仁裕来到这个洞窟，记述道"由西阁悬梯而上，其间千房万室，缘空蹑虚，登之者不敢回顾。将及绝顶，有万菩萨堂，凿石而成，广古今之大殿，其雕梁画拱，绣栋云楣，并就石而成万躯菩萨，列于一堂。"

南宋嘉泰三年（1203年）六月初七日，寺院里面的两个小和尚戴留哥和赵小□,到这个洞窟中探险,因栈道断绝,被困在这个洞窟中。

……

岁月给予了这个洞窟太多太多的秘密。

在麦积山石窟正式开凿的四百年前,隗嚣在这里踌躇满志地指点河山,梦想着据长安而君临天下。但岁月的风尘已将一切都抚平,避暑宫已经是无迹可寻,归于天地间的寂静;死后的墓穴也成为了一个宏大的佛窟,人来人往。

◇ 知识链接

阳平关

位于陕西省汉中市宁强县阳平关镇,北边是秦岭山脉,南面是大巴山、米仓山,嘉陵江水依镇而过。自古是南北交通的必经之路。

晋人张荟《南汉记》载:"蜀有三关:阳平、江关、白水……",而《隋书·地理志》则对古阳平关的军事战略地位描述得更为详尽:"西控川蜀,北通秦陇,且后依景山,前耸定军、卓笔,右踞白马、金牛,左拱云雾、百丈,汉、黑、烬诸水襟带包络于其间,极天下之至险。蜀若得之上可以倾覆寇敌,尊将王室;中可以蚕食雍、凉,开扩土地;下可以固守要害,为持久之计"。因而,阳平关自古就被视为"蜀之咽喉""汉中门户"。

玄高
XUANGAO

:: 麦积山远眺

公元420年,一名年轻的僧人来到麦积山下,在山岩下面,搭建起了一个简单的草屋。

麦积山周边树木茂密,松枝繁盛,用这些材料搭建起一个房屋是很简单的事情。况且,麦积山崖体内倾,不但向阳还自然遮挡了风雨,所以对房屋基本上没有防御风雨的要求,稍加遮挡即可。

这名僧人就是玄高。

此时的麦积山,林壑寂静,兽走鸟鸣,山岭苍茫,纯然天籁。

麦积山虽然位于陇山之中,但是距离宽阔的河谷农业区不足十公里。况且有河谷一线直通,所以附近的乡民通过伐木、狩猎等活动是非常容易发现这座奇异的山峰。

所以麦积山进入人们的视野的时间并不会太晚,也不是佛教徒首先发现的。

这个山最初的名字为"太石崖",因为山形巨伟,宛如大石块,矗立天地之间。大与太字在古代通用,所以最初的名字简单直白,或许附近乡民就直接称为"大石头山"。

在《高僧传·玄高》中这里就称为"麦积崖",这是可见的"麦积山"最早称呼。

这个名字中我们可以看出两点:其一,秦州地区当时的农业,特别是小麦种植有一定的规模,同时当时的收获方式(堆积麦垛)和现今完全一致。其二,麦积山这个名字经过文人的修饰,因为按照一般农民的口语,应该称为麦垛子山,或者是麦摞子山,麦积山或麦积崖更为文雅一点。

这个时期的麦积山还远称不上佛教名山,寂寂无名,玄高之前倒有数名僧人在这里修禅,崖面较低位置有几个禅龛,这个时期的僧人都是以修禅为业,大规模的开窟造像尚未开始。

而在玄高来到麦积山后,一直寂寂无名的麦积山却突然热闹起来,许多僧人都追随玄高的声望来到麦积山,听玄高宣讲禅法。俨然成为一个佛法兴盛之地,同时,长安及周边地区的一些高僧大德也都向这里聚集,昙弘就是其中一位。

关于这一点,还要从玄高在长安说起。

玄高本名魏灵育,陕西韩城人,其母亲信奉道教,但是玄高和其姐姐一开始就对佛教有浓厚的兴趣,可见家庭的道教环境对玄高并没有造成影响。

灵育出生于公元402年,12岁时就独自入山请山僧剃度出家,但因未得到父母允许而未能剃度,回家后不断向父母要求出家,父母无奈,两年后同意灵育出家,寺僧为其起法号——玄高。

玄高修行的寺院,可能是在终南山。

这一年玄高14岁。

这个少年出家的僧人,一入山门就表现出异于常人的佛学天资，对佛经中的内容能迅速理解并且能有自己的见解，第二年就开始登坛上座，为众僧讲解佛法，时年15岁。

玄高在一年间就达到了许多僧人十年乃至更长时间都难以达到的地步，可见其天赋异禀。

当时，有一位西域来的高僧浮陀跋陀在长安石羊寺弘法，玄高赶过去听法师讲禅，《高僧传》中说道："旬日之中妙道禅法。"

"旬日"也就是十天。这句话是说玄高在很短的时间就领悟了禅法要义。

这是很多僧人终其一生都难以达到的学识，被一个出家一年多的少年僧人超越了。

用现在的词语表述，就是——学霸。

浮陀跋陀在感叹之下，谦逊地不再接受玄高的拜佛礼，并"以同业相称"，就是相互之间以"同学"的身份相互称呼。

玄高由此进入了长安佛教界高僧的范围之中。

但是长安的政治、军事形势没有给这位少年僧人继续在长安拜访高僧、学习深造的机会。

∷ 终南山景色（摄图网）

公元 416 年二月，后秦主姚兴去世，太子姚泓即位。借此机会，周边各个政权纷纷起兵攻击后秦，如西秦、大夏、东晋、北魏等，长安形势一片混乱。

417 年八月，东晋攻克长安，姚泓出降，后秦灭亡。

原本姚兴供养的三千僧人在这种境况下也早就奔命四散，往日僧影重重、佛号声声的寺院在短时间内就面目全非。佛堂香火不再，僧影全无。

418 年十一月，驻守长安的东晋军队分裂，相互攻伐残杀，大夏军队乘机占领长安，长安一时乱兵横行。

∷ 犍陀罗立佛像

"秦川中，血没（mò）腕，唯有凉州依柱观。"这是当时的长安民谣，真实反映了当时场景。

这样境况，保命都是一个问题，何况是继续学佛。

玄高需要寻找一个安心修禅的场所。

"高乃仗策西秦，隐居麦积山。"

对于玄高来麦积山，记录得极为简单，我们现在已经无法知道玄高是从长安出发时就准备奔向麦积山？还是西行至秦州以后才知道麦积山有僧人隐居而来到麦积山？

长安当时有三千僧团，秦州僧人和长安僧人之间肯定有频繁的人员交流，长安的僧人了解麦积山倒也不是没有可能。

∷ 后秦如来坐像（平凉市泾川县出土）

玄高来到麦积山的具体时间《高僧传》中也没有提及，从"仗策西秦"这句话来理解，应该是西秦占据秦州的时间，但西秦占据秦州是在417年十月至419年二月之间，时间很短。此时长安兵乱，是玄高西行的直接原因。

因玄高声名在外，他来到麦积山的事也就不胫而走，一些僧人纷纷聚集在这里跟随玄高学禅，以至于达到"山学百余人"规模，跟随玄高学禅的僧人除了来自秦州地区，长安地区的高僧也都聚在这里修禅。

其中有来自长安的僧人昙弘法师，和玄高之间是"同业友善"。

这样的僧团规模在动荡离乱的时期，全国是不多见的。

麦积山石窟已经借助于这些高僧成为一方圣地。

令人奇怪的是，麦积山石窟有众多的僧人聚集，按照其他石窟初期的发展情况，麦积山也应该有开窟造像活动，僧人禅修、观像、供养等，都是需要造像。但是在《玄高传》里面却没有提及。可能是当时的规模比较小，所以僧传没有特别记录。

麦积山后期经历多场地震，早期活动的一些痕迹已经是无法寻觅了。

:: 麦积山石窟出土的早期造像塔

但是秦州此时也成为各方争夺的战场，大夏、西秦、北魏等在这片土地上互为攻阀，秦州多次易手。

麦积山石窟地处深山，虽不至于直接受到战争波及，生命无忧，但是维持一个庞大僧团的衣食是一个很现实的问题。山外烽火连连，百姓自顾不暇，没有更多的精力和粮食来供养僧人。

精于禅法的玄高，显然是没有能力解决这个问题。

公元 422 年，秦州和雍州（以长安为中心），大量流民南下川陕地区，东晋在梁州（今陕西南郑）设置机构招抚流民。

:: 炳灵寺石窟 169 窟壁画中的昙无毗形象

关于此次大量流民大量南下，《资治通鉴》中也只是记录此事，没有说明原因，推测可能是大面积的天灾造成田地无收，致使农民逃散。

麦积山的僧团也会因此失去供养来源，迫使玄高再次选择弘扬佛法之地。

这次玄高没有选择随流民南下，而是继续西行，此次的目的是西秦。

西秦也是由鲜卑族建立的一个政权，由乞伏国仁建立，以"秦"为国号，国都在兰州周边数度迁移，玄高西行时，其国都在枹罕（甘肃临夏）。

促使玄高西行的还有另外一个原因，就是西域高僧昙无毗在西秦传播佛法，玄高仰其大名，遂投于门下学法。

昙无毗在西秦"领徒立众，训以禅道"，但是讲授的禅妙"既妙且深"，陇右的僧人能理解他的禅法精妙之处的几乎没有人，昙无毗此时肯定有一种"曲高和寡"或者是"高处不胜寒"的心态。

在炳灵寺石窟169窟的壁画中，就有昙无毗的供养像，旁边有题记"昙无毗供养佛时"，此壁画绘制于公元420年。

壁画虽然有脱落斑剥，但是昙无毗的面目还是十分清晰，头额前凸、眼窝深陷、厚嘴唇，完全和中原人形象差异巨大，或许是画工做了一些有意识的夸张。

当玄高跟随昙无毗学法时，再次显示出了其深厚的佛学潜质，如同跟随浮陀跋陀学法一样，玄高同样是在"旬日之中"妙通禅法，并且昙无毗还反受到玄高思想的启发。

同样，师徒关系在"旬日之间"就变成了同学关系。

这样迅速的身分转换在佛教史上是绝无仅有的，也是佛教史上的绝唱。

僧人都是从世俗出家的,世俗中的猜忌、纷争自然也会影响到僧人之间。

在跟随昙无毗学法的僧人中,其中的两名僧人就是俗尘之心未尽,"虽形为沙门而权侔伪相,恣情乖律颇忌学僧(《高僧传》)",就是注重权力,猜忌同学,善于伪装自己和乖巧讨好(帝王)。昙无毗在的时候,摄于老师的威仪,这两名僧人尚不敢妄为,数年后昙无毗返回故国"舍夷"(大约在尼泊尔一带)后,失去约束的这两名僧人向西秦太子乞伏曼未谗言构陷玄高,说玄高周边聚集大量徒众,有谋反之心,将会危害国家存亡。

可以想见,以玄高的声望,特别是昙无毗离开后,将会有许多的僧人和信徒聚集在玄高身边学法。在麦积山石窟时,玄高周边就已经是"山学百余人",而在西秦也必然是从者如云。

太子曼未本就不信仰佛教,在伪僧的鼓动下,就想直接斩杀玄高。

∷ 炳灵寺石窟附近的黄河石林

西秦王乞伏炽磐对僧众聚集在玄高周围的情况不以为然，但太子杀心已起。为了缓和矛盾，就将玄高外迁到林阳堂山修行。

林阳堂山就是现在的炳灵寺石窟，这里早有一定规模的开窟造像，之前昙无毗就在这里修行，同时位于交通要道之旁，来往便利。所以这种外遣实际上是一种保护，但也是一种禁足，不允许玄高游化他方。

当时跟随玄高一起去炳灵寺石窟的有三百人之多，如果再加算未能成行跟随的，人数应该是较为庞大。如果是一个世俗性质的集团，但有异心，统治者引以为患倒也是有充足理由。另外历史上僧人以佛教为号召起义的倒也不乏其例，所以玄高遭到猜忌和排挤也不是没有道理。

但是玄高只是一个纯粹的佛教徒，一个专心于修禅的佛教徒。

玄高此次命运的转变，还是源于在麦积山石窟修行时结识的长安高僧昙弘。

玄高和昙弘应该是一起来到麦积山石窟，又在大约同一时间离开麦积山，一起禅修数年之久。与玄高西行不同的是，昙弘当时选择了南下。

玄高被禁足于炳灵寺时，昙弘法师当时正在成都。

西秦王乞伏炽磐听说昙弘高名，就派遣使者到成都迎接。昙弘从使者那里听说玄高的事，深为不平，要为其申诉清白，于是"不顾栈道之难，贸然从命"。

到达西秦王庭，宾主礼毕，昙弘就直接切入主题，劝说不应该听信谗言而弃贤者。西秦王和太子"赧然愧悔"，随即遣

:: 成都出土的南朝造像碑（正反面）

使者到炳灵寺请玄高出山。

玄高出山时，"山中草木摧折崩石塞路"，以此情景来阻止玄高出山，暗示着玄高以后道路的难行。

但是玄高志愿弘道，毅然出山，于是"风息路开"！

当时可能是遇到了恶劣天气，或者是小规模地震。炳灵寺石窟山体高耸，连续降雨就会造成岩石崩落。

这种将自然现象神异化的事例在史籍中多见。

玄高到王城后，西秦王率臣民出宫相迎，夹道迎候，被尊崇为国师。

欢迎的人群中，独不见太子曼未的身影。

而昙弘法师和玄高相见，合十一揖后，就飘然而去。

此乃君子之交！

有西秦王的支持，玄高自然也就可以安心弘法，但玄高隐隐地感受到一种暗藏的危机。

玄高出山后在西秦没有驻留多少时间，便继续向西到武威传法。

武威当时属于北凉管辖，前秦时期高僧鸠摩罗什曾在这里停留十余年之久，在北朝时期也是佛法昌盛之地。

僧传中关于离开西秦的时间和原因都没有提，只是简单地说"河南化毕，进游凉土"，是说对河南国（西秦的另一称呼，因居于黄河之南而名）的弘化任务已经完成，才西行凉州。

但这种"化毕"显然是一种托词，不是真实的想法。

教化众生如同教书育人，是一个永远没有终点的任务，岂能在短短数年之间就"化毕"了？

显然这是一个玄高离开西秦的托词。

428年五月，西秦王乞伏炽磐去世，太子乞伏曼未即位。

乞伏曼未早已对玄高杀心已定，如果玄高在其即位之后仍停留在西秦，显然是不明智的。

:: 克孜克尔石窟的鸠摩罗什像

或许是在乞伏炽磐去世前的一两年间,玄高感到其已经年迈苍苍,太子曼未即位就在眼前,玄高感觉到危机临近,于是以"化毕"为托词离开西秦,来到凉州(武威)。

作为一名出尘离世的高僧,玄高不一定有对时局危机有这么多的想法,但是他有众多的信徒,其中不乏官员,肯定有人能感觉到这种危机,从而提醒玄高趁早离开西秦。

在玄高来到凉州之前,这里已经有浓厚的崇佛的佛教活动,北凉王沮渠蒙逊在天梯山石窟大力供养,并且为自己母亲开凿了一尊"丈六金像"。

这个丈六金像在天梯山石窟还存在遗迹。

如果以这种事情来推定沮渠蒙逊是一个佛教信徒倒也不尽然,因为在 429 年,西凉兵伐西秦,但是结局对西凉不利,作为先锋的太子沮渠兴国被西秦俘虏。沮渠蒙逊只得带兵返回,在经过炳灵寺石窟时,有一些僧人在道路两侧观望,蒙逊认为

:: 天梯山石窟外景

:: 云冈石窟 20 窟大佛

自己崇敬佛教却没有一点灵验,于是大为恼怒,挥刀斩杀路边的僧人。后兴国被乱兵所杀,蒙逊更加恼怒,于是驱逐僧人,拆毁塔寺,强令五十岁以下的僧人还俗,只留下一些老弱的僧人。

以此看来,沮渠蒙逊敬重佛教,只是想作为统治工具而已。

这个时候,出现了很怪异的事情,沮渠蒙逊为母亲所造的丈六金像突然双目流泪,蒙逊拜见时"泪下若泉",蒙逊认为是母亲托神灵告诫自己,所以深感自责,恢复了佛法。

这种怪异是偶见的自然现象(岩石结露),还是僧人有意识地伪托作假都已经无法得知了。

玄高来到凉州时,是在这些事情之前,起初还是得到了沮渠蒙逊的敬重,召集高僧聆听玄高见解,在随后的驱逐僧事件中也经历了被驱逐遣散,复又召回。

云冈 19 窟大佛（疑为拓跋晃造像）

玄高的命运似乎注定要经历坎坷。

439年,北魏大军占领凉州,北凉灭亡。中原北方地区基本上被北魏统一。

为了充实平城(大同)地区的人口,北魏将凉州地区的民众包括僧人强制迁徙到平城,形成了"沙门佛事俱向东"的局面,促进了平城地区佛教发展,同时也成为云岗石窟开凿的起因(4-8)。

在北魏讨伐凉州的军队中,拓跋焘的舅舅阳平王也随大军征讨。在凉州得知玄高高名,邀请玄高一起回到平城,并推荐给太子拓跋晃,拓跋晃拜其为师。

拓跋晃生于428年,五岁时就被立为太子,439年拓跋晃十二岁。

拓跋晃喜欢读书,经史精通。但一直不得拓跋焘喜欢,有废太子之意。

拓跋晃请教玄高,如何解决这个问题,玄高遂在东宫中做"金光明斋七日"。

"金光明斋"是一种消灾的法事,通过唱颂、念咒等来达到解脱苦难的目的。

现在,"金光明斋"只剩下经目,经文已经不存。

拓跋焘在这个时候做了一个梦,故去的先祖、父亲都显现在他面前,威仪愤怒、仗剑怒斥,责问为何听信谗言怀疑太子,拓跋焘惊出一身冷汗,醒后将梦境告诉群臣,诸大臣也多替太子直言辩白,于是拓跋焘无复怀疑。

这种事或许是巧合,或许是太子本身没有特别的过失,总之是有惊无险,太子度过一劫。

:: 大同善化寺（摄图网）

拓跋晃对玄高也自然是崇敬有加。

但是玄高也在无意之间被牵进了宫廷斗争，为以后的命运埋下了伏笔。

佛教在当时并不是唯一的宗教，本土的道教也有大量的信众。

崔浩，北魏大臣，善于玄象阴阳，道教信徒，参与国家政事，占卜阴阳吉凶，多有应验，为拓跋焘所宠信。同在拓跋焘身边还有一个道教徒寇谦之，被任命为天师，军国事务多有参与。

在身边大臣的影响下，拓跋焘更为崇信道教。甚至在公元440年，将年号改为"太平真君元年"，一直延用至451年。拓跋焘崇信道教，而太子拓跋晃信奉佛教，自然分成了两种暗中对抗的势力。

在崔浩和寇谦之这些信奉道教的官员心中也一直存在着一种担心，就是太子拓跋晃即位之后自己必定失去朝廷地位，而信奉佛教的官员将会在朝堂上占据显赫地位。

这显然是信奉道教官员所不愿看到的。

太子当然是不能直接攻击，就只有从太子身边的人下手。这是历代宫廷斗争惯用的手法。

玄高是最显眼的目标，是没有其他政治背景的目标，也是最好下手的目标，并且不会引起政治方面的连锁反应。

于是崔浩和冠谦之共同对拓跋焘进言，说玄高使用妖法邪术，蛊惑太子，先前梦境就是玄高妖法所致，此人若不诛除，必将为国之大害。

这些都是不需要什么证据。

拓跋焘闻听玄高竟然妄用先祖入梦欺君，勃然大怒，立即下令收监。

太子自顾不暇，自然难以顾及到玄高。

数日后，玄高被斩杀于平城东门，时公元444年九月十五日，玄高四十三岁。

玄高并不是被当众斩杀的，当时信众弟子都不知道他的死讯。当日夜半三更的时候，信众都看见有一束光芒围绕着玄高住处的佛塔三圈之后飘入禅窟中，同时听到光芒中有声音："吾已逝矣！"弟子信众这才知道玄高的死讯，于是"哀号痛绝，既而迎尸于城南旷野，沐浴迁殡，一都道俗无不嗟骇"。

一起被杀的还有尚书韩万德的门师释慧崇，他和玄高都是来自于凉州。

玄高弟子玄畅当时在云中郡（今内蒙古土默特右旗），听到消息后，骑六百里马返回，见师已亡，悲恸欲绝。

玄畅对着遗体说，请和尚坐起为我等说法。

话说完，玄高"两眼稍开，光色还悦，体通汗出，其汗香甚"，遂起身为弟子们说法："大法应化随缘盛衰，盛衰在迹理恒湛然……"，说完就倒下去世。

弟子们本来想按照佛教徒火化的习俗安葬玄高，但是当时的制度不允许，就采用俗人装棺埋葬的方式安葬了玄高。

在玄高去世的两年后，446年在长安征伐的拓跋焘无意间在一所寺院内发现有藏匿的女眷、财物、兵器等，认为是僧人也参与了反叛，大为恼怒，于是在崔浩的鼓动下，下令斩杀全国所有僧人，捣毁寺院。

这是佛教史上的第一次灭佛行动。

时拓跋焘带兵出征，太子留守监国，政令诏书皆出于太子，拓跋晃在无奈之下，有意识将诏书推后数天宣布，并将消息散播出去，远近僧人闻风而逃。

拓跋晃的这种行为，自然有其师父玄高的影子。

在这场灭佛活动中，玄高的弟子玄畅东跨太行山，想跑到南朝那边去躲避。

玄畅手里只拿着一束柳枝和一把葱叶。

北魏骑兵一路追赶逃跑的僧人，在河南孟津即将赶上玄畅时，他将手中的杨柳枝挥舞起来，顿时漫天风气，尘沙扑面，数步之内不见人影。

但好像玄畅对这一招并没有学精学透，功力差一点，刮起的尘沙时间不长就消退了，骑兵再次追击到眼前。

这时候已经到了黄河边上，玄畅手里的葱叶该发挥作用了。

玄畅跳入黄河，将葱叶插到鼻孔中，隐伏在水中，以此躲过了追兵，并渡过黄河。

前一个可能是天气巧合，后面一个则是真实。

后在南朝传播佛法，"洞晓经律深入禅要，占记吉凶靡不诚验。坟典子氏多所该涉。至于世伎杂能罕不必备"。

如此看,玄畅是个全才,不但通晓佛教禅律,而且占记吉凶、坟典子氏(古代典籍的统称,先秦时期有《三坟》《五典》《八索》《九丘》等典籍)都有所涉猎,更为惊叹的是杂技之类的技术也都具备。

"又善于三论(鸠摩罗什著写的《大智度论》《中论》《十二门论》),为学者之宗。"

除了惊叹这个人是常人不能及的"全才",还能说什么!

这样的人才任谁都是喜欢的,在什么样的社会环境下都能生存,进可以庙堂高论,退可以游刃市井。遇到帝王赏识也是很自然的事情。所以"宋文帝深加叹重,请为太子师"。

武帝灭佛时远近僧人逃散,自然没有达到武帝拓跋焘想要的结果,拓跋晃这种"放水"的行为自然逃不过政敌的眼睛,也加深了武帝对他的不满。

此事件五年之后(451年),太子拓跋晃突然去世在东宫,时年二十四岁,死因不明,任由后世猜测。

拓跋晃的一个姑娘安乐公主嫁给了乙乾归,时载"乙乾归有气干,颇习书疏,尤好兵法",授予驸马都尉、侍中官职。

∷ 黄河(摄图网)

献文帝初年（466年），为秦州刺史，有惠政。

不知道乙乾归在秦州任职的时候，会不会想起自己的岳父的师父玄高曾来自秦州麦积山。

玄高被斩杀和拓跋晃突然暴毙，都是朝野大事，乙乾归当时虽然是少年，但对这些事情应该是清楚的。

乙乾归或者会想起玄高这个和尚，或许会去麦积山。

巧合的是，麦积山石窟目前留存最早的洞窟，如74窟、78窟等，也大略开凿在这个时期。不知道和乙乾归有没有关系，但至少他作为秦州刺史，听闻过麦积山石窟的佛教开凿活动是肯定的。

◇ 知识链接

《高僧传》

又称《梁高僧传》。南朝梁僧慧皎撰，共十四卷。专门记述一些知名高僧的生平事迹，从东汉永平十年（67年）至南朝梁天监十八年（519年）四百五十三年间，共二百五十七人，另外还有附传二百余人。

该书共分为十门：译经、义解、神异、习禅、明律、亡身、诵经、兴福、经师、唱导。

慧皎自序："尝以暇日，遇览群作，辄搜捡杂录数十余家，及晋宋齐梁春秋书史，秦赵燕凉荒朝伪历、地理杂篇、孤文片记，并博咨故老，广访先达，校其有无，取其同异。"其资料广泛，不仅可补史阙，且资校勘之用。

除此之外，还有唐代道宣所编《高僧传》三十卷，又称《续高僧传》或《唐高僧传》；宋代赞宁所编《高僧传》三十卷，又称《宋高僧传》；明代如惺所编《高僧传》八卷，又称《明高僧传》。

后秦

前秦苻坚淝水兵败后，关中空虚，前秦政权随之分裂。原降于前秦的羌人首领姚苌在渭北叛秦，晋太元九年（384年）自称"万年秦王"。

太元十一年（386年）姚苌称帝于长安（今陕西西安汉长安城遗址），国号秦，史称后秦。统治地区包括今陕西、甘肃东部和河南部分地区。

后秦建初七年（393年）姚苌卒，子姚兴即位，在此期间国力较为强盛，政局稳定，并且从凉州迎取西域高僧鸠摩罗什，在长安建立译场，翻译了大量佛经，后秦佛教由此昌盛，麦积山石窟便发迹于这个阶段。

弘始十八年（416年）姚兴卒，子姚泓即位。国内曾归降的多族势力趁机反叛。义熙十三年（417年）刘裕大军攻破潼关，围攻长安，姚泓举国投降，后秦覆灭。

炳灵寺石窟

位于甘肃省临夏回族自治州永靖县西南约四十公里处的积石山的大寺沟内，目前最早的洞窟（169窟）开凿于西秦建弘元年（420年）。该窟是中国石窟中现存最早有明确题记的洞窟，是利用一个天然岩洞修造而成。上下四层，最早称为唐述窟，是羌语"鬼窟"之意。

唐代称龙兴寺，宋代称灵岩寺，明朝永乐年后称炳灵寺，"炳灵"为藏语"十万弥勒佛洲"之意。

唐宋时期，因炳灵寺石窟位于中原内地和青海的交通要道上，当时在炳灵寺位置有"炳灵寺桥"，所以该石窟和当时的军事、政治等有密切关系。

该石窟和麦积山石窟一起于2014年6月22日被列入"<u>丝绸之路：长安－天山廊道的路网</u>"中的遗址点。

天梯山石窟

天梯山石窟也称凉州石窟，位于甘肃省武威市城南五十公里处的中路乡灯山村，始建于东晋十六国时期的北凉，距今约有一千六百年历史。

石窟前原有黄羊河，20世纪60年代修建黄羊河水库，将该石窟的塑像、壁画等搬迁至甘肃省博物馆。

天梯山石窟创建于412—439年，北凉时期沮渠蒙逊曾在这里为母亲建造"丈六佛像"，目前尚有遗迹。

中心柱窟是天梯山石窟北朝石窟的重要特点，20世纪80年代，考古学家宿白先生在对凉州系列石窟深入考察后，提出以天梯山石窟为中心的"凉州模式"。

供养
GONGYANG

:: 白马藏舞蹈（陈治平摄影）

甘肃陇南，有一支白马藏族活跃于山岭河谷之间，有着特殊的信仰和生活方式。

现在将其民族划归为藏族，而在较早的历史时期，这支民族却是属于氐族。在《史记》里就可以见到这支民族的活动情况，"自历冉驻以东北，君长以什数，白马最大，皆氐类也"。

这民族传说中有一个和麦积山有关。很早的时候有一个头领，被仇人追杀跑到了麦积山，并在一个山洞里躲藏起来，仇人放火烧山，这个头领被烧死在山洞里面。

这样的传说无法考证和真实历史之间的关系，也无法考证是否确有其事，但是在南北朝时期，其先祖有一批人到麦积山开窟造像却是事实，并且是麦积山石窟最早一批开凿的洞窟。

这事还是要从仇池国说起。

仇池国分前仇池国和后仇池国。前仇池国由原本活动在陇右（天水）一带的杨姓氐人所建立。东汉末年，天下大乱，诸侯割据混战。部落首领杨腾率领部族迁徙到仇池，开始建立自己的政权。

天水地区东接关中长安地区，西连河西，位于丝路要冲位置，地理战略位置十分重要，但是正因为如此，对一个小的割据政权是十分不利的，于此建立政权，容易受到来自各方的军事攻击和政治影响。所以杨氏对自己目前的实力有适合时宜的判断，不能将政权中心建立在位于交通要冲的天水。

陇南地区在地理上接近四川，故山水、地形、气候等也都和四川地区类似，山高林密，河谷纵横，无论是河谷盆地还是高山地区都有着良好的农业条件。

因为山高林密，所以在军事上属于易守难攻之地，另外从军事战略位置看，在南北朝时期陇南是河西和秦州进入川蜀地区继而到达南方要道，但是在东汉、三国时期，这条道路上的交通情况远没有后期顺畅。所以从整体上看陇南是一个偏居要道、进退有据之地，所以杨氏政权将这里选为政权立足之地是有充分考虑。

杨氏的政权中心在仇池山（现礼县境内），这是一个四面有绝壁，山顶有大面积平坦土地的高山。史书记载："仇池地方百顷，因以百顷号之，四面斗绝，高平地方二十余里，羊肠蟠道三十六回，山上丰水泉，煮土成盐。"有水、有盐、能种植，形成了一个能完全自给自足的小环境，类似一个天然的城池，在这个位置建立政权，不怕外敌围困，也确为绝佳之地。

《山海经·海外西经》当中记载这样一个故事："刑天与帝争神，帝断其首，葬之于常羊之山，乃以乳为目，以脐为口，操干戚以舞。"

常羊之山就是仇池山。

乱世之下，哪个政权都是无法孤绝于世外，仇池亦然。当时曹操"挟天子以令诸侯"，仇池遂联合凉州马超以及周边的氏族政权，一起对抗曹操，后兵败，部众强制迁徙至天水一带。曹操封当时的氐王杨千万为百顷氐王。

西晋元康六年（296年）八月，秦州（天水）、雍州（长安）一带氐羌反叛，推举齐万年为帅。但是杨氏一支的氐人并没有参与此次叛乱，反而是率领部落四千多家，再次迁到仇池，杨茂搜自号辅国将军，右贤王。此时关中扰乱周边流民等多有归顺杨氏，势力逐渐壮大。

作为一个小的割据政权，为了避免与各方直接的军事对抗，仇池采用上表称藩的方法和周边强大的政权建立良好关系，向东晋、后赵等都上表称臣。

东晋太和十一年（371年），前秦皇帝苻坚派军队攻伐仇池，破城之后，将氐族迁到关中一带，前仇池国灭亡。

公元383年，前秦苻坚率军八十万出兵南下伐晋，双方对阵于淝水，最终的结果是前秦大败，前秦政权也由此分崩瓦解。

此时，已经成了苻坚女婿的杨安率领民众回到仇池，并在仇池山顶上建立粮仓，招纳周边流民，自号龙骧将军，仇池公。

∷ 仇池山远景（刘小龙摄影）

并向东晋遣使称藩。同时上表请求将天水、武都、成县等划入仇池郡范围。

这些范围和东晋远隔千山万水，本来就没有实际管理能力，也就同意了杨氏的请求，做了顺水人情。后遂以仇池为中心扩张。最大时曾占据秦岭之南的汉中地区。

此时的北魏王朝逐渐强盛起来，统一了北方的大部分领土。起初仇池仍然采用遣使称藩的方法，和北魏之间保持了相对的平衡。

仇池王杨难当自称大秦王，设制完备如同皇帝，并且反复无常，勾连南北政权，引起北魏的严重不满。太平真君三年（442年），南朝刘宋派遣将领裴方明等侵占仇池，北魏也借机发兵攻占仇池，次年二月占领其地。为了防止仇池氏人反复占据，北魏任命皮豹子为都督，管辖秦州、雍州、荆州、梁州、益州等五州军事。446年在仇池设仇池镇，皮豹子兼领镇将。

此处的"仇池镇"并不是乡镇的概念，而是军镇，是在边镇或者是新占领地区，为了加强管理，采取的一种以军事管理为主的管理方式，类似于军事管理委员会的性质。

在北朝前期，因杨氏需要和南方政权沟通，所以从仇池通向汉中的道路逐渐畅通，成为河西和秦州通向南方的要道，南来北往。在这种情况下，河西地区昌盛的佛教也就自然传播到这里。如北魏时期僧人释僧朗，凉州人，北魏占据河西时，被充作役徒，后借机逃走，"七日达于仇池，又至梁汉出于荆州，不测其终"，可知其行经的路线是经仇池下汉中。

道路畅达南北！佛教也在这条路上留下了印记。

早在前秦苻坚之时，曾为仇池王族的杨宋奴的两个儿子就

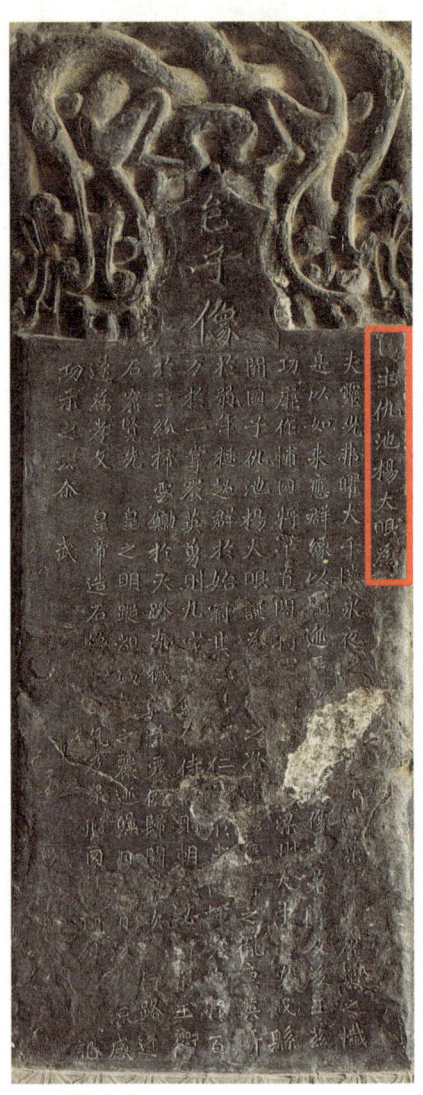

∷ 龙门石窟仇池杨大眼造像碑

分别名为佛奴、佛狗,可见在此之前,佛教就已经传播到了仇池地区,并且有了很深的基础。

虽然麦积山石窟在公元400年前后的后秦时期就已经有了佛教活动,但是并没有大规模的开窟造像,僧人多以修禅为主。大规模的开窟造像是在北魏占领秦州并稳定局势之后的事。

但是,麦积山石窟现存最早的窟却不是秦州人开凿的,而是仇池氐人。

据考古研究断定,麦积山石窟现存的51、74、78是麦积山石窟的最早洞窟。

在78窟的佛坛基上,保存十余身供养人画像和模糊的题记,可以辨认的有"仇池镇经生王□□供养佛时,仇池镇杨

:: 仇池镇供养人(摹本)

云冈18窟立佛像（昙曜五窟之一）

□□供养佛时，仇池镇……供养佛时"。

毫无疑问，这个洞窟的供养人来自于仇池，并且是在仇池设立军镇之后，也就是公元446年之后，而正始元年（504年）仇池镇改称为南秦州，所以这个洞窟的开凿时间也应该在446—504年之间。

北魏占领仇池镇的这个时候，卢水胡人盖吴在杏城（陕西黄陵县）聚众起兵，反对北魏统治，占领长安、彬县、大荔、平凉等地区，自号天台王，并取络南朝刘宋，对北魏造成军事威胁，太武帝亲自带兵到西安征讨。

在征讨的间隙，太武帝带领几名军士到一所佛寺。此时连年战乱，僧人乞食无处，就在寺院内种植小麦。军士将马匹放养寺内啃食麦苗。武帝进入寺内观看战马，随从到僧人房间闲逛，看见室内有"弓矢矛盾"，随即外出报告武帝，武帝震怒，认为寺僧参与了盖吴反叛，立即将寺院僧人全部斩首。而在随后的检查中发现酿酒用具以及大量富户隐藏的宝器财物，数量巨大，同时又发现密室，认为是和贵妇淫乱之所，更为恼怒。在信奉道教官员崔浩的怂恿下，命令监国太子拓跋晃发布诏令，拆毁全国所有寺院，僧人全部斩首。

:: 金塔寺石窟的中心柱窟

拓跋晃在此之前曾跟随从麦积山到凉州、再到平城的高僧玄高学佛，也算是个佛教信徒。

拓跋晃首先来往书信劝谏武帝改变这样的想法。

拓跋晃苦谏无效后，有意识将诏书推后几天宣布，并将消息扩散出去，远近僧人闻风逃散。这也是佛教史上第一次灭佛运动。

在拓跋焘在位期间，一直执行灭佛的政策，452年10月，文成帝拓跋濬即位，恢复佛教发展。

所以，在仇池镇被北魏占领期间，正值太武帝灭佛时期，所以在452年之前，是不可能在麦积山石窟有大规模造像活动。

在文成帝恢复佛法的第二年，作为帝都的平城为天下之先，开凿了云冈石窟，此项工程的主持僧人是当时的沙门统昙耀。

我们在这里提及云冈石窟不但是云冈石窟在这个时期引导了石窟造像的新风气，而且在总体印象上，麦积山的初期洞窟和云冈石窟最为接近。

艺术的发展都是有内在规律可循的，我们只要是把握住了其内在的发展规律，就可以掌握其相对准确的历史定位。

河西地区石窟寺遍布，

:: 云冈石窟中的中心塔柱窟

除了莫高窟之外，还有酒泉文殊山、金塔寺、马蹄寺、天梯山等石窟。这些石窟的基本模式深受新疆地区石窟寺的影响，但是经过河西地区汉文化的逐步改造，形成了一种独有的"凉州模式"。

"凉州模式"是20世纪80年代由石窟研究的泰斗宿白先生提出，其核心的思想是指河西地区的小石窟寺在洞窟的营造中都遵循着一个共同认可的模式，而这种模式最主要特点就是中心柱窟。

所谓中心柱窟是指在洞窟的内部有一个从地面直通窟顶的崖体，这个崖体是开凿石窟时预留的。这种中心柱式的窟型在新疆、河西、大同、云冈等石窟中均有表现，但是具体形式在各个地区的差异性极大。

河西地区的中心柱窟直接受到新疆石窟的影响，但是也产生了较大的改变。主要是将新疆地区从长方形的洞窟形式改变为正方形的窟形。洞窟的空间都不大，长宽在4米左右，在中央位置矗立着一个宽度均1.5米左右的正方形柱体，直通窟顶，在柱体的四面开有佛龛供佛。

河西地区的岩石结构都不是很好，特别是石窟最早出现的酒泉文殊山地区，其山体实际上不能称为岩石，组成结构完全是松散的砾石，用手拍击掰动既可脱落，所以如果开凿一个大空间的洞窟很困难或者说不可能，会有坍塌之忧。而在窟中央留一个柱体就会起到良好的支撑作用，防止出现坍塌，所以中心柱窟的形式能在河西地区形成一种模式，其力学支撑因素在其中是占了很大原因。

这种模式在北凉和北魏前期盛行于河西地区。

秦州位于丝路要道，往来于河西和中原之间的僧人多经秦州。

所以按照一般的逻辑,新疆中心柱窟向河西传播,那么这种模式形成之后,也自然会传播到秦州,秦州地区的石窟也自然会有中心柱的形式。

但事实并非如此,麦积山石窟从始至终并没有看到中心柱窟的影子或任何痕迹。

这也是麦积山石窟的历史谜题之一。

但是可以肯定的是,麦积山初期的发展,并没有受到河西石窟的影响,而是另有途径。

考古学的任务就是探寻出文化发展的脉络,石窟考古亦然,我们在全国范围内时代相近的石窟中探寻,寻找有类似或相同文化现象的石窟。

云冈石窟就自然地纳入了我们的视野。

在全国范围内的石窟寺中,能和麦积山石窟作文化对比,云冈石窟是最直接的。

首先是窟形,就是洞窟的建筑形式、形态,这是石窟考古中判断时代和区域风格的重要因素。如河西地区的中心柱窟。

云冈石窟的16～20窟俗称"昙耀五窟",是高僧昙耀规

:: 草原上的穹庐(摄图网)

:: 夜幕下的云冈 20 窟

划设计、皇室组织施工的,以北魏五位帝王形象为蓝本雕凿的五个大型佛窟。

皇室工程自然要体现出皇家气魄,自然要"世法所稀"(郦道元语)。

除了宏伟与震撼,审美自然也要体现出草原民族帝王的审美特点。

昙耀和平城地区的大部分僧人虽然都来自河西,河西地区普遍的中心柱窟给他们留下了深刻的印象。

但是这种空间狭促的形势显然不是皇家工程的样本。

同时洞窟内四壁有佛,中心柱四面有佛,佛像众多,但是没有一个主尊,究竟是以谁为尊。

佛国中的众生平等、众佛平等显然是和世俗中的皇权独尊相悖,皇权不能接受这种平等。

但是这个时期除了中心柱窟,昙耀选择的余地并不多,或者是完全没有。

:: 麦积山石窟 78 窟

昙耀肯定是经历了一些不眠之夜,坐禅肯定解决不了这个问题。

寻找一个新的洞窟形式是一种必然的选择,毕竟佛经中没有规定洞窟必须是什么形式。

高僧和普通僧众的区别不但是博学,更重要的是独立思维并且有创新的胆识。

"天似穹庐,笼盖四野",或许是这首在民间传唱的小调引发了昙耀的灵感。

穹庐,这种草原上遍布的居住之所或可作为洞窟开凿的蓝本。

穹庐的建筑学形态和中原地区"人"字坡顶、内部为方正空间的建筑完全不同，受各自不同地域文化影响，形成了不同的审美。穹庐的这种浑圆建筑形式也自然成为草原民族的建筑审美特征。同时，这种浑圆的建筑形式还蕴含着草原民族的天地宇宙观念。这种观念根深蒂固，作为一种意识形态很难在文化交流或是历史发展中改变。

在云冈石窟开凿之前，有些僧人在草原传法，有些僧人随太祖（道武帝拓跋珪）皇帝在军中传法，这些活动所依托的都在穹庐中。

佛教和穹庐于佛法在草原传播的过程中早已自然结缘。

北魏王朝在这个时候虽然已经建造城郭，立堂设殿，但是作为一种审美意识形态，穹庐依然没有在皇族的生活中消失，如"太和十四年，庚辰，帝居庐"。另外，这五个佛窟是为文成帝和之前的四位帝王（拓跋焘，拓跋晃，拓跋嗣，拓跋珪），这种追慕先祖的行为自然要将先祖置于曾经生活和征战的环境中。

如此，穹庐就是窟形的自然选择，也是最佳选择。

这个设计方案最终通过了文成帝的审定，工程按计划实施。

我们以20窟为例看，一般认为这是为文成帝开凿的窟，前壁有坍塌，但可以看出浑圆的状态，完全是对穹庐的模仿。

现在我们将这种窟形视为创新，在当时依然是创新。昙耀完成了从"凉州模式"中脱胎换骨，这是需要一种超越前人的勇气和胆识。

皇光元年（467年）八月，文成帝巡幸云冈石窟（当时称武周山石窟），这应该是昙耀所主持的五个佛窟正式完工的日

:: 麦积山初期洞窟分布图

子。

"雕饰奇伟,冠于一世","穷潜巧丽,惫别异状,骇动人神",这个评论放在今天也是毫不过分。

当时的场面肯定庄严、隆重,众多僧侣和信徒都拜伏于地,高诵佛号。

文成帝此时不会像其他信徒那样拜伏于地,因为前任的沙门统法果曾说过:天子就是当今如来。

我们再把目光回到麦积山石窟。

麦积山石窟51、74、78窟的窟形、大小都很一致,应该是同一时期受到同一种思想营造的。

这三个窟和稍晚一点的90窟形式相同,说明当时可以选择洞窟形式不多,较为单一。

这三个窟的建筑形式基本特点是:平面形式界于方、圆之间,正、左、右等三个壁面都呈微微的外弧,而各个壁面之间的交接也呈弧形,窟顶呈更为明显的弧形,和各个壁面之间的交接也是一个弧形。

说得简单直白一些，这是一个说方不方、说圆不圆的窟形。这与河西地区的中心柱窟建立不起任何的文化联系。

但是我们却看到了云冈昙耀五窟，特别是20窟的影子——空间浑圆，草原气象。

云冈昙耀五窟的窟形来源于草原上的穹庐，这也算是"近取诸身，远取诸物"。秦州地区石窟的形制是否也会从近身的房屋建筑中获得参考样式？

首先要强调的是：各个地区的石窟寺并不是各地区最早、最普遍的佛教建筑形式，遍布城乡的佛寺才是当时地区性佛教常态。而佛寺建筑自然是和各地区的本土建筑相一致的，而石窟寺的洞窟形式就总是和佛寺建筑之间有千丝万缕的关系。

秦州地区的建筑环境和平城地区完全不同。

"板屋"是秦州地区北朝之前的基本建筑形式。

"言念君子，温其如玉，在其板屋，乱我心曲"，出自《诗经·秦风》，描述了一位女性在"板屋"中思念自己外出征战的丈夫的情景。

"天水，陇西，山多林木，民以板为室屋"，出自《汉书·地理志》。

"（仇池郡）氐于平地上立宫室果园仓库，无贵贱皆为板屋土墙"，出自《南齐书·氐羌传》。

"旧天水郡治，五城相接……其乡居悉以板盖屋，《诗》所谓西戎板屋也"，出自《水经注》。

以上史料，充分说明了秦州地区在历史时期的建筑形态。

借助于以上史料，我们可以将秦州的板屋分为两个阶段和两种形态。

一、西汉——先秦时期，完全板屋时期，房屋的四壁，屋顶全部都是木板制成。

二、东汉——北朝时期，土墙板屋时期，房屋墙壁是夯土墙或土坯墙，屋顶是木板覆盖。

从完全板屋到土墙板屋后面主导性的因素是气候变化，这是另外一个问题，在此不论。

这种建筑形式在甘肃陇南、四川等地区还多有遗存。

土墙板屋的形态自然是平面方形或者是长方形，这和中原地区的建筑并无二致。

这种方正规矩、并且中轴对称建筑形态已经融入到了秦州民众的审美之中，成为最牢固的意识形态之一。

麦积山石窟的洞窟形态按照云冈石窟的逻辑，应该是从这种方正的板屋形态中汲取建筑元素。

而麦积山石窟51、74、78窟却是让我们感到疑惑，方正的建筑元素在这里好像有，又好像没有。

相较于云冈20窟浑圆的形态，麦积山这几个洞窟则偏于方正，而我们以方正的空间相比，这种形态又具有很多的浑圆因素。

在前面的一些讨论之下，我们对这种形态作出一个结论——这种形态是融合了穹庐和板屋两种完全不同的建筑形态而成。

板屋形态来自于秦州地区寺院或民居建筑，而穹庐形态则来源于云冈昙耀五窟。

来自于草原和内地的两种建筑形态在秦州发生了交流、碰撞、融合。

幸而有石窟建筑存在，让我们在今天看见了这种不同建筑文化之间的交流。

当然,如同昙耀在洞窟开凿之初曾深思熟虑、苦思冥想一样,麦积山石窟的主持僧人或主持工匠也必然是经过了一个多方比较后的选择。

以板屋方正形态作为范式是最直接和最自然的一种选择。民居是板屋,寺院是板屋,僧房是板屋,人们在其中生活、供佛、坐禅,在山崖上开凿一个洞窟,如同建一个供佛的殿宇,方正空间是"近取诸物"的参考。洞窟内的佛像布置直接按照寺院建筑中的布置即可。

但是,昙耀五窟的形态是如何进入主持僧人的思考视野?

昙耀五窟大约完工于467年八月,从453年开工建设,共计用了十四年时间,相对于这样宏大的工程,倒也符合当时的生产力。

工程完工,官员和公众得以观瞻,其影响力才可以对外传播。

麦积山以74、78等窟可见的云冈元素,可以断定,其开凿时间是在467年之后。

兰州大学魏文斌教授从考古类型学、图像学入手,将麦积山初期洞窟的年代确定在了471—472年间。

这期间秦州刺史是穆亮,并认为是穆亮将云冈石窟的佛窟形象带到了秦州。

这一结论和我们前面从窟形入手所做出的结论相近。

一般来说,僧人之间的文化交流重视于佛的形象、义理等。而如云冈的窟形并不具有义理性质,所以僧人不会将窟形作为关注重点。

而具有官员背景则不同,会将更具有帝王气象的因素向外传播，这必然包括帝王所欣赏的穹庐形式。

所以麦积山初期洞窟中除了僧众和信徒，官员的力量也在其中。

至此，麦积山初期洞窟的年代以及背景问题得到了确定。

我们再来谈供养人的问题。

78窟的坛基在侧有十余身供养人形象，并有"仇池镇"题记。这只是保留了最初供养人壁画的一小部分。据估计，在没有遭到破坏之前，这个窟的供养人画像应该在二百人左右，是一个很庞大的信众团体。

需要注意的是，74窟和78窟这两个窟形大小，形式连同窟内的塑像组合、艺术风格等完全一致，并在同一层栈道上，间距十米左右，应该是同一组工匠，同时开凿和塑造的，是否同为仇池供养人不得而知。

78窟众多的供养人，是由"邑社"的形式组织到一起的，"邑社"又称为"佛社"，是社会信众以生活的社区或者是乡村为基础单元组成的信佛团体，信众根据自身情况自愿参加，负责人称为"邑主"或者是"像主"。另外邑社还要聘请一位僧人作为"邑师"，也就是佛教导师，教化大家如何修行。在男女有别的古代，男性信众聘请比丘作为导师，而女性信众聘请比丘尼作为导师。

这种邑社都是以信众生活范围为基础建立的，如果跨地区建立邑社则很难有效组织起来。所以，78窟原本众多的供养人应该是全部来自仇池。

在现存的供养人画像中，有一人的身分是"经生"，这是在寺院中以抄写佛经为业的文人。抄写佛经如同造像一样是种功德。在古人多不识字或者是无暇顾及的情况下，将具体的抄经任务委托给经生抄写，在经书的最后缀上自己的名字即可。而经生在这个过程中也可以获得一定资财作为报酬。

一个二百人的信众团体，在邑主的组织下，风尘仆仆、风餐露宿地从仇池来到麦积山，以实际里程计算，需要十余天的时间才可以到达。我们今天已经很难想象当时路途的艰辛和磨难。

而仇池镇的大批供养人来到麦积山开窟造像，说明当时麦积山石窟有着强烈的吸引力。这个时候麦积山还没有大规模开窟造像，而能吸引仇池镇众多供养人一起来麦积山供养，应该是这里有众多的僧人聚集，有浓厚的宗教氛围。

玄高禅师当时在麦积山时，麦积山石窟已经是"山学百余人"的规模，422年玄高离开麦积山，这里的僧人数量会减少很多，但不会是空无一人。小规模的佛教活动还在继续。

太武帝灭法时，这里自然是僧人逃散，但是在文成帝复法时，颁布了鼓励佛教发展政策。麦积山在这个时期应该有更多的僧人在这里聚集，逐渐形成秦州地区的佛教中心。

仇池镇人首先作为俗世供养人来到这里开窟。

二百人的规模在麦积山，还另外聘请工匠伐木，修建栈道，开窟塑佛，这在当时应该是一项很大的工程，在秦州自然会引起众多信徒和俗众关注的目光。

继之而来的秦州信众也开始在这里修凿洞窟，供养佛像。

从这个时候起，这里的斧凿之声和诵佛之声就再也没有停止过，历经岁月，历经沧桑。

无数供养人的身影在这里躬身向佛，一些人留下了姓名，但更多的人随风而逝，一些人留下了形象，但更多的人被历史尘沙遮蔽。

在无数供养者的潜心供养下，麦积山才从一个寂然无名的山峰成为一座天下圣山。

◇ 知识链接

供养人

就是以各种实际行动参与佛教活动中的人，如僧侣、信徒等，都可以统称为供养人。

供养可以分为利（钱财）供养、行（行动）供养、花（花朵）供养、香（焚香）供养等多种形式。

石窟中的供养人多数情况下会用题名或者是绘画、小型塑像的方法将自己的形象或名字留在洞窟中，这些供养人的形象和历史资料为我们研究提供了重要的时代信息。

沙门统

沙门统是北朝时期管理全国佛教事务的官职或者是官署。北魏文成帝时改道人统为沙门统，主持全国各种佛教事务和僧众。亦称"沙门大统"或"沙门都统""昭玄统"。僧人法果、昙曜等都曾担任过这个职务,其中昙曜任此职时开凿云冈石窟。

除了在中央机构中设置沙门统，在各州也设立沙门统。

刺史
CISHI

:: 麦积山115窟位置图

麦积山石窟第115窟。

这是一个一平方米大小的小型洞窟,本窟造像均为泥塑,内塑一佛二菩萨。

主佛阿弥陀佛的须弥座正面有墨书行楷发愿文,竖排13行,字迹较小,有漫漶不清的地方,其中可以辨认者约162字。内容如下:

唯大代景明三年九月十五日台遣上封镇司□(马)/
张元伯稽首白常住三宝今在麦积□□□□/
□□□为菩萨造石室一躯。愿三宝兴/
□法轮常转众僧□□天所□□右(佑)愿国/

祚□（乃）昌万代不绝八方倭负天人庆僎右（佑）愿第（弟）/
子所有诸师父母命之者神生□兜率□□□/
尊□□教悟无生恶□现在之右（佑）愿使四大/
（康）像六□□烦□□二宜命不□□□□/
弟子夫妻媳□现世之中众灾消灭百□□□/
常为国之良辅学者联□□箧内列……/
诸典记□□□历代不□及一……/
切众生普同成佛……/
愿子孙养大愿是见佛……/

这篇铭文是麦积山石窟诸多洞窟中唯一一个有明确开窟纪年的铭文，无论是对这个洞窟的年代确定还是对麦积山石窟北朝石窟年代坐标的确立，都有着重要的意义。

景明三年就是公元502年。

以上发愿文表达了六层意思，一是表明发愿缘起；二是称颂佛教、为众僧禳灾；三是为国祈福；四是为诸师父母祈求冥福；五是为自己夫妇；六是为子孙祈福。

这个洞窟的开凿者，多数学者根据"上封镇司□（马）张元伯"的文字而认定为是张元伯。

上封镇，也就是上邽镇，是因"邽"犯太祖（道武帝拓跋珪）名讳而改为"封"。

当时的秦州下辖三个郡，分别是天水郡、略阳郡和汉阳郡。其中天水郡下辖上封、显新、平泉、当亭等几个县。

当时上邽位于今天水市的秦城市区，秦州治上邽。

司马是管理军事的官员，上封镇司马，就是一个县级地域的军事官员。

这个级别的官员,一般都是二十岁左右的年轻人担任,在北朝时期,十几岁就任命为将军的比比皆是。

有明确开凿塑造时间,有具体的人名,这个洞窟好像就可以确定为张元伯开凿的洞窟。

但是细细推敲铭文,却发现是迷雾重重。

疑问之一,"弟子夫妻媳",弟子夫妻倒是符合张元伯的身分,夫妻造像。但是还有人物是"媳",也就是儿媳。张元伯这个年龄,应该还没有到有儿媳的时候。

:: 115窟主尊佛像

疑问之二,"常为国之良辅","国之良辅"就是国家的辅佐之臣,栋梁之臣,作为一个县级的"司马"这些词语好像离他很遥远,即使他心中有这样的壮志,也不可能写出来,明显有"僭越"嫌疑,他的上级领导肯定会拿这个说事。

"国之良辅"或"良辅"在北朝时期以及之前的语境中经常出现,如:

(北魏·窦瑾)"窦瑾字道瑜,……初定三秦,人犹去就,拜长安镇将、毗陵公。在镇八年,甚著威惠。征为殿中都官尚书。太武亲待之,赏赐甚厚。从征盖吴,吴平,留瑾镇长安。还京复为殿中、都官,典左右执法。太武叹曰:'国之良辅,毗陵公之谓矣',出为冀州刺史,清约冲素,著称当时"。

(东汉·梁商)"商自以戚属居大位,每存谦柔,虚己进贤,辟汉阳巨览、上党陈龟为掾属,李固、周举为从事中郎,于是京师翕然,称为良辅,帝委重焉"。

(三国·魏·高柔)"魏初,……柔上疏曰:"天地以四时成功,元首以辅弼兴治;成汤杖阿衡之佐,文、武凭旦、望之力,逮至汉初,萧、曹之俦并以元勋代作心膂,此皆明王圣主任臣于上,贤相良辅股肱于下也。今公辅之臣,皆国之栋梁,民所具瞻"。

(三国·吴·孙晧)"建衡元年,疾病。晧遣中书令董朝,问所欲言。凯陈:'何定不可任用,宜授外任,不宜委以国事。奚熙小吏,建起浦里田,欲复严密故迹,亦不可听。姚信、楼玄、贺邵、张悌、郭逴、薛莹、滕修及族弟喜、抗,或清白忠勤,或姿才卓茂,皆社稷之桢干,国家之良辅,遂卒"。

从这些语句实例来看,"国之良辅"其用意都是指向朝廷的高级官员。张元伯纵使有天大的胆子,也不敢这么直白地说自己是"国之良辅"。

疑问之三,"学者联□□箧内列……诸典记□□□历代不□及",这段话有点残缺,不好理解具体的意思,但"箧"是书框、书箱的意思,和前面的"学者"以及后面的"诸典记"这些词语联系起来整体考虑,应该是说功德主的学识高深、通晓历史典籍的意思。

这些和张元伯这个身分也有点远。

疑问之四:也是最重要的迷雾,在张元伯姓名和职位之前,有"台遣"两个字,"台遣上封镇司马张元伯"。

这两个字极为重要,是解开谜题的钥匙,或者是破解谜题的密码本。

"台遣"是北朝时期的朝廷公文用语,就是派遣的意思。典籍中常见这个词语。

如:"赵邕,字令和,自云南阳人……世宗崩,邕兼给事黄门,俄转太府卿。出除平北将军、幽州刺史。在州贪纵。与范阳卢氏为婚,女父早亡,其叔许之,而母不从。母北平阳氏携女至家藏避规免,邕乃拷掠阳叔,遂至于死。阳氏诉冤,台遣中散大夫孙景安研检事状,邕坐处死,会赦得免,犹当除名。"

这个"台遣"是朝廷派遣的意思。派遣中散大夫孙景处理赵邕的案件。

另如:"兴安二年正月,(皮)豹子表曰:'义隆增兵运粮,克必送死。臣所领之众,本自不多,唯仰民兵,专恃防固。其统万、安定二镇之众,从戎以来,经三四岁,长安之兵,役过期月,未有代期。衣粮俱尽,形颜枯悴,窘切恋家,逃亡不已,既临寇难,不任攻战。士民奸通,知臣兵弱,南引文德,共为唇齿。计文德去年八月与义隆梁州刺史刘秀之同征长安,闻台遣大军,势援云集。长安地平,用马为便,畏国骑军,不敢北出。'"

"闻台遣大军"就是"听见(朝廷)派出大军"的意思。

总之,"台遣"这个词语在正式的公文里是一个常见的词语,就是上级派遣下级的意思。

那么这样问题就出来了,"台遣上封镇司马张元伯",是谁台遣(派遣)张元伯?

供养人的姓名要么在发愿文的前面,要么在发愿文的最后位置。令人遗憾的是,此篇发愿文的最后位置漫漶不清,真正的功德主姓名应该是在这个位置。

我们好像陷入迷雾茫茫、无处可查的窘境。

但是,很多时候,好多疑问也是解开问题的钥匙或密码,这种情况类似于警察破案,提出疑问,就可以引领我们思考的方向。

可以"台遣"张元伯的,肯定是张元伯的某位上级官员。

这位官员应该是能接近朝廷权力中心的高级官员,这样才可以称为"国之良辅"。

最大的可能是当时的秦州刺史,而这个时候的秦州刺史是——张彝。

我们梳理张彝的生平,惊异地发现,如果张彝是功德主,那么前面提到的诸多疑问就迎刃而解了。

张彝,也是一个故事多多的人。

:: 云冈双窟为"二圣"建造的双窟

张彝字庆宾,清河东武城(今河北省故城县西半屯镇附近)人。

在《魏书·张彝传》中,首先的评价就是"(张)彝性公强,有风气,历览经史","历览经史"就是通晓经史,是个大学问家。

张彝是一个不习惯被朝堂上各种规矩约束的人,每当上朝的时候,其他人都是规规矩矩,小步慢走,低首俯眉。但是他却是"少而豪放,出入殿庭,步眄高上,无所顾忌",也就是像逛大街一样随随便便,趾高气扬,大大咧咧,三摇两晃地进出朝堂,和朝堂上严肃、庄重的气氛格格不入。

迟到早退、打瞌睡、大声喧哗、打断别人汇报工作等这些小毛病,可能也是张彝常态。

朝堂上自然有朝堂上的规矩。

此时是北魏孝文帝时期,文明太后(孝文帝祖母冯太后)参与朝政,当时称为"二圣"。

文明太后脾气比较好,但也耐不住张彝每次上朝都是这个德性,于是在朝会上就组织批评张彝,其他官员也都随声附和,场面一边倒地批评张彝。

张彝每次也都是不答话,随口"嗯嗯"两声,下次上朝还是那个样子。朝廷拿他也没有办法,毕竟这不是什么原则性错误,不可能拿这事处分他。

但是张彝善于督查,每次朝廷赋予他到各个州郡督查的时候,都是"清慎严猛,所至人皆畏伏"。因为此,张彝的官职也是一路上升。

孝文帝去世之后,次子元恪即位,是为北魏宣武帝。

当时宣武帝十七岁,所以孝文帝指定了六名大臣为辅政大臣,分别是:北海王元详、镇南将军王肃、广阳王元嘉、尚书宋弁、太尉公元禧、任城王元澄等六人。

宣武帝即位初期的几年,朝政都是"六辅"处理的。

少年皇帝总有亲政的时候。

"(景明)二年(501年)春正月丙申朔,车驾谒长陵。庚戌,帝始亲政。遵遗诏听司徒、彭城王勰以王归第。太尉、咸阳王禧进位太保,司空,北海王详为大将军、录尚书事。丁巳,引见群臣于太极前殿,告以览政之意。"

亲政,就必然要提拔部分官员和罢免部分官员,其中罢免"六辅"是必须的。

这都应该是属于正常的人事任免活动。

但是张彝却对这次人事任免过度敏感,他以为宣武帝要处理一部分官员。

和他同样敏感的官员并不是他一个,吏部尚书邢峦也是这样敏感,于是两个人乱了方寸,官也不要了,家也不要了,纵马"出京奔走"。但是人事任免之后好像也没有什么事情发生,

∷ 汉魏洛阳城遗址

一切如常,两个人于是又灰溜溜回到了京城。

"御史"就是负责朝廷纪律监察的官员,对这样在非常时期制造混乱的官员自然不会放过,于是就上书弹劾张彝和邢峦。

"非虎非兕,率彼旷野",意思是说:"你们两个是朝廷官员,又不是野生动物(兕 sì,指犀牛),在国家非常时期,放弃公务跑到旷野里干什么?造成了朝政混乱。"

可能两名官员也没有什么实际性的错误和过失,所以也没有给予实际性的处分,只是下诏书批评教育(诏书切责之)。

略后,张彝被任命为安西将军、秦州刺史,赴秦州任职。邢峦也被外放为官。

从职位总体来看,张彝的职位变化不是太大,大致是在省部级之间平级调动。

但是,毕竟是离开了京师洛阳,离开了朝政中心,张彝还是有点失落。

这可能多少和张彝"非虎非兕,率彼旷野"有点关系。

:: 龙门石窟宾阳中洞洞窟全景

为官一任，造福一方，张彝任职还是很认真。"及临陇右，弥加讨习，于是出入直卫，方伯威仪，赫然可观。羌夏畏伏，惮其威整，一方肃静，号为良牧。"

地方管理、边境治安等焕然一新，面貌一变，政声显著。

太极殿是皇宫中的正殿，北魏迁都洛阳后，就开始进行皇宫建设。499年正式开始太极殿的建设工作。为了躲避施工时的尘土和噪音，孝文帝将办公地址迁到了他处。

501年冬天的时候，太极殿基本完工，朝政办公迁回到太极殿。这个时候自然要举办一些仪式。

作为老臣，张彝被召回洛阳，参加太极殿的完工仪式。

回到秦州后，张彝进号抚军将军，也算是对他在秦州做出工作成绩的肯定。

但是，张彝还是希望能尽快回到洛阳任职，回到朝廷的权力中心。

于是连夜向宣武帝上书，表明自己的心意，可惜这里的文稿没有留存下来。应该是回到洛阳后尽心尽责、努力为朝廷工作的话语。

但是宣武帝没有同意，张彝只得在秦州呆下去。

努力工作是必须的，也是尽心的。"彝敷政陇右，多所制立，宣布新风，革其旧俗，民庶爱仰之。"

移风易俗，改革弊政，建立新的制度规范，这样的官员在秦州历史上也是不多的，也算是造福地方的好官。

宣武帝信佛，"景明初，世宗诏大长秋卿白整准代京灵岩寺石窟，于洛南伊阙山，为高祖、文昭皇太后营石窟二所。"

这就是洛阳龙门石窟的宾阳洞。

在这种背景下,当时各个地方的官员,为了向皇帝表明衷心,纷纷在各自的州郡内造佛寺为国祈福。

张彝也不例外,在秦州"为国造佛寺名曰'兴皇',诸有罪咎者,随其轻重,谪为土木之功,无复鞭杖之罚"。

"兴皇寺",谁都知道寺院的指向是向皇帝祈福,希望国运昌盛。

张彝希望宣武帝重视自己,也是煞费苦心。

"兴皇寺"具体建造在秦州城的什么位置、规模怎么样,这些都已经消失在历史长河中,无法得知了。

这个寺院的规模可能有点大,动用的人力和财力可能有点多,也就成为了别人攻击的把柄。

陈留公主是宣武帝的妹妹,丈夫去世后一直寡居,张彝为了攀亲戚,想娶陈留公主,公主也同意和张彝结婚。

这显然不是张彝的头婚,老妻尚在,但是陈留公主好像也不在意。

不过,打陈留公主主意的不是张彝一个人。仆射(pú yè,尚书省长官,大致相当于宰相)高肇(zhào)也打算娶陈留公主。

高肇是宣武帝的舅舅,此人官声不好,贪财,并且结党营私,"颇结朋党,附之者旬月超升,背之者陷以大罪"。

唐代的李林甫和高肇都是一个模子的权相,将朝政玩弄于掌股之间。

在这里更为重要的是高肇发妻是宣武帝的姑母高平公主。现在还想娶宣武帝的妹妹陈留公主。

这个辈分有点乱,陈留公主自然不会答应。

高肇将怨气归结到张彝身上,他在秦州建造寺院则成了把柄。

高肇向宣武帝进言,"称(张)彝擅立刑法,劳役百姓"。

张彝在秦州的一些工作成绩,经高肇一说,都成了恶政。

宣武帝派出官员到秦州调查落实,而派出的官员则是高肇的亲信万二兴,结果大家都知道。

万二兴添油加醋,将张彝在秦州的罪过都罗列出来。宣武帝罢免了张彝的秦州刺史,赋闲在家。

张彝倒是回到了洛阳,但是离朝政中心却更远了。

在这个时候张彝中风偏瘫,手脚不便,但是仍经常给朝廷上书,提工作建议等,部分建议被宣武帝采纳,秦州的风波稍过去后,被授予"光禄大夫,加金章紫绶"。这些都是职称待遇,没有实职。

读书也是张彝这个时候的日常,"辄私访旧书,窃观图史",将上起远古时期的伏羲,近到西晋时期各个帝王事迹整理在一起,"凡十六代,百二十八帝,历三千二百七年,杂事五百八十九,合成五卷,名曰《历帝图》"。

唐代阎立本绘制《历代帝王图》的时候,应该会参考参考张彝的《历帝图》。

张彝在秦州任职的时候,曾协助朝廷向汉中(今陕西汉中)用兵,并取得了一定的战功。赋闲在家的时候,没完没了多次向朝廷上书,请求对这次战功进行奖赏,使得大家都很讨厌他。

张彝过度重视于自己的虚名,点滴战功都必须要奖赏,缺乏朝廷大臣应该有的城府和稳重。

张彝有两个男孩,分别是长子张始均和次子张仲瑀。

:: 麦积山115窟佛像和印度秣陀罗佛像对比图

张始均在尚书省任职,"端洁好学,有文才",将陈寿《三国志·魏志》改编为编年体(原来为纪传体),一共三十卷。又著《冠带录》及诸赋数十篇,这些文稿都没有留存下来。

次子张仲瑀向皇帝上书,请求在朝廷官员中抑制武将,不能使武将在朝廷官员中的职别太高或升迁太快。

这一个建议在朝堂上引起了轩然大波,满朝堂的武将都群起攻击张氏父子。大街小巷贴满了攻击张氏父子的榜文,扬言要杀了张氏全家。

张彝也认为自己的孩子做得对,所以毫无惧色,泰然处之。

北魏神龟二年(519年)二月,羽林军中的几个将领,带领着数千军士到尚书省骂街,要求交出张始均。尚书省大门紧闭，人不敢出。军士们拾起大街上的砖头瓦块猛砸大门，但非军事政变，所以没有破门而入。

军士们的怒火无处可发，就向张彝的家中奔去，一路上抢掠柴火木棒。在张彝家中将张彝拉到院子里，随意唾骂踢打，并放火焚烧张宅。

事件陡然升级和恶化，其间不乏军官的诱引和煽动。

此年张彝五十九岁！

张始均和张仲瑀原本翻墙而逃，但又返回救自己的父亲，张始均被军士们投入火中烧死，张仲瑀烧成重伤，存得一命。

事后，因为害怕兵乱，朝廷仅仅将带头的八个人斩杀，其他数千人都没有进行任何处理。

法不责众，也确实没有办法处理。

当时洛阳有很多人围观了这个事件。

在旁观的人群中，有一个人叫高欢，他看出朝廷对这样事件的处理反映出朝政的衰败，于是开始积聚力量，准备开创自己的事业。

约十年后，高欢把控了朝政，成为北魏晚期的权臣，之后又把控东魏朝政。

这是后话。

麦积山石窟第115窟也就是开凿在张彝在秦州任职的时候。

这个时候的麦积山石窟，总体上规模不是太大，洞窟数量大约是在二三十个左右，都分布在西崖位置。

西崖大佛高高耸立，115窟是利用大佛开凿好的栈道桩孔在大佛西侧开凿的洞窟。

我们目前习惯将这个区域称为西上区，115窟是这个区域开凿最早的洞窟。

我们现在回过头再看下张彝和115窟铭文之间的内在关系。

一、铭文中有"诸师父母命之者神生□兜率"，兜率就是兜率天，指西方净土世界，是信徒离世后希望去的世界。这说明功德主的师父、父母等已经去世。

而张彝是"父（张）灵真，早卒"，而在孝文帝南征期间（494年），张彝的母亲去世。"后从驾南征，母忧解任。彝居丧过礼，送葬自平城达家，千里步从，不乘车马，颜貌瘦瘠，当世称之。"

二、铭文中有"常为国之良辅"。

而张彝因为到秦州任职，非常希望回到朝政中心，辅佐国家。甚至是家中赋闲、中风偏瘫之际，仍然是为国分忧。

三、在铭文中有"学者联□□箧内列……诸典记□□□历代不□及一……"，表明功德主是一位学养深厚的学者。

而张彝在秦州任职之初便"彝务尚典式，考访故事"，是一个专注于地方文史的学者。后来在给宣武帝的上表中，说自己"辄私访旧书，窃观图史，……未几，改牧秦蕃（在秦州任职），违离阙下，继以遘疾相缠，宁丁八岁。常恐所采之诗永沦丘壑，是臣夙夜所怀，以为深忧者也"。在晚年还绘制了《历帝图》，这些都说明张彝是一位学养修为高深的学者。

四、铭文中"台遣上封镇司马"。

张彝是张元伯的上级，这种具体事务委托给一个下级官员负责就可以了。

如此，一切疑问都可以得到解决了。

麦积山石窟 115 窟的功德主是当时的秦州刺史张彝。

115 窟的造像风格，和之前 74、78 窟的造像风格迥然不同，更加圆润、细腻，袈裟的下摆也呈扇形平铺到台座上，这些都是之前未出现过的艺术特点。

这种艺术特点是源于当时新传播到中原地区的新样式。

应该是张彝从中原聘请来的艺术工匠塑造的。

张彝开凿的这个窟很小，但是透过这个不起眼的小窟，让我们窥探到了历史深处，那位曾经是秦州刺史张彝的一生起伏。

少年轻狂、家中孝子、为政良吏、国中良辅、典籍学者、离世悲怆，这些词语汇集在一个人身上，也实在是让人感慨那个起伏跌宕的时代，那些曾经风云的历史人物。

◇ 知识链接

北魏二圣

北魏文成文明冯太后（441—490 年），中国历史上杰出的女性政治家、改革家，北魏文成帝拓跋濬皇后，献文帝拓跋弘嫡母，孝文帝元宏嫡祖母。

太安二年（456 年），册封为皇后，和平六年（465 年），献文帝即位，尊为皇太后。冯太后临朝听政，定策诛杀权臣乙浑，延兴六年（476 年），献文帝暴崩，时人疑为冯太后所鸩杀。冯太后拥立孙子拓跋宏即位，成为太皇太后。二度临朝称制，扶持孝文帝十四年，成为北魏中期全面改革的实际主持者，并对孝文帝改革产生重要影响。当时称为"二圣"。

云冈石窟二期洞窟开凿时,就有开凿双窟的形制,将两个洞窟开凿在一起,分别为冯太后和皇帝祈福。

龙门石窟宾阳洞

又称宾阳三洞。分为宾阳南洞、宾阳中洞、宾阳北洞,是龙门石窟最重要的一组洞窟。

景明初(500年),宣武帝让大长秋卿(负责后宫事务的官员,一般由宦官担任,两千石官员)白整,按照云冈石窟的样式在洛阳南伊阙山上为高祖(孝文帝)、文昭皇太后各开凿一个洞窟。

到了永平年间(510年),中尹刘腾又为宣武帝开凿石窟一个,一共形成并列的三个洞窟。从景明元年至正光四年(524年)六月以前,这三个洞窟一共用工八十万二千三百六十六。

古道
GUDAO

北魏秦州周边郡县图

北魏正光年间，连续几年的奇异天象都指向了秦州，暗示着风雨欲来。

正光三年（522年）二月初五，"月掩太白"，在中原地区（洛阳）看不到太白星，但是在河西走廊的凉州却可以看见太白星。太白星属金，主刀兵，这种天象预示着战乱将起，而可能发生战乱的地区就在洛阳和凉州之间，"灾在秦（州）也"。

洛阳和凉州之间有很多的郡县，但不知道星官为什么将战乱可能发生的地点定在了秦州。

此时正值初春，但孝明帝元诩深深感受到来自秦州的寒意，让星官着重注意秦州的天象。

同年五月初一，天空中的太阳突然被黑影从西到东遮盖，星象占卜的结果是"秦邦不臣"。

这是发生了月食现象！

再隔一年（524年），二月二十日，"月在参，晕毕、觜、参两肩、东井、荧惑、五车一星"，占卜的结果是"兵起"。

一切都指向了秦州。

其实，秦州这种暗藏的兵患并非来自于秦州民众，而是来自于秦州的官员。

此时，秦州的刺史是北魏皇亲宗室元琛，其人"性贪暴，求欲无厌，百姓患害有甚狼虎"，任秦州刺史期间"在州聚财，百姓吁嗟"，以征讨氐羌的名义，在民间大肆敛财，百姓苦不堪言。

在各种天象都指向秦州乱兵将起的情况下，北魏朝廷决定调整秦州刺史。

如果新任命的秦州刺史是一位宽政为怀，善解民怨的能

:: 河西壁画墓中的羌女形象　　:: 水帘洞 11 号壁画（有莫折氏供养题记）

臣，天星异象都会不存在，或者会成为朝廷官员调笑占星官的话柄。

但是北魏王廷显然是没有认识到秦州问题的根本所在，任命的官员倒是没有敛财，但是"政刑残虐，在下皆怨，刑政甚严"。这位新任命的官员就是李彦。

李彦在任秦州刺史前曾为"秦州大中正"。

中正官是北朝时期负责地方官员选拔任命的官员，相当于现今的组织部长。也算是对秦州有一定的了解。还曾任过平北将军、平州（辽宁省境内）刺史、平东将军、徐州刺史等，都未曾有为政苛猛的记载，而到了秦州后，"刑政甚严"，显然是在星象官秦州将起兵乱说法引导下的行为，认为采用严政即可将民乱压制下去。

这样，无疑更加快了秦州兵起的步伐，也以最快的速度印证了星象官的占卜。

这不知道是天象灵验还是世道使然。

总之，秦州真的兵烽燃起。

526年六月,也就是占卜"兵起"的四个月后,有民众聚众,"突入州门,擒(李)彦于内宅,囚于西府",然后推举莫折大提为统帅,随即将李彦斩杀,秦州民众起义正式暴发。

"莫折"是少数民族姓氏,是居住在渭州(天水市武山县一带)的羌族,在水帘洞石窟就有莫折氏的供养题记。

正常的情况下民众如果采用强攻的方法攻击城门,基本上没有成功的可能性。而秦州民众能够"突入州门",一来是具有秘密性、突然性,二来应该有内应。所以这个民变可能是聚集了很长时间了。

秦州起义暴发后,周边郡县纷纷响应,一时聚兵数万。为了占据长安、关中等粮食产区,兵锋向东,翻越陇山,攻占了陇县、岐山等地,对关中地区形成了直接威胁。

这个时候正是粮食收获的季节,北魏朝廷自然不敢轻视,派出军队对抗。

∷ 义军占领和攻击方向

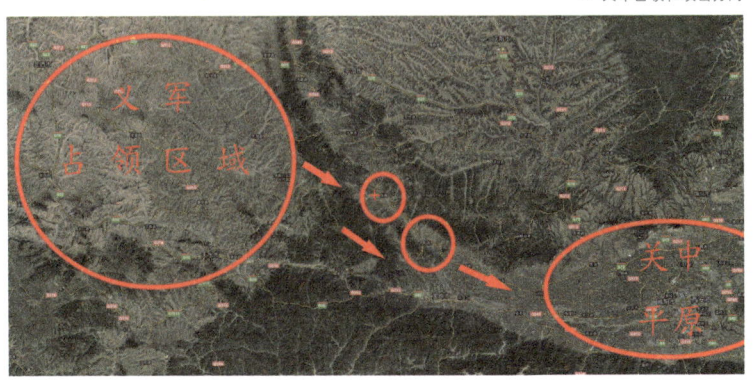

但是北魏数十年未经大战，兵备松懈，很难抽调出精兵强将在短时间内将起义镇压下去。

在朝廷召集的会议中，群臣议论纷纷，各自提出镇压之策，其中散骑侍郎、襄威将军李苗提出的建议被记录下来。

李苗认为，天下承平既久，人不习战是朝廷面临的不利局面，虽然起义军队强悍，一时攻势凌猛，但是因为是突发而起，后勤储备特别是粮食不会储备太多，不足以支持长期对抗，所以建议前线守军"深沟高垒，坚守勿战"，做好持久战和消耗战的准备。然后"别命偏师，精卒数千出麦积崖以袭其后，则汧岐之下，群妖自散"。

在这里，出现了"麦积崖"，并且与军事战争直接联系在一起。

对于这条历史资料，很早以前就有学者重视，但是理解却有偏差，认为其中的"出麦积崖以袭其后"是说麦积崖是北魏军队的一个基地，驻扎着一支数千人的军队。

麦积山当时已经是一个佛教圣地，人来人往，驻扎一支数千人的军队而起义军毫不知晓，这种可能性完全不存在。

且起义军当时已经占据了天水及其周边的大部分地区，兵锋已经逼近长安，怎么可能允许身后还有这么一支军队！

麦积山周边山岭纵横，不具备军队大规模驻扎条件！

所以需要重新解读这条历史资料。

《魏书》和《北史》中对李苗的这段话记录得很细致，应该是采纳了他的建议。但是随后的军事和人员调动却显得不寻常。

李苗并没有被调动到陇县、岐山的前线指挥作战，而是调到了和秦州战事表面看没有直接关系的广元和略阳。"于是诏

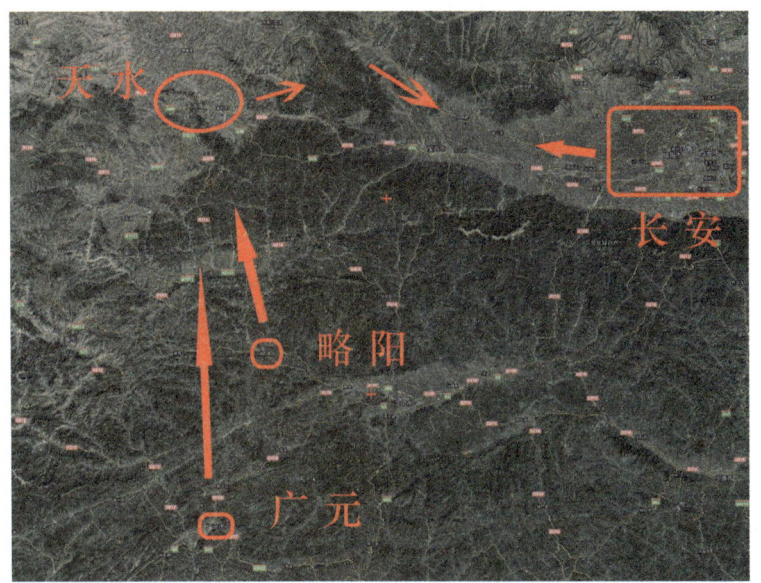

:: 莫折大提起义军事态势图

(李)苗为统军,与别将淳于诞出梁(梁州,现四川广元市)、益(益州,现陕西略阳),隶行台魏子建,子建以苗为郎中,仍领统军,深见知待。"

简单地说,就是任命李苗为统军,负责此次袭击起义军后方的任务,军队分为两支,李苗率领一支从广元出兵,而别将(偏将)淳于诞从略阳出兵。这两支军队整体隶属于行台(中央派出机构)魏子建,但是魏子建对李苗十分信任,军事行动都委托给他。

如果我们将秦州作为起义军的大本营,其向东攻击,陇县、岐山方向则是前线、前方,而广元、略阳位于秦州的南向,从军事战略方向考虑,这个方向就是秦州的后方(附图)。如果

:: 127 窟铠甲马和骑兵

从这个方向向秦州出兵,起义军兵力布置都在前线,后方空虚,自然就是一击即溃。

秦州和略阳、广元之间有秦岭相隔,山岭高峻,河谷奔腾,本身是一道天然的军事屏障,大规模的军事调动面对这种阻碍是很困难的。

三国时期的诸葛亮就是因为秦岭阻隔、蜀道艰难,后勤供应不继,所以屡次兵败祁山。

秦州和略阳、广元之间有一条道路,即从今天的天水市向西南,经礼县(仇池,当时称南秦州)、徽县沿嘉陵江到陕西略阳,再下到四川广元。这是当时的主要道路,北魏前期曾围绕仇池（南秦州）和东晋之间有多场战斗，军队频繁来往于这条道路上。不但军队所熟知，一般的民众也是熟知的。

如果北魏军队沿这条道路从广元、略阳方向进攻，显然是达不到突然性。同时这个时候南秦州（礼县）已经被起义军占据，北魏军队进攻时南秦州就成为了秦州的屏障，其地理位置显要，一时间是很难攻克。

此路自然不通，也不符合李苗提出的军事方略。

麦积崖就在这种情况下出现在李苗的军事计划中，并且还是计划的核心部分。

秦岭山叠水障，险阻重重，作为大道通行，其所能够选择的只有前面谈到的经过徽县的一条要道，这条道路极为艰险。

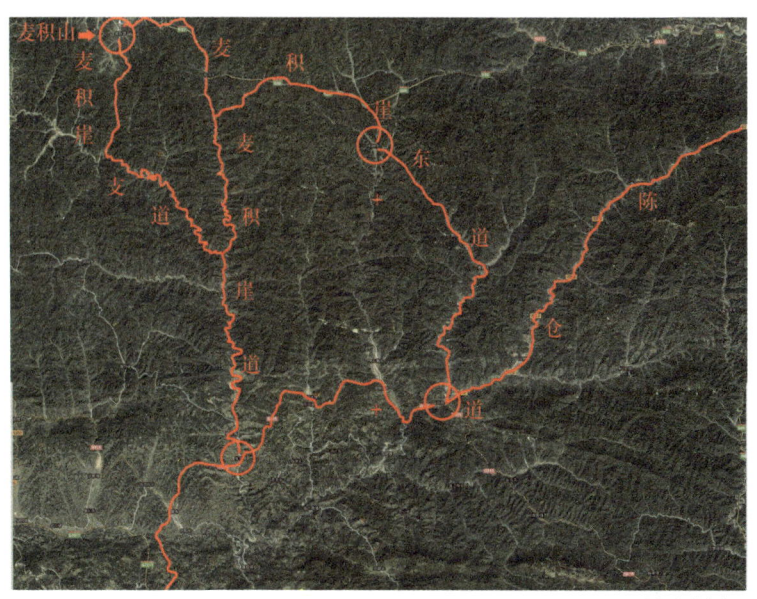

:: 麦积崖道走向图

:: 天水党川乡龙王庙沟路段景象

但是,作为特殊情况下的军事用途,就不一定要沿着大道前行。

战争史上曾有无数次的胜利就是建立在对交通道路的开辟,出其不意达到突袭目的,古今不乏经典战例。

李苗提出的"出麦积崖以袭其后",实际上是指从广元和略阳出兵,沿着山间道路西行,达到秦州,而麦积山则是这条道路上最后一个地理坐标点,看见麦积崖就等于是走出了崇山峻岭,随时可以向义军发起攻击了。

古代的民众起义多数情况下都是为了衣食温饱而被迫起义,对军事战略方面的多数情况下都是空白,自然不会在可能出现袭击的方向上布置兵力,也不会预留充足的军事预备队。

通过对这一区域地理、道路的实地勘察,我们发现确实有一条道路,从麦积山附近沿河流向南,从古道峡作为入口,达燕子关,沿平坦的花庙沟到达进入陕西境内的略阳等地。从宏观地理看,从广元、略阳出兵,如果不经嘉陵江道(路过南秦州、仇池),就只有沿着古道峡、燕子关这条道路出兵,再没有其他选择。

李苗提出的"出麦积崖以袭其后"就是指的这条道路,麦积山是这条道路的终点,也是最显著的坐标点,看见麦积山,就显示着秦州在望。

这条道路较为偏僻,很多位置要往复跨越河流,狭窄局促,无法作为大路通行,明清时期曾为民间商贸通道。目前经过建设也只是能作为县乡之间的交通道路,在一千多年前的北朝,道路情况可想而知。

这场战争的最后结局史书中没有详细提及,如李苗出兵的具体时间,是否和义军发生战斗。但是在第二年(525年),莫折大提的继任者莫折焦生被部将所杀,此次起义遂告终结。

其实,这不是这条道路的第一次使用。

这次故事倒没有从天灾开始,但却从地震开始。

503年6月某一天,秦州发生地震,《魏书·五行志》将这次地震和三年后(506年)的秦州吕苟儿起义写在了一起,显然当时的统治者认为地震是民变的前兆。

这确实有点太扯了。

506年正月,秦州民众起义,推举秦州主簿(掌管政府文

∷ 嘉陵江(摄图网)

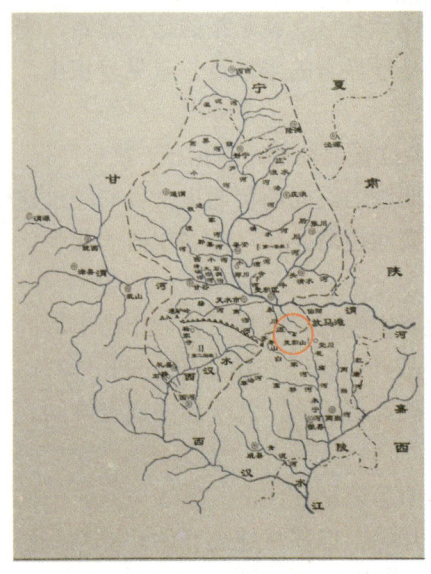

∷ 放马滩出土地图复原图（红圈处为麦积山石窟位置）

案的官员）吕苟儿为主，与此同时，陕西略阳的杨集起兄弟也聚众起义，共同响应吕苟儿，相互呼应。

当时李焕是梁州（管辖略阳及其周边）刺史，其首先的任务是平定略阳的民众起义，由于杨集起的起义规模不大，所以很快就被平定。

此时，李焕派兵对秦州起义进行了攻击，"（李）焕仍令（石）长乐等由麦积崖赴援"。

这次也是"由麦积崖赴援"。

这次好像没有经过朝廷的会议讨论，由李焕直接指挥军事行动。从略阳出兵，沿着秦岭间的崎岖山路到达秦州，攻击义军。

可以肯定的是，此次行动获得了具体的实施，而在此同时，大都督元丽从陇山方向率大军攻击秦州，东、南两个方向的军队在战略上相互配合，消灭了此次起义。506年"秋七月庚辰，元丽大破秦贼，降吕苟儿及其王公三十余人，秦泾二州平"。

这条道路两次在军事上得到了应用，并且都是以麦积崖作为地理坐标点，我们可以将这条道路命名为麦积崖道。

或许，通过这两次战争，麦积崖道已经成为一条军事通道出现在北魏朝廷的军事地图中。

这条道路山高陡峻，大河横布，作为日常性的交通道路显然是不具备条件，所以除了应急性质的军事交通外，在大多数情况下，这条道路都是荒废的，寂无人烟。

而这条道路具体是什么时间发现和走通的，这个目前还没有更多、更直接的依据来说明。

不过可以肯定的是，比较复杂的路线、比较长的道路，特别是跨越秦岭的道路，都是阶段性探索连通，不可能是一次性走通。

而阶段性的道路，我们目前通过考古发现及历史文献是可以找到一些依据。

1986年3月，甘肃小陇山林业局党川林场职工在放马滩修建职工宿舍，在开挖地基时发现了古墓葬群。上报文化部门后进行了科学的发掘工作。

由于墓葬位于山窝地带，地下水位较高，多数墓葬文物保存状态较差。在出土文物中，编号为M11的最为丰富。有三十余件，其中竹简和木板地图最为珍贵，该墓的年代被确定为战国秦。

∷ 党川乡道路旁的石旗杆

:: 天水赵姓祠堂

竹简一共460枚，除了占卜、星相内容外，主要是用小说的形式编写了一个人死而复生的志怪故事，是我国最早的志怪故事类小说。

在这里主要说的是木板地图，地图共有四块木板，大小在727×18厘米的长方形木板，厚1厘米左右，其中三块木板正反两面都绘有地图，一块单面绘图，共七幅。

地图用墨线绘制，绘出河流、山川、道路等，并用文字标出城邑、关隘等。

由于历史遥远，所标注的地名和今天已经无法对应，而最主要的是古代绘制的地图在方向、体例和今天完全不同，所以对该地图的解读便出现了多种争议。

而墓主人的身分有学者认为是一位算命先生，四处游走，定吉凶，判阴阳，通占候，前面说的志怪故事就是算命先生在乡间游走时故弄玄虚的一个素材。

所以以此推断，地图的范围应该就是这位算命先生生前活动的范围。在古代，作为个人活动范围，应该是不大，最大就在一百或二百公里之内。

放马滩位于燕子关上游,过燕子关南下,就是我们前面麦积崖道中说到的花庙沟,即花庙河得名,此为长江水系嘉陵江的一段支流。

花庙沟沿线平坦顺畅,宽阔处两三公里,狭窄处仅有十余米,河谷平地宜农宜牧,放马滩墓主人生前应该生活在这一带,所以其地图的范围也应该包括这一带。而放马滩已经发现的墓葬有一百多个,说明在战国时期,这条河谷里面就已经有先民生产生活。

沿花庙河顺河而下,至龙王庙沟,就可抵达徽县永宁镇,这是麦积崖道最为重要的一段。我们依据放马滩出土的战国秦地图就可以确定,早在战国时期这条路的部分道路就已经被走通。

无论如何,"麦积崖"这三个字已经被深深印入了北魏朝廷官员的脑海中,特别是作为佛教圣地的麦积山。

可能麦积山石窟的僧人也不会想到,麦积山竟然会作为军事地理坐标出现在朝廷文件中。

∷ 东柯河谷远眺

麦积山在群山中卓越不群，傲然独立，这或许是它躲不过的命运。

随着历史的发展，麦积崖道上的这些河谷平川逐渐被迁移的人口所充实，这条路也逐渐显示生机，一个个居民点成了乡镇，也为民间的交通提供了便利。

在政权统一的时代，这仅仅是一条隐蔽于山间的民间商道。

但是在政权分裂时期，南北政权以秦岭为界，在这种情况下，这条道路就会重新出现在军事家的视野里。

仙人崖五莲西崖

北宋末期，金国南侵，宋王室无奈南渡，并在临安建立都城，史称南宋。

经过多次战争，双方议和。重新划定疆界，在秦州地区，双方划定的疆界是"秦州之半"。现今天水市区的北部属金国，而南部则属南宋。

南宋和金在秦州、宝鸡一带大致以秦岭为界，作为南宋是有充分考虑的，从军事上就是以秦岭作为军事屏障，阻止金兵继续南侵，如秦州入川主要道路上的徽县、西和是当时称为"蜀口"和"川口"，南宋重兵驻守，如果金兵突破这些要点，南宋将失去屏障，危及成都平原和汉中平原。所以，对于秦岭，南宋是据守不退。

另外，宋太祖赵匡胤的父亲赵弘殷曾在后周为官，作战勇猛，被封了一个爵位——天水县男。因为此，赵姓也将自己的祖姓确认在了天水，1126年"靖康之变"时，金朝将北宋徽宗、钦宗二帝押送到北方，1141年，为了缓和矛盾，将去世的徽宗追封为天水郡王，将钦宗封为天水郡公。

所以，秦州（天水）对于南宋王朝不仅是一个地名，还有着特殊的意义，是祖脉之所在，是情感依托之地。

以至于早期的历史学者王国维、陈寅恪等将宋朝也称为"天水一朝"。

"故天水一朝之文化，竟为我民族遗留之瑰宝。"

所以，出于军事屏障和祖脉考虑，南宋王朝是决不能放弃秦岭北侧的天水等地。

双方虽划定疆界，但在很多时候金兵不遵守这个疆界，不断南侵，南宋也是积极抵抗。

在《续资治通鉴》中有这样一条记载，"（1206年），程松遣兵攻天水界，至东柯谷，为金将刘铎所败"。

东柯谷和麦积山石窟所在的永川河谷仅有一个山梁相隔，永川河谷和东柯谷相平行。杜甫躲避安史之乱就曾西行秦州在东柯谷寓居三个月。

程松，安徽池州人。1205年（开禧元年），任成都知府，四川制置使。此时朝廷中的主战派韩侂胄为宰相，力主北伐金国，收复失地，史称"开禧北伐"。程松就是在这种情况下组织兵力进攻天水。

东柯谷是此次行动的出口，但是可能军事行动未能严格保密，结果是金兵在这个位置以逸待劳，击败了宋军。

在麦积山石窟附近的仙人崖石窟，北魏时期就开始开凿活动，目前遗迹主要是明清时期的殿宇和塑像。

根据综合资料推定，仙人崖是当时明朝廷韩王的家庙，周边土地都属于这个寺院。

大殿前廊有一块明永乐年间的碑刻，其内容涉及周边土地纠纷，其中有一地名"古道峡"，就在前山位置有一峡谷入口，入此峡便可到达燕子关，然后进入花庙沟，就是麦积崖道，所以古道峡可以作为麦积崖道的入口。

世事变迁，岁月风尘将历史抚平。"古道峡"这三个字被附近的乡民读为"哭涛峡"，并结合其他历史故事，编撰出明王朝灭之后，朱姓后人无处可逃，就在这里向苍天哭诉的民间故事。

虽然是传说，可能也有一点影子。明朝覆灭后，曾经香火鼎盛的韩王家庙也随之衰落，无论韩王是否来到这里，陡然失去了王府的供养来源，寺院香火也是陡然衰落，寺院里的僧人或者是韩府的管理人员心中充满了悲凉也是肯定的。

这条路上曾有将士持戈，匆匆前行，曾有刀光剑影，壮士殒命，也曾有商贾连影，南货北递。

那些持戈贯甲的将士，在欢呼胜利之后，会不会到麦积山或者是仙人崖参拜？

那些往来的商贾，在路过这些胜迹的时候，顶礼拜佛也是肯定的。

古道峡和麦积崖道都已经湮没在历史尘沙之下，任风尘抚平，任岁月淡忘。

◇ 知识链接

九品中正制

九品中正制，是魏晋南北朝时期重要的选官制度，是魏文帝曹丕采纳吏部尚书陈群的意见，于黄初元年（220年）命其制定的制度。在隋代被科举制代替。

九品中正制上承两汉察举制，下启隋唐之科举，在中国古代政治制度史上占有十分重要的地位，是中国封建社会三大选官制度之一。

由各州郡分别推选大中正一人，所推举大中正必为在中央任职官员且德名俱高者。中正官一般都是当地的世家大族来担任的。

中正官将人才分为上、中、下九等，并根据朝廷需要从中选拔官员。

但是中正官在确定人才品级的时候，往往会偏重于世家大族，这就形成了"上品无寒门，下品无士族"的局面，世家大族控制了地方和朝廷的人才选举。

仙人崖石窟

距离麦积山石窟约10公里，是一处以明清时期遗存为主的晚期石窟。

仙人崖石窟目前最早的遗存是南崖位置的千佛造像，年代为北魏晚期，和麦积山石窟北魏晚期的千佛造像晚期一致，是属于一个系列或者是一个僧团管理的。但是保存状态较差。

北魏之后的西魏、北周、隋唐等在仙人崖未发现遗存，是发展的空白阶段。

明清时期的遗存以殿堂造像为主,并且仙人崖的寺院和明朝韩王府有密切关系,可能属于家庙性质,所以这个时期的壁画和塑像表现出比较高的水平。

西行
XIXING

∷ 夕阳下的西崖大佛

公元535年春，一名年轻的僧人步履蹒跚，袈裟褴褛，顺着永川河谷上行，经过一天跋涉，日落时分，来到了麦积山下。

此时的夕阳正照射在麦积山西崖大佛身上，丹霞赭红，光彩夺目，佛像庄严伟岸，屹立在悬崖之上，与悬崖同体，与天地同寿，让整个山崖也充满了庄严气度。

这名僧人抬眼上望，佛也似乎注视着他，此时他心中所有的疲惫和彷徨、无助和困苦一时间都得到了寄托的抚慰，一种从未有过的欣喜涌上心头，几个月的奔波和劳累也都散之于九霄之外。

他面朝大佛，跪伏于地，长诵佛号："阿弥陀佛。"

寺院的住持僧人听罢了这位年轻僧人略带哭腔的诉说，没有拒绝，就将他接收在寺院里面，成为了麦积山的僧人。此时他尚未正式剃度，身分是沙弥，寺院就给他指定了一名高僧作为他的师父。

这名僧人名叫法生，来自洛阳，当时的秦州寺院中，像他这样从洛阳来的僧人很多，在麦积山当然也不是他一位。

这位年轻僧人的年龄无法确切得知，但可以肯定的是在二十岁以下。他只授过沙弥戒，还没有授过比丘戒。

所谓沙弥戒，是指七岁至二十岁之间的出家男子（女子称为沙弥尼），在授十戒后就可称为沙弥。这十戒是：一、不杀生，二、不偷盗，三、不非梵行（不淫），四、不妄语，五、不饮酒，六、不著香花鬘，不香油涂身，七、不歌舞倡伎，八、不故往观听，不坐高于大床，九、不非食，十、不捉持生像金银宝物。

至于比丘戒，则有数百条戒律。

∷ 永宁寺塔复原图（杨鸿勋复原）

∷ 永宁寺遗址出土的造像

北魏后期的洛阳，佛法昌盛，无论是高官显贵，还是街巷百姓，均以供佛为荣，处处佛塔入云。在这种情况下，法生离家剃度，成为沙弥。

此时洛阳最宏伟的佛教建筑就是由胡太后于熙平元年（516年）建立起的永宁寺塔，此塔"高九十丈，上有宝刹复高十丈，去地千尺，离京百里即遥见之"。

有专家通过复原计算，这个塔的高度在一百三十米左右。

寺塔建立时，法生或者是刚刚出生，他应该是闻听着永宁寺佛塔的塔铃声长大的。这座佛塔上下悬挂的塔铃一共有五千四百多枚，夜静之时，声闻数十里，在洛阳城的每一个角落，都可以听见这个塔铃声。

寺院有僧房一千余间，仅供养西城各国来的僧人就上百余人，依据房舍和外国僧人推算，整个寺院的僧人不下二千人。

参与各种佛事活动已经成为当时民众最主要的社会活动。不是在寺院拜佛，就是在去拜佛的路上。

整个佛塔是由当时的建筑师郭安兴设计，其基本结构是内侧为夯土塔芯，外侧为木构的塔檐。当时的工程技术是无法完全采用木结构建造如此高度的建筑。

:: 洛阳永宁寺遗址

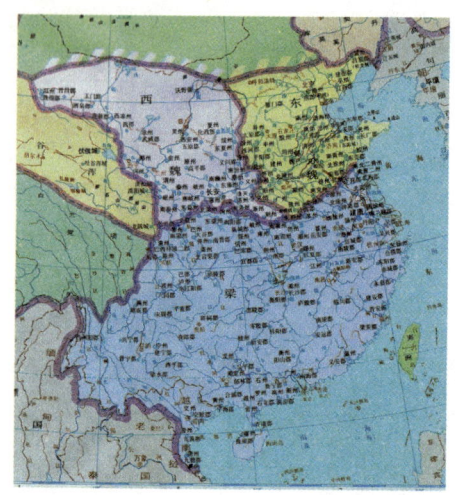
∷ 东魏、西魏、梁历史地图

佛塔四面有龛，龛内有佛。供佛则少不了香火，有香火就会有火患之灾。而这种超高层建筑防雷问题也显然是古人预想不到的。

这是很多佛寺建筑躲不过的宿命。

永宁寺塔也不例外，但是来得似乎是快了一点。

永熙三年二月（534年二月），天干物燥，永宁寺佛塔的第八层外侧木檐为雷电击中，失火燃起。

起火高度至少距离地面八十米以上，现在的消防设备对这种高度的木结构建筑火灾都是无能为力，何况在遥远的古代。

永宁寺火灾突起，全城皆惊，孝武帝在宫城里登上凌云台看火光冲天，急忙派遣南阳王元宝矩带领一千羽林军救火，但无能为力，任大火焚烧，京城道路悲声冲天，有数名比丘冲入火中赴死。

这场大火连续烧了三个月，至永熙三年五月，才逐渐被雨水浇灭。

永宁寺在世间无复再现，从建造到火烧，仅仅过了十四年的时间。

年轻的法生目睹了这场大火，心里充满了悲哀。

此时，从象郡（现广东湛江）来的一位僧人，说是看见永宁寺塔飘移在大海之上,光明照耀,晃然如新。

这样的谎言或许能让洛阳的僧人和俗众感到一丝心灵慰藉,也就宁信其有了。

洛阳市井虽然逐渐平静,但朝堂上却是暗流激荡,乱象四伏。

北魏王权分裂在即,洛阳城也将不复以往。

而对于这些,作为年轻僧人的法生当然是一无所知,所有的民众对朝堂之争都是一无所知。

在当时的朝堂上,大臣宇文泰和高欢各占千秋,分别统领军队和朝堂上的政治势力,明争暗斗,锋芒毕现,矛盾不可调和,一触即发。

宇文泰所领的势力称为关陇集团,主要以关中、秦陇等籍贯的人员组成;而高欢所领的势力称为山东集团,则是以山东、山西的人员组成。两股势力羽翼丰满,帝王权力被逐渐架空。

就在永宁寺塔被焚的乱局纷象之中,阴谋也在其间酝酿着。

孝武帝知高欢有异心,预谋讨伐,并任命宇文泰为关西大行台,尚书左仆射,还赐以公主为妻。宇文泰发檄文声讨高欢,两派斗争完全明朗化。高欢也不示弱,率军南下,攻击洛阳。

孝武帝元修无力抵抗,于534年7月率领部分官员西行至长安,投奔宇文泰。

十一月,高欢带兵进入洛阳城,废元修帝号,另立清河王元善见为帝,并迁都到邺城(河北临漳县),洛阳城内四十万户也强行随迁至邺城。北魏遂分裂为东、西魏。

:: 127窟《萨埵那舍身饲虎》壁画局部　:: 127窟《睒子本生》壁画局部

洛阳城随之荒废，成了双方交战的战场。一切繁华盛景却不复存在，曾经车水马龙的大街上也是人迹罕至，如同荒野。

佛法，佛寺，佛影，佛号，僧侣，香火也都一起消失。

时值冬季，洛阳城一片荒凉静寂。

此时的法生何去何从，面临着一个艰难的选择。向西—长安，向北—邺城。

都是帝都，同为家园，一个年轻的僧人无法判断孰对孰错。

国家分裂，一个年轻的心也在分裂中挣扎，彷徨，选择。

他只能选择一个方向。

最终他选择了西行。

我们不知道他选择西行时内心的想法，但是有一同西行的伙伴则是最大的可能。

至长安，但是法生并没有在长安停留。

长安此时随着孝武帝西迁，大量官署、民舍等需要建设，高欢迁往邺城是四十万户，而随着孝武帝迁到长安的，也大抵和这个数相当。

长安城当然无法在短时间内消化这些突然涌入的数十万

人口，当然也不会有寺院无限度地接收从洛阳来的僧人。

当时洛阳周边有佛寺一千三百余所，仅永宁寺僧人就达二千人左右，全洛阳僧人总数可想而知。

其二分之一西行长安，寺院也是不能容纳的。

法生无奈继续西行。

他来到了秦州，来到了麦积山。

此时的麦积山正值发展盛期，周边林木丰茂，组织信众砍伐一些木材搭建起一些房舍也不是很困难的事情，所以接收像法生一样西行的僧人不会很困难。

孝武帝西迁至长安，本身就是寄于宇文泰篱下，皇权也就是名存实亡，但是他没有认真判断自己面临的形势，仍是纵情声色，宇文泰见其不足以成大事，干脆毒杀孝武帝，改立南阳王元宝矩为帝，是为西魏文帝。

西魏立都长安，洛阳地区的官员、富户等也部分迁于长安，使长安形成了新的文化中心，也催生了经济的发展。经济文化地理随之改变，秦州也更为靠近当时的经济文化中心，其中信仰佛教的民众在离乱之后也亟须寻找到一个精神寄托之所，而麦积山石窟则是西北地区少有的大型石窟寺，一些信众的目光也被吸

∷ 127窟内石雕佛像（局部）

引到这里。

麦积山石窟现藏有宋代碑刻中称"昔西魏大统元年,大兴崖阁,重兴寺宇",所说的就是西魏立国后麦积山兴盛的境况。

法生也就是在这个时候来到了麦积山石窟。

这时候,在西崖的最上位置有一个大窟(现编127窟)正在开凿,窟内的空间已经是基本凿成,石匠们正在修整窟内壁面的细部。

:: 117窟北魏石雕坐佛

法生通过层层叠叠的栈道来到最高一层,远望白云低飘,飞鸟振翼,恍如佛国净土。

法生进入这个洞窟,可容数十人。除了几个修整石壁的工匠,还有一些塑匠、石匠、画匠、泥匠等,在寺院僧人的组织下,正在讨论着如何塑造佛像和壁画的具体内容。

其中雕凿佛像的石匠师傅来自洛阳,也在和当地的塑作泥塑的师傅互相讨论着佛像的画稿,互论优劣。

法生和这位石匠师傅同病相怜,互相聊了一路西行的一些境遇。

看到工匠们在窟内忙碌,又观瞻了附近洞窟中精彩庄严的佛像、菩萨等,法生也萌生了自己供养开凿一个洞窟来寄托自己的宗教情感。

但是对于他来说谈何容易。

开凿洞窟首先要请木匠采购一些木料,再选择合适的崖面处开凿栈道,这又需要聘请石匠,窟开凿好以后则需要再聘请泥匠、塑匠、画匠等师傅在窟内塑像和绘制壁画,一个两平方米左右的小窟完成下来也需要几个月的功夫。

法生原来想请来自洛阳的石匠师傅打凿几尊石像放置在窟里,这样可以和山崖同寿而不会在岁月中摧残,他在洛阳的石窟寺中看到的佛像都是石雕的。

石匠师傅听了他的想法,摇摇头说,你还是请塑匠师傅做塑佛的好!

看到法生错愕的眼神,石匠师傅给法生算了一笔账,麦积山附近没有可以雕凿佛像的石材,要到近百里外的采石场采石,然后雕凿,再雇请人力、骡马拉到麦积山,而由于木栈道不稳固,承载力低,无法通过栈道搬运,需要在高空位置设置悬吊装置将石像吊上来,仅这一项的人工就要数十人。

:: 127窟与158窟位置图

如此算下来，雕凿一尊石像，从采集石料到雕凿、运输，再到吊运到山上，所花费的钱财和人力几乎是泥塑的十倍。

而泥塑则简单得多，从山下平坦处选择一些黄土和好后分多次背到山上即可，钱财和人力都要少得多。

法生从洛阳西行，一路上靠乞请化缘的手段，没有任何多余的钱财，同时，戒律规定不允许僧人积蓄钱财。

∷ 法生碑

法生初来乍到，也不会有很多的供养。

石匠师傅知道法生的境况，所以劝法生改请塑匠，因为雕凿佛像所需的钱财确实是在法生的能力之外。

石匠拉着法生走出佛窟，左右崖面看了一下，又用步伐丈量了一下这个大佛窟前壁的厚度，对法生说：小师傅不必在他处开凿，此处是现成的方便，于此佛窟之西开凿即可。此窟壁厚一丈有余，小师傅于此处开一八尺有余的佛窟亦可。

法生看了看师傅指画的崖面，也感觉在这里开凿一个小窟不但可以免去重新架设栈道的周折，所需的资财也是自己可以接受的，于是就拜谢师傅后便下山化缘。

此时，西魏政局已经初定，虽有东魏常有侵兵为乱，但有宇文泰等坐镇运筹，都可应对无忧。

一些信众也就逐渐将精力转移到佛事活动。

各地的佛寺香火逐渐兴盛起来。

所以,法生化缘修造一个佛窟倒也不十分困难,一个石匠,一个塑匠,一个画匠邀请完毕,工程开工。

两个月后,工程全部完成,为了以记其事,法生书写了一篇铭文。

这个碑刻1953年中央勘察团勘察127窟的时候被发现。

但是,对于考古学家最关键的年号位置却残破了,我们根据碑文的综合信息将其考订在535或536年。

"沙弥法生,洛阳人也,俗姓刘",这一行字反映出法生对自己的家庭和故乡还是很怀念,这也符合一个青年或者是少年僧人的心态,正是介于俗世和佛法之间。

∷ 敦煌275窟弥勒菩萨

∷ 158窟内的佛像

此时的洛阳已经成了废墟。

北魏抚军司马杨衒之在《洛阳伽蓝记》中描写北魏分裂后的洛阳城："城郭崩毁，宫室倾覆，寺观灰烬，庙塔丘墟，墙被蒿艾，巷罗荆棘，野兽穴于荒阶，山鸟巢于庭树。"

曾经的帝都景象一片凄惨！不忍目睹！

在叙述了自己姓名、地望、俗姓后，紧接的一句是"自概进不值释迦初晖，退难蒙慈氏三会两宣中间，逢兹季运"，这一句是整个碑文的核心，也是法生最真实思想的表露，其他多数文句都是套用佛教语言，无实际性含义。

∷ 瑞应寺院中的明代诗碑，海源地震中被大树砸成数段

这句话是说，自己时运不济，向前赶不上释迦牟尼佛初转法轮时的光辉，向后退也遇不到弥勒佛在龙华树下的三次讲法大会。现在正是进退两难的时候，运气实在是太差了。

两宜，也作两仪，指阴阳，两宜之间指自己没有处在任何一个中间位置，进退两难，两头都赶不上。

季运，"季"是指兄弟中排行最小的一个，在这里可解释为最后、最差。

"逢兹季运"，就是遇到了最倒霉的时候。

这两句话将法生身处乱世的困苦心态表现得一览无余。这是一种末法思想的反映。

佛经中言道：释迦牟尼成佛后，佛法流行分三个阶段，正法一千年，像法一千年，末法一万年。

正法和像法是佛法流布的正常时期。

末法就不同了，释迦灭度已久，群魔出世，猖狂乱舞，世人愚昧，天地昏暗。

每逢国家离乱，佛教徒就会将眼前的乱世和佛经中的"末法时期"联系在一起。

从释迦灭度到弥勒出世在龙华树下讲法，要五十六亿七千万年，任谁都是等不住的。

乱世和末法就是法生的痛苦来源。

:: 吴作人和萧淑芳在考察165窟（拍摄于1953年）

:: 龙门石窟比丘法生为北海王造像

"于麦积崖造龛一所,屈请良匠","屈请良匠"说明法生化募到的资财有限,无法支付"良匠"足够的费用,很为难地邀请良匠或者是委屈了工匠师傅来开凿或者是塑佛。

终于,佛窟和碑文都完成了。

按法生最初的设想,刊刻好的碑文要像洛阳石窟寺那样安置在石壁上。但是法生毕竟不懂具体的开凿、安装等这些工匠技艺层面的技术,想得有些简单了。用当时的技术和材料是无法将一块石碑固定在崖面位置。用泥土或木材加塞到缝隙里时间不长就会松动脱落,无法保证稳固性。

在和工匠师傅交流之后,法生放弃了原来的想法,直接将石碑摆放在窟内。

之后,法生也就终日在麦积山修持佛法。

:: 133窟全貌(1952年拍摄)

:: 133窟9号龛弟子

就是在法生来到麦积山数年后,皇后乙弗氏也来到麦积山修行,两年后又被赐死,"凿麦积崖为龛而葬"。

法生应该是目睹了这些事件的发生,他或许根本不知道发生了什么,为什么会突然发生这样的事件,这自然增加了他乱世末法思想。

时光流转,山移水变。

1920年,宁夏海源发生大地震波及天水,法生所修凿的窟(158窟)由于窟上方岩石软弱,整个窟顶顺向脱落(非垂直塌落),窟内塑像等大致完好。1952年10月常书鸿先生组织的西北考察团考察麦积山,当时麦积山西崖完全没有栈道,为了便于考察,考察团组织人力搭架起栈道,使多数栈道可以通达。

考察团离开后,寺院僧人到山上观瞻佛像,在158窟看到这块不大的碑刻。当时这个洞窟已经没有了窟顶,窟内完全敞露,但窟上方有一道凸出的岩石,天然形成一道蔽风遮雨的护檐,所以窟内塑像倒也风雨无忧,法生碑摆放在洞窟的门口位置。寺僧害怕碑刻脱落山崖造成损害,就顺手将其放置在旁边的127窟中。

1953年7月,吴作人先生带领中央勘查团考察麦积山,在127窟中发现了这块石碑,于是记录在案,重见天日。

:: 永宁寺小沙弥和麦积山 133 窟小沙弥对比图

大千世界,姓名相同的不乏其例,很巧的是,在洛阳龙门石窟,也有一个叫法生的僧人供养开凿了一个造像龛。

这个龛在龙门石窟的古阳洞,有长篇的题记,开凿时间是景明四年(503年)十二月,内容是法生为孝文帝和北海王母子祈福造像。从题记我们知道法生是北海王母子供养的僧人。

北海王元详也是一个有故事的人物。

按常理,供养僧人应该是在一定程度上崇信佛教,其实不然。北海王元详却是极其残暴无度,曾在洛阳城的东门外违规征占田地房产,有户人家因家人去世灵柩停放在室内,请求延缓几日等灵柩下葬后再迁走,元详不许,直接命人将灵柩抬放在巷道里,从而侵占房宅。

另外，元详还和安定王的后妃私通，纵情声色，被其他官员弹劾，被关闭在太府，某一晚被婢女杀死。

在法生碑发现之初，许多学者认为龙门石窟法生和麦积山石窟的法生为同一人，是北海王事件之外，法生失去依靠，西行来到麦积山。

北海王事件发生在正始元年（504年），也就是法生为北海王母子在龙门石窟造像的第二年。

但是经过近几年的深入研究，我们发现这两个法生不是同一个人，理由有以下几点：

一、身份无法对应。麦积山的法生在麦积山开窟时的身分是沙弥，是一个年龄不足二十岁的僧人，而龙门石窟的法生身分是比丘，这个身分类似于现今的学历，一旦获得就是终身的。所以龙门石窟的比丘法生是不可能到麦积山后变成沙弥法生。

另外，从龙门石窟的碑文中可以知道，早在平城时，比丘法生就得到了北海王的供养，其年龄应该不小。

二、造像的时代风格无法对应。龙门法生如果在北海王事件后（504年）来到麦积山，这个时期麦积山开凿的洞窟不多，我们没有找到时代风格类似的造像。

三、有学者认为法生在平城遇见了北海王，得到供养，后来到麦积山开窟，再去洛阳。

这样的说法弥补了法生身分的问题，但仍是有漏洞。（一）如果是得到了王族供养，待遇优厚，这个时期也正值孝文帝改革，国家安定，法生绝对不会产生"进难蒙释迦初晖，退不值慈氏三会"的末法思想。（二）如果法生从平城到麦积山，时间大约应该是在迁都前后（494年），那么在麦积山造像的风格应该是更早。但是我们找不到相应的洞窟。（三）一个僧人得到王族供养是一个很难得的机遇，法生既然在平城得到了北海王供养，之后又离开北海王到秦州麦积山，数年后又到洛阳得到北海王供养，这是不符合情理的。

总之，此法生非彼法生，重名而已。

在国家离乱之时，一名年轻的僧人远离故土洛阳，只身来到麦积山，开窟供养寄托情感。这段往事和碑刻一起尘封在残败的佛窟里一千多年。而随着对碑文所蕴含的历史信息更完整，更深入，更准确的解读，这名年轻僧人的心路历程也呈现在我们面前。

世事沧桑，人间沉浮。

初到麦积山的法生，安顿好基本生活后，就到山崖上观瞻那些佛像，和他在龙门石窟看到的不同，这里的佛像都是泥塑的。

在一个硕大的洞窟里（133窟），法生举着火把观看着每一尊佛像，在四壁墙面上，密密匝匝贴满了很多小佛像，每一尊都带着神秘的微笑，法生被这壮伟的景象惊呆了，完全忘记了自己身处尘世，似乎是在飘渺的佛国。

火光闪耀处，法生看到一尊可爱的弟子形象，这尊弟子也是一个沙弥形象，十来岁的模样，细眯着眼，嘴唇之间带着笑意站在那里,这种笑意和法生在洛阳寺院里的小玩伴几无二致，法生也不由得想起了在洛阳寺院里的快乐时光。

忽然之间，法生感觉到这尊塑像的模样在哪里见过，他努力地在回忆里寻找。

永宁寺——永宁寺佛塔这个名字也就忽然出现在记忆中。

在永宁寺塔被火焚前的一年，法生曾在师父的带领下登临这座入云的宝塔，观瞻塔内的佛像。其中有一尊弟子形象笑意可掬，也是少年沙弥形象。法生曾驻足观看很久。

但是在麦积山，法生又再次看到了这尊弟子形象，他以为自己进入了梦境，回到了曾经辉煌的永宁寺，那是洛阳僧人曾经的荣耀。

来到窟外，法生将自己心中的疑惑询问寺中的住持高僧，为何在麦积山会出现和永宁寺一般模样的弟子像？

这位僧人并未到过洛阳永宁寺，但是对于麦积山佛窟里的弟子像，这位僧人倒是熟知，那是十年前他从秦州城里请的塑匠在麦积山塑的，至于洛阳永宁寺也为何出现一样的塑像，师父沉吟了一下说：可能是秦州工匠去洛阳塑的吧！

这倒是也有可能，跨越千里的两个地方出现相似的塑像，必定有内在的缘由。

胡太后在516年建立永宁寺佛塔时，肯定会召集全国各地的工匠，洛阳地区雕刻的石匠众多，但不一定有很多的塑匠。

秦州有悠久的泥塑传统，秦州的官员可能会出于谄媚胡太后的原因而将秦州地区的塑匠推荐到洛阳参加永宁寺的修建活动。

岁月悠悠，如果没有意外的话，法生会在麦积山石窟一直呆下去，之后数十年麦积山的众多事件如乙弗氏赐死、李充信开窟、周惠达隐居等，他都是作为一个普通的僧人经历了这些事件。

可能也不知道，这些人物身后隐藏着众多的、巨大的他所不理解的秘密。

关于时政和朝局，他永远无法了解。

他，只是一个僧人，一个在乱世中寻求安身立命的僧人！

◇ 知识链接

胡太后

宣武灵皇后（?—528年），胡氏，安定临泾（甘肃镇原）人，司徒胡国珍的长女，北魏宣武帝元恪的妃子、北魏孝明帝元诩的生母。

胡太后的姑母早年出家为尼，宣武帝在位初年，曾多次在皇宫内讲解佛经，暗示左右的人说胡氏的容貌德行，宣武帝听说后，就召进后宫做承华世妇。

公元515年，宣武帝去世，孝明帝即位。尊胡氏为皇太后。因孝明帝年幼，由胡太后临朝听政。

公元528年四月，尔朱荣发动政变，史称"河阴之变"，胡太后及幼主被尔朱荣沉河而死。胡太后之妹将她收殓埋葬在寺庙。孝武帝时，才以皇后礼仪安葬胡太后，追加谥号为灵皇后。

麦积山127窟

位于西崖西上区的最上一层，是麦积山石窟保存壁画最多的洞窟，也是麦积山石窟最重要的洞窟之一。

该洞窟的开凿年代是在北魏末期阶段，西魏初期完工，是一个过渡期间的洞窟。

里面的壁画内容有涅槃经变、睒子经变、维摩诘经变、舍身饲虎经变、地狱经变、西方净土变等。特别是舍身饲虎变中的古代城池形象，是北朝时期唯一个采用鸟瞰图的方法绘制的城池全貌图。

《洛阳伽蓝记》

《洛阳伽蓝记》是中国古代佛教史籍。是东魏迁都邺城十余年后,抚军司马杨衒之重游洛阳,追记劫前城郊佛寺之盛,概况历史变迁写作的一部集历史、地理、佛教、文学于一身的历史和人物故事类笔记,成书于公元547年(东魏武定五年)。后世将《洛阳伽蓝记》与郦道元的《水经注》、颜之推的《颜氏家训》并称为中国北朝时期的三部杰作。

书中历数北魏洛阳城的佛寺,分城内、城东、城西、城南、城北五卷叙述,对寺院的缘起变迁、庙宇的建制规模及与之有关的名人轶事、奇谈异闻都有详细记载。

中央考察团

1941年,天水本地学者冯国瑞先生个人勘察麦积山石窟,揭开了麦积山石窟科学调查的序幕。

1952年10月,当时的西北局文化部派出以常书鸿先生带队的西北勘察团对麦积山石窟进行勘察工作,当时编号153个。

1953年7月,中央文化部派出以吴作人先生带队的中央勘察团,再次对麦积山石窟进行细致、科学的勘察工作,在西北勘察团的基础上,编号194个,此编号长期沿用。

麦积山133窟

该窟是麦积山石窟内部空间最大的洞窟,也是未解之谜或待解之谜最多的洞窟。

该窟通高5.80米、面阔12.20米、深10.83米。整体平面呈一个不规则的"业"字形,前面后横向的"堂"、后面并列两个"内室",空间形式是全国石窟内的孤例。

在洞窟内部各个壁面上散乱地开凿着众多的佛龛，多数为北魏晚期的造像。

除此之外，洞窟内部还保存有大量的石刻造像碑，所以这个洞窟也称为"碑洞"。这些碑刻都是北周灭佛时期被吊运到这个洞窟中的。

废后
FEIHOU

:: 青海草原（摄图网）

秦州城里一个庭院宽敞的寺院里，乙弗氏每天在拜佛之外，禅坐之时，总是不断向长安眺望，似乎是在期盼着什么。

公元538年，在长安城的皇城里，正在进行着一场规模宏大的婚礼，主角是西魏皇帝元宝炬和柔然国的公主，群臣都纷纷恭贺。

此时，距离北魏分裂、西魏在长安立国仅仅过去了三年。

然而，此时，在皇宫外面的一个寂冷的庭院里，一个三十余岁的女人正在望着宫城的方向轻轻地叹了一声。

热闹的鼓乐声隐约地随风飘过来。

这个女人却从鼓乐声中听出了魏文帝的无奈和哀怨。

站在身后的女仆看着女人的背影，轻声说：娘娘，天凉，回屋吧！

女人一转身，两行清泪从双眼中涌出。

这个女人就是魏文帝的原配皇后乙弗氏。

乙弗氏家世显赫,其先祖是吐谷浑部族首领,势力强大,号称"青海王"。439年,北魏平定凉州(现今甘肃武威)的时候,先祖乙弗莫瓌(guī)率领部落向北魏请降,带领部族内迁,拜定州刺史,封西平公。

出于和这些内迁的少数民族长期结好的目的,也或者是这些少数民族的女性都是天生丽质。总之,这个乙弗家族"三世尚公主,女乃多为王妃,甚见贵重",和北魏皇族的关系极为密切。

乙弗氏的父亲乙弗瑗(yuàn),官为仪同三司、兖州刺史。母亲"淮阳长公主,孝文(帝)之第四女也"。

家门显赫。

公元509年,乙弗瑗和淮阳长公主的一个女孩降生,这就是乙弗氏,孝文帝的外孙女。

这个孩子的诞生给家庭带来了欢乐,这个带有西北少数民族和东北少数民族血统的孩子自然是天生丽质,仪容动人。

但是,这个孩子和周边其他孩子相比,显得安静许多,不嘻嘻哈哈,也不东奔西走。随着年岁的增大,更显得沉静、文雅、端庄,有名门大家风范。父母亲对孩子也是十分喜爱,视为掌上明珠。在一次亲族的聚会中,拉着孩子对大家说:"生女何妨也。若此者,实胜男。"

被父母视为掌上明珠。

在乙弗氏诞生的两年前(507年),一个皇族的家里也诞生了一个男孩,父亲是孝文帝的皇子元愉,这个诞生的孩子起名为元宝炬,也就是后来的西魏第一位皇帝魏文帝。

元宝炬也算是命运多舛。

元宝炬的父亲元愉喜爱写文章，撰写了不少诗赋。招揽各地儒学宾客等几十人，设馆舍礼敬他们。所得到的谷帛，大多施舍。崇拜信仰佛教，用度常常接应不上。和弟弟广平王元怀互相夸耀，竞相攀比奢华，贪婪放纵不守法。于是，宣武帝在宫中拘捕元愉，加以审查，杖打五十下，调出京城，担任冀州刺史。

在永平元年（508年），元愉心怀怨恨，又不满外戚高肇弄权秉政，在冀州发动叛乱，立位称帝。不久，元愉兵败被擒，自感无颜见宣武帝，遂在路途中自缢而死，年二十一岁。

此时，元宝炬才刚满一岁，尚在襁褓之中，母亲还怀有身孕。但因为元愉的谋反，全家人都被囚禁在宗正寺。母亲在生下一个女孩之后，也被处死。

这个事件在当时是作为一个皇室家族内部事务被处理。宣武帝驾崩后（515年），胡太后主政，赦免了元愉一家。

所以，元宝炬的少年时期都是在宗正寺度过的。

八岁的时候，元宝炬才得到自由，看到了真正的人间生活。

正光元年（520年），元宝炬担任直阁将军。

"直"通"值"，即值班、执勤，"阁"指殿阁，就是皇宫。"直阁将军"就是在皇宫中轮值的将军，属于皇宫内卫性质，从三品官员。

此时，元宝炬才十三岁，少年将军，不知道是不是真的到皇宫中执勤，还是暂时性的称号。

在双方父母的牵和下，525年，元宝炬和乙弗氏结为夫妻。

这一年，元宝炬18岁，乙弗氏16岁。

原本，一切会按正常的生活轨道前进，元宝炬的官职步步高升，而乙弗氏则相夫教子，举案齐眉。

528年，元宝炬封邵县侯。永安三年（530年），进封为南阳王。永熙元年（532年），北魏孝武帝元修即位，任命元宝炬为太尉，加任侍中。永熙二年（533年），进位太保、开府、尚书令。

此时，元宝炬已经进入到国家权力的中心。

永熙三年（公元534年），胡太后捐资建设的永宁寺塔被雷火击中，火焰冲天，整个洛阳城都可看见。孝武帝派出元宝炬带领禁兵两千救火，但是无力回天。

然而，权臣的势力争斗使北魏政权逐渐产生裂痕，曾经从草原上兴起的帝国在悄然间走向没落。这种没落将会影响无数人的命运。

534年七月，在权臣高欢的逼压之下，孝武帝带领部分官员、民众西迁至长安，投奔宇文泰。这些随从的官员中，就有元宝炬。

同年十月十七日，高欢以元修弃国逃跑为由，遥废其帝号，另立元善见为帝，十日后迁都邺城（今河北临漳县）。

跑到长安的孝武帝，不思朝政，终日饮乐，并且和自己的堂姊妹淫乱，丝毫没有进取之心，反而是对宇文泰刀剑相指。

他忘记了自己所处的环境，自己是投靠宇文泰，皇权已经不在自己手中。

宇文泰有雄才大略，哪能让朝政在这样一个淫乱皇帝的手中逐步衰落。

535年闰十二月十五日，宇文泰以元修淫乱、不思朝政为由，毒杀孝武帝，改立元宝炬为帝。北魏从此正式分裂成东西魏。

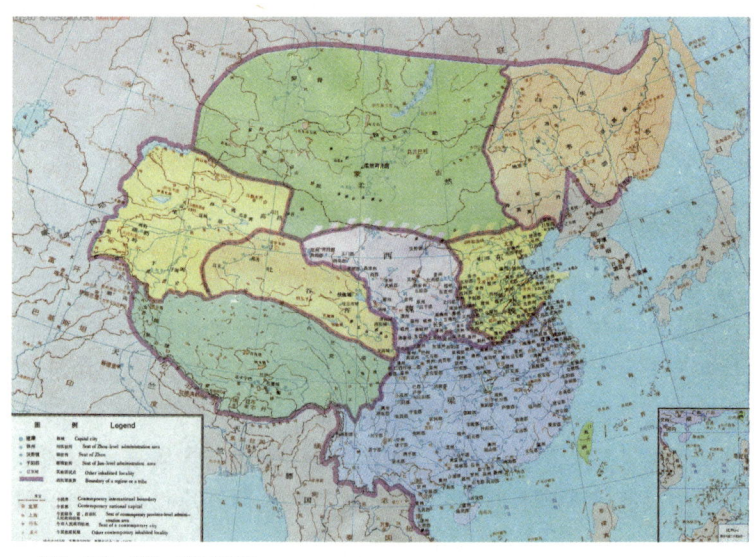

:: 柔然、东魏、西魏、梁历史地图

王朝分裂意味着国家实力的分裂。

分裂之后，相互的征伐已经是两国之间的日常行动，兵锋相交，烽烟突起。总体上双方军事力量大致平衡，各有胜负。

在中原地区的十六国和南北朝之际，北方的柔然逐渐强盛起来，占据了北方草原。

北魏未分裂前，在国力方面尚可与柔然抗衡，史书中多朝柔然朝贡、遣使等活动，但是分裂为东西魏之后，柔然一家独大，便在东、西魏之间获取渔翁之利。

为了缓和和柔然间的关系，东、西魏纷纷采用各种手段，除了供送财物、布帛等直接的经济手段，和亲也是最常见的手段。

这种源于西汉初期的政治外交手段，是中原王朝和北方草原民族之间维持平衡的一种有效手段，在中国历代历史中屡屡沿用。

除了和东魏之间的战争，天灾也是在不恰当的时候出现。西魏大统二年（536年），关中地区遭遇到了严重旱灾，农民几乎颗粒无收，"死者十之七八"。

面对这样的情况，为确保北方的柔然不会趁机进犯，以全力应对天灾及东魏的战争是当务之急，纳帛、和亲当然是最有效的手段。

大统四年（538年），在宇文泰等大臣的极力建议下，魏文帝迎娶了柔然公主。为了表示对柔然的重视，将迎娶来的公主立为皇后。

宫廷中不可能有两个皇后。

原配皇后乙弗氏则被废去，肯定无法在宫廷中居住，回归家庭在当时也是不现实的事情。无奈，乙弗氏出家为尼，在长安城内的一处寺院里吃斋念佛。

宫廷的后妃出家为尼，在北朝之时倒是一个常见的现象。先皇逝去，后妃们无所依靠，出家为尼也是一个很好的选择。当然这种身分的女性出家，身边是有很多婢女保障和维持优越的日常生活。

乙弗氏出家，自然也是如此，寺院里的生活并不会很清苦。再者，乙弗氏极为贤德，生活简朴，在宫廷中也是粗衣蔬食，所以寺院的生活对乙弗氏来讲并没有什么。

但是离别之苦也只有她自己感知了！

在国家与个人情感之间,魏文帝无奈地选择了前者,可以想见,在离别之前,夫妇二人曾相拥而泣,飞泪涟涟。

从525年结婚,到538年被迫分离,乙弗氏和元宝炬做了十三年的夫妻。

这一年,乙弗氏二十九岁。

这十三年的夫妻之间,夫妇二人共生育十二名子女,可惜都大多夭折,只存活了两个男孩。分别是元钦和元戊,其中元钦被立为皇太子。

本来,乙弗氏寺院中的日子在平平淡淡中也就过去了。但是,夫妻恩爱,皇子年幼,身在寺院里的乙弗氏和身在皇宫里的魏文帝断然是有切不断的情缘,或许会利用外出公务之际,带领孩子到寺院中探望乙弗氏。

这种藕断丝连自然引起了柔然公主的猜忌,常愤然不平,怨言于帝,并经常以上书父王、出兵攻占来威胁,让文帝把乙弗氏赶出长安。

可是,在当时的社会环境下,让一个无所依靠的女人能到哪里去呢?离开了自己的丈夫,离开了自己的孩子,离开了自己的父母,还要离开自己熟悉的生活环境,这让一个女人怎么活?

有大臣出了一个主意:可以让皇子元戊离京,在某个地方担任官职,这样乙弗氏可以随子离开京城。

元戊的具体年岁不知,但是乙弗氏和元宝炬十三年的夫妻,如果皇太子元钦是长子,也就是十二岁;元戊如果是次子,也就是十一岁,何况还不一定是次子,所以保守推算,元戊也就是一个十岁的孩子。

十岁的孩子，生活自理都不能保障，怎么去当一方官员，怎么主政地方。

但是这可能是在没有办法中最好的选择。

首先的一个问题是，外派到哪里去任职？东边正和东魏冲突，南边正和梁朝对抗，北边，直接面临着柔然的军事压力，而只有西边稍微宁静一点。

秦州，这个时候就成为了魏文帝的最好选择，距离长安不

:: 秦安县安伏峡

远，也没有其他方面的军事压力。

魏文帝任命元戊为武都王、秦州刺史。

让一个十岁的孩子担任地方大员，显然不行，必须派出一个信得过的官员来辅佐，或者是代理处理军政事务。

这类人只能是皇帝身边的近臣。

黄门侍郎苏亮是最好的人选，就给苏亮任命了一个官职——秦州司马。

黄门侍郎是在皇帝身边起草诏令、协助处理日常政务的官员，是皇帝的近臣，同时官职品级也比较高；而州司马的品级要低得多，这显然是一个高职低配。

出行前，文帝拉着苏亮的手说："黄门侍郎岂可为秦州司马？直以朕爱子出藩，故以心腹相委，勿以为恨。"临行前，将自己的御马赐给了苏亮。

就这样，乙弗氏跟随自己的孩子来到了秦州。

乙弗氏当时是否在麦积石窟修行，没有直接资料可以肯定。但是自己的孩子只有十岁，常理来讲，乙弗氏还是愿意离孩子近一点，可以相互照应。在官署附近建立一个佛堂更合情理一点。

当时的麦积山已经是一个香火鼎盛的佛教圣地，乙弗氏肯定多次来到麦积山礼佛焚香。

虽然是一个被废的皇后，但是生活起居等还是需要很多人照顾，从长安不太可能带来太多的侍女，这样就又会引起柔然公主的猜忌。苏亮就从秦州本地找了一些民间女子，来照料乙弗氏的起居。

其中一个女子，来自现今的天水市秦安县安伏乡，姓伏，我们暂且命名为伏女。

伏女其先祖和乙弗氏的先祖一样，也是从青海迁居而来。共同的家世，也就带来自然的亲切感。

在皇宫中时，乙弗氏就是粗衣蔬食，上下爱之，现在没有了皇后的身分，乙弗氏和身边的侍女们就更为亲密，形同家人。

一日，一名从长安皇城来的使者来到寺院，使者一身素衣、平民打扮。乙弗氏认识此人，在宫廷中经常是他在内宫传递旨意。

在屏退他人后，使者传文帝口谕，让乙弗氏蓄发，待时机成熟再回到长安。说完，使者就匆匆离去。

乙弗氏忍不住泪流满面，知道元宝炬还爱着自己。

此事，只有文帝、乙弗氏还有这个传口谕的使者知道，再无人知道。

乙弗氏就逐渐蓄发。带发修行在当时也是常态，不足为奇。

在秦州，乙弗氏有爱子的陪伴，日子也就在平淡中过了两年。

长安，皇城。

文帝元宝炬和柔然公主之间，也在不温不火中静静度过。

柔然公主大统四年（538年）正月来到长安被立为皇后，大统六年（540年）怀孕。

这说明，文帝在柔然公主被封为皇后之后的两年间，很少来往于后宫，夫妻情感淡漠。

天有不测风云！

柔然公主怀孕将产时，就有点疑神疑鬼，居住在瑶华殿，听见有狗吠声，但是别人都听不见；有时看见一个妇人穿着华丽的衣服来到宫殿，就问身边的人："此为何人？"但是身边

:: 乙弗氏皇后的葬窟—43窟外观

的医巫、侍女等都什么都看不见。

如果史籍记录是真的,可能柔然公主患上了产前抑郁综合征。

540年初春,柔然公主生产,"产讫而崩",可能是大出血之类的病症,当时的医疗技术是无法控制此类病患。

柔然公主十四岁立为皇后,十六岁难产而亡,被安

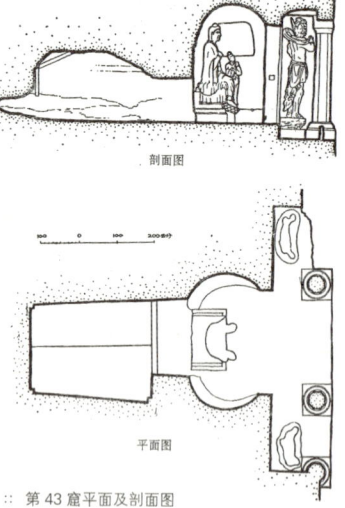

剖面图

平面图

:: 第43窟平面及剖面图

葬于少陵原（西安城东南方向）。

这本来就是一个不幸的事件。

消息传到了柔然王庭。

可能是这个时候或之前东魏在柔然做了一些工作，总之柔然和东魏关系略好。所以在听到柔然公主去世的消息后，就立即聚集兵马，对西魏展开军事攻击，理由是，"为悼后（柔然公主号为悼后）之故（去世）兴此役"，并言悼后之故是乙弗氏操纵的原因。

这实在是一个很牵强的理由，直接说就是明打明的"碰瓷"。

当时的环境，一个千里之外的废后怎么可能会操纵宫廷中的事情？

但柔然没有给西魏任何解释的时间，直接出兵攻击。西魏本来就国力衰落，军事部署都面对东魏，根本无力抗衡。

柔然前锋部队已经到达夏州（陕西北部），不久就可攻击到长安。

魏文帝长叹一声："岂有百万之众为一女子举也。"遂令中常侍曹宠持诏书到秦州，让乙弗氏自尽。

国力柔弱，竟然让一个无辜的女人送死，以抵抗柔然铁骑，实在是让人唏嘘不已。

诏书很快被送到秦州，使者曹宠直接到寺院宣读了诏书。

乙弗氏听到诏书，犹如晴天霹雳。自己远离长安，一心念佛，不想竟然无缘无故被牵扯进了战争纠纷当中。

但诏书在此，敌兵压境，不日将抵达长安，根本就没有时

∷ 43 窟宋塑佛与供养菩萨（背后有早期痕迹）

间申辩、诉冤。晚一天，柔然部队就可以推进百余公里，离长安更近一步。

乙弗氏遂挥泪对曹宠说："愿至尊享千万岁，天下康宁，死无恨也。"

乙弗氏放不下自己的孩子，自尽前，让人把武都王元戊叫到跟前，与孩子诀别，同时也给皇太子元钦带了些话。

我们无法知道当时乙弗氏具体给孩子们说了些什么，也不忍心推测。

"辞皆凄怆，因恸哭久之。侍御咸垂涕失声，莫能仰视"，这是当时的场景。

乙弗氏忽然想到，自己离去之后，这些身边的侍女也没有了安身之处，将何去何从？

她环顾了一下身边的侍女们，缓缓说："有家者可回家庭，无家者在寺院落发可好？"

当时出家是一个极为普遍现象，且寺院生活有基本保障，远好于一般平民家庭,所以出家对这些侍女来说也是一个很好的选择。

在征得各自的同意后,乙弗氏"召僧设供,令侍婢数十人出家,手为落发"。

交代完这些后事,乙弗氏"乃入室,引被(被子)自覆而崩"。

此年,乙弗氏三十一岁。

远在长安的元宝炬此时也定然是五内如焚!

柔然举兵入侵,当然不会因

:: 44窟主尊佛像

:: 44窟正壁佛和菩萨

∷ 库藏西魏时期石雕佛头

为一个废后的死亡就退兵,其实十余万兵马出动,本就不是为了一个女人,这只是一个出兵的由头而已。在乙弗氏去世后,西魏肯定以钱财、布帛等向柔然进贡,以换取和平。

这些进贡的情况在史书中都没有写,毕竟这是屈辱的事情,也是不能摆明的事情。

乙弗氏去世后,"凿麦积崖为龛而葬,后号寂陵"。根据考察,这个墓葬就是现编号第43窟。

整个墓室的外观是一个三间四柱的建筑形象,之后是一个穹隆形的享堂,在享堂之后有一个纵长方形的空间,是放置棺木的位置。

两个皇后,一个安葬于长安少陵原,一个安葬在秦州麦积山。

我们对比一下两个皇后去世的场景:乙弗氏的十分详尽、悲切、感人泪下,史官不惜笔墨,令人长叹。但是柔然公主的去世却很简单,仅仅是"产迄而崩"。

我们是不是可以理解为:柔然公主的死——死了就死了!史官的笔墨也可以看出当时社会对两个皇后的态度。

另外,按照当时的规制,皇帝和皇后需要合葬在一起。但是当皇后先去世,需要先在别处安葬,不能先占据皇帝的梓宫(墓室),等皇帝去世后再合葬在一起。

魏文帝在自己的墓室(位于今陕西富平县东留古乡何家村东北)营造好以后,手书了一道诏书,内容是等自己去世后把

∷ 20窟西壁供养题记

∷ 20窟正壁佛和菩萨

乙弗氏和自己合葬在一起，一同配飨祭祀。

在两个皇后故事中，各自有一个类似于传说性质的记录：当乙弗氏的棺木将要进入到墓室中时，"有二丛云先入羑中，顷之一灭一出"。而文帝去世时，需要将柔然公主的棺木迁葬到皇帝的墓中，但是过程中柔然公主的棺木先到了墓地，正在途中的运送文帝棺木的灵车突然"轨折不进"，就是车轮出现了故障，再推不动了。

真实？传说？故事？演绎？

对此，我们是否可以做如下解读：

乙弗氏的棺木进入墓室前，两朵云一起先飘进入了墓室，然后一灭一出，是否可以理解为魏文帝携手送了自己钟爱的妻子最后一程？让妻子安然在墓中安息！自己返回长安？

而在和柔然公主合葬的途中，文帝的灵车"轨折不进"，是否可以理解为文帝至死不愿意和柔然公主葬在一起？

这些传说性质的语句好像不是传说！是文帝当时真实的内心反映。

我们此刻实在是佩服当时的史官将人物内心的状态用隐晦的传说表现出来，留下了令人感叹的伏笔。

细读史书，才能感受到历史背后的真实故事，才能感受到当时的跌宕起伏。

不知道有多少人读懂了这段传说，有多少人理解魏文帝和乙弗氏。

现在魏文帝的永陵寂寂地躺在平静的黄土之中，我们希望永远不要发掘这座陵墓。恩爱也好，憎恨也罢，都让他们在黄土之下静静安息，不去惊扰他们。

乙弗氏去世后，安葬在麦积山。根据现在的考察，按照当时墓葬的规制，在享堂位置，当时应该有墓主人的"容像"，也就是遗像。

这在北朝的墓葬中是一个普遍现象，都是有墓主人的画像。在43窟，通过对现场的考察，当时应该是泥质的塑像。

可惜当时的容像已经不存，现存塑像都是五代、宋时期重修。西魏文帝去世时，将乙弗氏棺椁迁到陕西富平的永陵。迁葬时，外室的一些塑像之类的肯定是受到了破坏，我们无法得知当时这位贤淑皇后的仪容。

而当时被乙弗氏落发的数十位侍女，自然就成为了乙弗氏的守墓人，不过此时她们都是比丘尼了。

这些女尼在西魏后期也就成为了麦积山石窟寺院中最主要的供养力量。

这些女尼每天都在乙弗氏的塑像前跪拜、焚香。

这些女尼也开窟造像，在造像时，就请工匠以乙弗氏的形象塑造佛像。

44窟和43窟在同一层栈道上，该窟由于受到地震坍塌影响，仅存后壁的一佛二菩萨和东壁的一身弟子。

正龛的佛像极具女性化特点，面相饱满温润，头微微下低，慈眉善目，有淡淡的笑意。与之面对，似乎是面对慈母。

这种女性化的佛像在全国极为罕见，在麦积山石窟也仅仅在西魏时期出现，之前的北魏和之后的北周都没有出现。

据此，我们有理由将这个佛像和乙弗氏联系起来，就应该是工匠按照乙弗氏的容像而塑造的。

同时期的20窟、102窟都具有这种特点。另外，135窟的石雕佛像和库藏的一件佛头像，都是此类作品。

在当时此类作品应该是更多，我们现在称这种明显有女性化的西魏时期佛造像为"乙弗氏样式"。

应该都是当时落发的女尼所供养的。

在20窟，我们发现了一个题记"侍者伏女供养"。

这个伏女，就是我们前面提到的从天水民间征招来的侍女，她的家乡就是天水市秦安县安伏乡。

这个洞窟内，应该还有其他题记，都是那些侍女供养的，可惜都已经漫漶不清了，我们已经无法得知那些侍女都来自哪里。

北周之后，这种女性化的佛像再没有出现。

建德三年（574年）下令灭佛，僧尼全部还俗。这些女尼也自然都还俗，嫁为人妇。

乙弗氏在麦积山的故事，也就在这时停止了。

千百年之后，我们都在欣赏着这些造像的温婉女性之美，但是有多少人读懂了这些精美的造像之后朝局动荡、铁马金戈、夫妻泪眼、骨肉分离，有多少人听到了魏文帝无奈的长叹和乙弗氏悲切的哭泣。

◇ 知识链接

柔然国

柔然，是公元4世纪后期至6世纪中叶，在蒙古草原上继匈奴、鲜卑等之后崛起的部落制汗国。

当时中原正经历东晋十六国后期、南北朝纷争对峙。4世纪后期至6世纪30年代中期，柔然与北魏和南朝形成了长期的并立。

北朝的碑志、杂曲中,往往泛称之为"匈奴""鬼方""凶奴""猃狁""北虏""北狄"等。在《北史》和《魏书》中称为"蠕蠕"。是北魏太武帝拓跋焘认为柔然打仗只靠武力,不用计谋,败多胜少,所以嘲讽他们是不会思考的虫子,并下令全国军民对柔然侮辱性地改称"蠕蠕"。北魏后期柔然以"茹茹"作为自称或姓氏。

两魏五战

小关之战:537年,高欢率大军造三座浮桥,在蒲坂准备抢渡黄河。宇文泰首先攻击小关(在潼关之左)的窦泰,大破之。

沙苑之战:公元537年,在整顿兵马后,高欢自己带兵二十万自壶口出发赶往蒲津。时关中旱灾大饥,宇文泰带领一万兵马到了渭水南岸,在长满芦苇的沼泽地埋伏。高欢自恃兵多,下令进击。东魏兵个个贪功冒进,队形大乱。此战下来,高欢丧甲士八万人,丢弃铠仗十八万。

折叠河桥之战:538年,东魏包围洛阳金墉城,宇文泰率军驰援,临阵斩杀高欢大将莫多娄贷文。后东魏北据河桥,南依邙山,与宇文泰大军交战。此战双方基本持平。

邙山之战:公元543年,东魏高仲密以北豫州(今河南省荥阳市)投降西魏。东魏的战略要地虎牢关落入西魏之手。宇文泰亲率诸军接应高仲密,高欢也将兵十万,自黄河北岸渡河,据邙山为阵。此战西魏大败。

折叠玉壁之战:公元546年十月,高欢又率大军十万围攻西魏玉壁(今山西稷县)。西魏守将韦孝宽守城。城中兵士不过数千。高欢十万大军昼夜攻城。东魏苦攻玉壁五十多天,战死病死七万多人。久攻不下,高欢忧愤发病,一卧不起。一天夜里有大星坠于营中(古人认为陨石是将星坠落),高欢惊惧,解围而走。西魏闻知此消息,又派大军四处高喊高欢已死,为使军心不致摇荡,高欢在露天大营召集诸将宴饮,令斛律金唱敕勒歌:"敕勒川,阴山下,天似穹庐,笼盖四野。天苍苍,野茫茫,风吹草低见牛羊。"高欢亲自和唱,哀感流泪。

隐士
YINSHI

:: 62 窟佛与菩萨（北周）

北魏晚期，朝局动荡，麦积山石窟虽然是化外之地，但是也难免和时局之间产生缕缕关系。

公元534年初春，一个官员打扮的男子来到麦积山石窟，和寺院方丈见面问安后，请求能在寺院寻得一间偏房安身。

此时的麦积山香火鼎盛，信众如云，不乏贵族、官员等，但都是朝香拜佛而来，匆匆而来，匆匆而往，寺院的僧侣也就见怪不怪。

此名官员却要求在寺中长期居住，倒是不多见。但是寺院规模宏大，僧房众多，此名官员也不讲究，随意寻一间房屋也是一件简单的事情。

就这样，此名官员在寺中居住下来，给寺院部分钱财作为供养，换个方法表述就是居住期间的伙食费。

寺中僧人不问时局，也不问此人的身分背景。此人也不开窟供佛,每天只是寻找一些史籍、文论等阅读,偶尔会翻阅一些佛经。

此人性情谦逊、温和,腹中诗书千卷,和寺中的僧人们很是谈得来。

虽然居住在麦积山,但显然不是为佛而来。

寺院中的僧人谁也没有想到,此人来麦积山和一个影响北魏朝局的重大事件有关,而且后来担任西魏文帝时期的宰相。

此人名叫周惠达。

周惠达,字怀文,延安延川县文安驿人。史书记载"幼有节操,好读书,美容貌",少年时在州郡当官,历任乐乡(河北青苑县境内)、平舒(河北廊坊境内)、平成(山西大同)三县县令,都以清廉能干出名。

本来,按照周惠达的能力,在官场上逐步上升是意料之中的事情,但是有些时候、有些事情,作为官场上的下级官员身不由己。

萧宝夤是齐明帝萧鸾第六子,南齐建武元年(494年),萧鸾篡位称帝,封萧宝夤为建安王。

南齐末期,萧衍(后来的梁武帝)起兵建立了梁朝,对之前的齐朝贵族进行控制或者是斩杀。在这种情况下萧宝夤就连夜奔逃,渡过长江,后在渔人的帮助下见到了北魏的扬州刺史、任城王元澄,派出车马侍卫前去迎接萧宝夤。

当时,萧宝夤年仅十六岁。元澄见到萧宝夤后,待以宾客之礼,还按丧兄的礼制,给他齐衰丧制的丧服,并率官僚前去吊唁。萧宝夤一切依照礼制行事,表现得与居君父之丧完全一样。

北魏景明四年（503年），萧宝夤到达洛阳，跪伏在宫门之外，请求北魏出兵，讨伐梁朝，当夜恸哭至次日早晨。

当夜有暴风雨，萧宝夤没有离去，一直跪着哭泣。

四月，北魏任命萧宝夤为都督东扬等三州诸军事、镇东将军、扬州刺史、丹阳公、假齐王，驻守东城，并决定在秋冬时大举讨伐梁朝。

周惠达在这种情况下被分配到萧宝夤帐下作高级幕僚，这也是正常的人事调动。

国仇家恨，在萧宝夤身上集于一身，在对梁朝的战斗中，屡建战功，正始元年（504年）七月，被封为梁郡公。正光二年（521年），萧宝夤被征拜为车骑大将军、尚书左仆射。

524年，秦州莫折大提作乱，兵侵陇东（甘肃庆阳、平凉）、岐州（今陕西凤翔），又进犯雍州（长安等周边），北魏任命萧宝夤为开府、西道行台、大都督，率部西征。

初期战局双方互有胜负，但萧宝夤一直未能攻克陇山。527年，因出兵日久，军将疲惫，大败而回。

此时，北魏王朝风雨飘摇，叛军四起。在这种情况下，朝廷对部分带兵将领加强了控制。

萧宝夤近期一直是战事不顺，心中也害怕再次兵败，朝廷会怪罪下来。

这个时候，朝廷派出御史中尉郦道元为关中大使，欲来到萧宝夤营中。

郦道元来到萧宝夤营中的真实目的已经是无法猜测，可能是宣抚和慰问，也可能是监督监视。

但是萧宝夤却认为是朝廷不放心自己,是监视自己或者是罢夺军权,就和手下谋士柳楷询问对策。柳楷说:"大王是齐明帝的儿子,如今起兵,符合天意。歌谣也曾道'鸾生十子九子鷇(duàn,不能孵化的意思),一子不鷇关中乱',目前大王手中握有重兵,稳居关中,就应该趁机起兵。"

于是萧宝夤派手下兵士在阴盘驿(今陕西西安市临潼区东北阴盘城)杀死郦道元,并谎称是叛军杀死。

:: 135窟－佛与菩萨(北魏)

萧宝夤正式叛乱。

此时的周惠达正巧不在萧宝夤营中,而是到洛阳办理公务。萧宝夤叛乱的消息传到洛阳后,有关部门因为他是萧宝夤的幕僚,便要抓捕他,于是周惠达就连夜逃出洛阳,纵马奔向关中。

在潼关,遇到了自己的好朋友杨侃,此时杨侃为潼关都督。杨侃惊异地对周惠达说:"萧宝夤已经造反,你现在跑回去不等于进入虎口吗?"并劝他留在潼关,待事件平息之后再议。

周惠达说:"萧王现在起兵,必定是受到了身边小人的误导,现在我急忙赶过去希望能改变他的想法。"

如此看来，周惠达无论是对北魏王朝还是对萧宝夤，都是忠心耿耿、倾心负责。

但是到了关中，已经势成骑虎，萧宝夤已经竖起反叛旗号，封官拜爵，扩充兵马，分兵据守要塞，形势已经难以挽回了。

在北魏的重兵围攻之下，萧宝夤很快兵败，身边的将领都做鸟兽散尽。仓皇奔逃时，跟在身边的只有周惠达等几个人。萧宝夤对周惠达说："人生富贵，左右咸言尽节，及遭厄难，乃知岁寒也。"

这样的场景，在历史中无数次地轮回演绎，令人长叹不已。

萧宝夤在无处奔命之时，无奈中投降到叛军万俟丑奴帐下。

万俟丑奴是自己曾经无数次在陇山左右交兵的对手，是朝廷任命自己为大都督并平叛的乱兵，如今只能是屈身居住帐下。

只能说是一年河东、一年河西。

永安三年（530年），都督尔朱天光派贺拔岳击败万俟丑奴，又追擒万俟丑奴与萧宝夤，将他们送到京师，被赐死。

按照一般的惯例，像周惠达这样从始至终参与叛乱的官员，都是要受到处理的。但是贺拔岳见人才难得，又非真心参加叛乱，而是在无奈中裹挟到叛乱中，所以就将其收在自己帐下，作为高级幕僚，十分信任周惠达。

当时的北魏政局，朝臣分裂，高欢和宇文泰各自形成一股政治和军事势力，相互之间互有争斗，并且都尽力拉拢对方将领加入自己阵营。

时贺拔岳镇守关中，另外一将领侯莫陈悦镇高平（宁夏固原市），贺拔岳想和侯莫陈悦一起商议一些军务。

:: 第135窟八王争舍利局部(临摹品)

但是贺拔岳不知道,此时的侯莫陈悦已经被高欢收买,要借机会除掉贺拔岳。

贺拔岳对一切都毫无察觉。

不明情况的贺拔岳来到侯莫陈悦军中,双方在帐内坐定,侯莫陈悦假意和贺拔岳商谈了一些军务,但此时帐外数十名刀斧手已经磨刀霍霍,随时准备冲入帐中。

侯莫陈悦见一切就绪,佯装肚子痛,流露出有点苦痛的表情,用手捂着腹部对贺拔岳说:"将军稍坐,我去去就来"。说完走出军帐。

此时军帐内只剩下贺拔岳和他手下的几名毫无准备的卫士。

侯莫陈悦走出军帐,手一挥,数十名刀斧手冲进军帐,将贺拔岳和他手下的几名毫无准备的卫士乱刀砍死。

周惠达此时与其他将领驻扎于平凉（甘肃平凉市），军队无所依从，周惠达感觉到前途迷茫，就脱离了军队，跑到麦积山石窟隐居起来。

寺院中的僧人谁也不知道这个文气十足的官员背后，竟然隐藏着如此惊天的朝政变幻。

可是谁也不知道周惠达内心的苦楚，在短短数年之间，自己经历了起起伏伏，连续两任上级都死于非命，自己作为普通的幕僚被裹挟在事件之中，自己的努力和奋斗一次次破灭，报国无门，甚至是走投无路，只能是寄身于佛门之中。每每想起，周惠达都是一声长叹。

动荡的朝局对麦积山石窟造像似乎没有造成太大的影响，麦积山石窟仍然是信众芸芸，香火袅袅。

周惠达虽然不信仰佛教，但是此时此刻，那些安静坐禅的僧人、来来往往的虔诚信众、洞窟上那些精心塑佛的工匠，还有那些精美宁静、笑意盈盈的佛与菩萨，都使周惠达的内心逐渐平静下来。

:: 12窟弟子（北周）

大约在这个时候，麦积山石窟的127、135两个大型洞窟正在开凿过程中，叮当之声不绝，工匠来往忙碌。有时周惠达也会在洞窟上看工匠塑佛、绘彩，一团团泥巴在工匠手中逐渐形成了一个有生命、有哲理、有微笑的佛像，周惠达也感到很惊奇，对工匠的手艺很是佩服。

贺拔岳死后，宇文泰收纳了贺拔岳的旧部，击败了侯莫陈悦，安定了地区军事形势，并逐渐形成了以宇文泰为中心的关陇集团。

周惠达本身也没有出家为僧的想法，在麦积山长期待下去也不是长久之计。地区形势安定之后，就走出麦积山，投奔到宇文泰帐下，仍是作为高级幕僚。

朝局仍然是风雨动荡，权臣高欢对魏孝武帝的压迫进一步加强，无奈之下，534年七月二十八日孝武帝带领朝臣出走洛阳，向西奔向宇文泰。十月十七日，高欢以孝武帝弃国逃跑为由，遥废其帝号，另立元善见为帝，十日后迁都邺城。

宇文泰此时也乐见孝武帝投奔自己，因为可以作为政治旗号来对抗高欢。

∷ 135窟主尊佛像

北魏分裂，成为了东魏、西魏。

一个在草原上曾经纵横驰骋、吞并多个小的割据王朝、统一北方的王朝，一个由草原王朝转变为封建王朝，一个曾经强盛的王朝，在这个时候戛然终止。

这距离孝文帝改革仅仅三十余年！

宇文泰派出周惠达到潼关迎接孝武帝，推心置腹地对他说："从前周室东迁，依靠的是晋国、郑国。如今君王西迁，驾临关西，我虽然身当重任，而才能不如古人。你应当尽力，共同完成功业，以博取富贵。"

周惠达答道："我在外作官多年，遇上您匡复国家的机会，富贵之事，不是我敢希望的，只希望您威名德政传遍天下，我能够为此效点微薄之力，也就心满意足了。"

孝武帝在长安安定之后，宇文泰任命周惠达为行台尚书、大将军府司马，封文安县子，食邑三百户。

535年，宇文泰毒杀了孝武帝，立南阳王元宝炬为帝，是为西魏文帝，但是政权却仍然被宇文泰掌控。

东西魏分裂后，双方战事频发，相互攻城略地。宇文泰经常带兵出征，每次都是留下周惠达治理后方。

当时正值战乱，国家内政方面都有很多事务需要重新建立制度，周惠达对各种内政事务倾心尽力，营造兵器、储备粮食、考察兵马，支援前方战事。宇文泰当时对他十分依赖，周惠达的官职也逐步上升。

大统四年（538年），兼任尚书右仆射，相当于当朝宰相，除了军事战争等事务，西魏的所有内政事务都归属周惠达管理。

538年7月，东魏大将侯景围困洛阳，宇文泰与魏文帝一起带兵东征，此次仍然是周惠达辅佐魏太子留守，总管后方政务。

这次的责任显然比之前的数次留守要大得多，皇帝、大将军等都外出，所有的军政事务重担都压在了周惠达身上。

此时的皇太子元钦仅仅十一岁，或者更小，可能每天觉都睡不醒。

周惠达多次推辞，感觉自己难以担当这样的重任。

魏文帝亲写诏书回答说："此去无后顾之忧，只有委托你了。你身负萧何、寇恂那样的重任，是我的诚心寄托。"

萧何是众所周知的汉高祖刘邦时期的宰相，而寇恂则是东汉初期的开国大将，辅佐刘秀建立东汉江山，是云台二十八将第五位。

洛阳的战事并不顺利，洛阳失守，大军败退而归，关中人心震惊。

此次出征，在关中的军队几乎是全部出动，长安成为了军事空虚地带。

正常情况下，毕竟是关中内地，也不会有什么大的意外。

但是，万事都不可预料。

之前，大统三年（537年）6月，宇文泰带兵围攻弘农郡（今

:: 汉长安未央宫遗址（遗产监测平台下载）

:: 127窟西方净土变中的建鼓和乐舞

河南灵宝县),"攻之,城溃,禽东魏陕州刺史李徽伯,虏其战士八千。守将高千走渡河,命贺拔胜追禽之,并送长安"。

同年10月,双方再战于沙苑(陕西渭南境内)。此战,西魏仍是大胜,"遂大破之,斩六千余级,临阵降者二万余人。神武夜遁,追至河上,复大克。前后虏其卒七万,留其甲兵二万,余悉纵归。收其辎重兵甲,献俘长安"。

除了放走的士兵,西魏将俘虏的二万八千名东魏士兵都押回长安,将他们解除武装后,分散在长安周围的百姓中。

西魏希望他们能作为劳动生产力,参加生产。

但是这确实是一个美好的愿望。

当洛阳战役失利的消息传到关中时,这些散居在百姓间的东魏士兵就自发组织起来反叛,并很快占据了长安的子城,长安城岌岌可危。

突发的事件考验着周惠达,处置不力,西魏就是土崩瓦解,刚建立起的政权不复存在。

形势危急，手下又无兵可调，而宇文泰率领的大军正在返回途中，短时间难以达到，远水不解近渴。

但是东魏叛军随时攻城。

在这种情况下，周惠达当机立断，奉护魏太子渡过渭河，留将领坚守渭河桥梁，在渭河以北立足脚跟（当时长安城在渭河以南）。

周惠达此举，就是要和叛军拉开距离，组织力量对抗，同时利用渭河险要消耗时间，等待宇文泰的军队回援。

宇文泰回到关中后，叛乱立刻被平定。

周惠达因处置有方，稳而不乱，再被封赏。

西魏是在当时的乱局中建立的，建立后，各种典章制度、礼乐等都不齐备。很多正式的场合如朝会、祭祀、出征等，都没有相应的制度依据，就显得很不庄重。周惠达和礼官根据北魏时期的各种典章制度，又根据实际情况进行了增减、调整等，让各种仪轨齐备。

在一次朝会中，正式按照周惠达制定的礼乐制度进行了排演，气氛庄重，声乐典雅，仪式感很强。魏文帝感到很满意，转身对周惠达说："这都是你的功劳啊！"

周惠达虽然身居显要职务，但是为人谦虚退让，善待部下，尽心奉公，提拔贤能，人们都因此而敬服他。

大统十年（544年），周惠达去世。其子周题承袭爵位。

隋开皇初年，由于周惠达在前代功绩卓著，追封为萧国公。

周惠达在麦积山停留的时间也就是半年，在麦积山石窟未留下任何痕迹，无论是在麦积山的记忆中，还是在周惠达的记忆中，都是匆匆飘过的岁月，不会留下太多痕迹。

但是，我们猜想，这段时间可能是周惠达最轻松的岁月，远离了乱局、远离了战事、远离了纷争、远离了案牍之事、远离了丝竹乱耳。

不知道这一切，在周惠达之后忙碌的岁月中，是否会偶然想起麦积山，想起陇山中那孤傲凸起的山峰。

麦积山，应该会出现在周惠达的回忆中！

◇ 知识链接

郦道元

郦道元（约466—527年），中国北朝魏地理学家、散文家。范阳涿（今河北省涿县）人。撰《水经注》一书，阐述《水经》中一千多条水道的源流及沿岸风土景物，并订正《水经》中的谬误。

幼时随父访求水道，博览奇书，游历秦岭、淮河以北和长城以南的广大地区，考察河道沟渠，搜集风土民情、历史故事、神话传说。为官之后，仕途坎坷，未尽其才。

郦道元曾在多地为官，执政严厉，颇遭豪强和皇族忌恨。萧宝夤将要叛乱时，有皇族为了借刀杀人，怂恿皇帝派出郦道元为使探访虚实，最终在阴盘驿被围，不屈而死。

高欢

高欢（496—547年），出身于怀朔镇（今内蒙古固阳西南）兵户之家，东魏权臣，北齐王朝奠基人。

高欢早年归顺葛荣，后叛降尔朱荣，并收编六镇余部，镇压青州流民起义,任第三镇酋长、晋州刺史。普泰元年(531年)六月起兵于信都,翌年攻入洛阳,推翻尔朱氏集团,拥立孝武帝元修。

永熙二年(533年)正月,以大丞相控制北魏朝政。永熙三年(534年)十月,高欢逼走孝武帝,立元善见为帝,是为孝静帝,迁都邺城,史称东魏。

高欢自居晋阳(今太原西南),遥控朝政。专擅东魏朝政十六年。东魏武定五年(547年)正月,高欢病逝。东魏武定八年(550年)正月,其次子高洋建立北齐,追尊高欢为献武皇帝,庙号太祖,后被改尊为神武皇帝,庙号高祖。

宇文泰

宇文泰(507—556年),字黑獭,代郡武川(今内蒙古武川西)人,鲜卑宇文部后裔,南北朝时期西魏杰出的军事家、改革家、统帅,西魏的实际掌权者,亦是北周政权的奠基者,史称周文帝。

高欢位居丞相掌控朝政后,宇文泰跟从贺拔岳入定关陇。永熙三年(534年)北魏孝武帝投靠宇文泰。宇文泰被授为大丞相。同年十二月宇文泰杀孝武帝,立元宝炬为帝,是为西魏,都长安。从此宇文泰专制西魏朝局长达二十二年。

宇文泰掌权期间,对内团结各方,澄清政治,建立府兵制,以扩大兵源。对外立足关陇,争战东魏,蚕食南梁。大定二年(556年),宇文泰去世。后追尊为文王,庙号太祖。武成元年(559年)追尊为文帝,号其墓为成陵。宇文泰死后次年,其侄宇文护迫西魏恭帝禅让,由宇文泰子宇文觉即位天王,建立北周。

云台二十八将

云台二十八将,是指汉光武帝刘秀麾下助其一统天下、重兴汉室江山的功劳最大、能力最强的二十八员大将。东汉明帝永平三年(公元60年),汉明帝刘庄在洛阳南宫云台阁命人画了二十八位大将的画像,称为云台二十八将。

范晔《后汉书》为二十八将立传,称:"咸能感会风云,奋其智勇,称为佐命,亦各志能之士也。" 后人还把这些将领与神话传说的天庭二十八星宿名称相对应,这就是"云台廿八宿"。

庾信
YUXIN

8. 麦积山石窟第四窟全貌

北周，长安城里。

在庾信的府第，大都督李充信，手中捧着一份其在麦积山石窟修凿的七佛阁图样，给庾信描述和指点着已经完工的七佛阁，最后，客气地请庾信为新完工的这个佛阁写一篇铭文。

这一年庾信七十一岁，已经是迟暮之年。算起来，他离开家乡已经是二十八年了。

他原本是南朝·梁国的官员，但是这二十八年，一直流寓在长安。

年龄越大，越是对故乡情感加深。人性皆如此。庾信知道自己岁月不久，对家乡的思念就越来越强了。

庾信连着几次给皇帝上书，请求归还故里，但都被皇帝拒绝。

庾信（513—581年），河南新野人，南朝人，父亲庾肩吾，为梁太子中庶子（侍从官）、掌管记（类于秘书长）。十五岁的庾信入宫为太子萧统的东宫讲读。

当时萧统二十八岁，也是一个文学家，在少年时就有学名声望。

起初庾信官职为抄撰学士，与父亲一起出入东宫，"出入禁闼，恩礼莫与比隆"。

少年时期的庾信就"聪敏绝伦，博览群书，尤善《春秋左氏传》"，并且身材伟岸，"身长八尺，腰带十围，容止颓然"。庾信的诗词文句华丽、意气飞扬，和当时著名的文学家徐摛一起并称"徐庾"，这种文体也称为"徐、庾体"，或"宫阁体"。

庾信所写的文章，在当时的京师建康被视为模范，每当有新文章面世，整个建康的文学青年都争相传抄。

形象好,文采高,庾信在当时是当之无愧的"男神",朝堂或民间都有众多的仰慕者,是当时众多青年才俊的楷模。

后出使东魏,"文章辞令,盛为邺下所称"。"邺"是指当时东魏都城邺城,今河北临漳县。

这次出使庾信给梁朝挣足了面子。归来后,给授予东宫学士,同时领建康(南京)县令。

本来,庾信凭借自己的文采能在官场上平步青云,安享一生荣华,但是纷乱的南北朝却没有按照自己的思路发展。

一切都源于侯景之乱。

∷ 邺城出土的白石菩萨立像(北齐)

侯景,东魏战将,骠勇骁悍,为东魏也算是屡立战功,逐渐生出骄横不臣之心,在酒酣之间给身边的将领说:"王(高欢)在,吾不敢有异,王无(去世了),吾不能与鲜卑小儿(高澄)共事!"

如此狂妄,高欢和高澄不可能不知道,只是在等待机会。

547年正月,高欢去世。继任者高澄诏令侯景入朝议事,但侯景知道高澄要对自己动手，遂起兵反叛，东魏也随之发兵征讨。

为了寻找靠山，侯景向西魏和南梁都发出了带兵归降的书信。

西魏宇文泰比较谨慎，让侯景将兵马留住原地，自己来到长安，兵马和地盘由西魏派出将领接管。显然这是不信任侯景，解除军权后再处置。

侯景自然也不会放弃军权，遂断绝了和西魏的联系，宇文泰也收回了已经派出的军队。

南朝的梁武帝却看不清时局，不顾臣下反对，派出军队接应侯景。但是都被东魏军队击破，并且梁武帝的一个堂弟萧渊明也被东魏军队俘虏。最后只有侯景带领八百多人的军队逃到南朝。

侯景到南朝后，梁武帝认为良将难得，不顾多数臣下的劝阻，给予了侯景大量的军队和物资，任命侯景以南豫州牧的身分镇守寿阳。

此时的侯景认为自己的门第过低，想通过和高门联姻提高自己的门第，想请梁武帝做媒。但是梁武帝认为侯景不过是一个莽莽武夫，和南朝士大夫的高门不能同比，遂拒绝了此事。侯景遂怀恨在心。

此时的东魏为了全力对付西魏，想和南朝结好，就让被俘的梁武帝堂弟萧渊明写信，言到如果两国和好，就可以将萧渊明送回。

梁武帝一向重视宗族团结，同时通过此次战争看到自己军队战斗力低下，长期对抗对梁朝来讲不会有太多好处，就想和东魏结好，不再战争。

但是侯景害怕和东魏结好之后，自己会被送回东魏，或者是在梁朝失去地位，所以多次上书反对两国结好，但都遭到梁武帝的驳斥。

此时的侯景乱了方寸，想出了一个糟糕透顶的主意：假托边将向梁武帝上了一封书信，说东魏愿意把萧渊明送回，但条件是把侯景送回东魏。

侯景是想试探一下梁武帝的底线，看一下梁武帝对自己的态度如何。他当然是希望梁武帝严词拒绝这样的交换。但是梁武帝看到书信，竟然爽快地答应了，复书说："萧渊明早上回来，侯景晚上就可以给你们送过去。"

回复的书信自然落到侯景手里，侯景看了之后怒不可遏，说："我就知道这糟老头子没心没肺！"于是侯景以寿阳为基地，于548年八月十日正式叛乱。

梁武帝在侯景这个问题上的态度有点非夷所思，一方面他在招纳侯景的时候，看中的就是侯景的军事能力，能征善战。但是

∷ 南朝天王立像（成都万佛寺）

有大臣提出侯景有谋反之意的时候,梁武帝不以为然,说"(侯)景孤危寄命,譬如婴儿仰人乳哺,以此事势,安能反乎?"甚至还斥责建议的大臣萧范小心眼,"不许朝廷有一客(人)"。

在听到侯景起兵叛乱的时候,梁武帝仍不以为然,反而笑着说:"他(侯景)有多大本事,看我用马鞭抽死他"。

时局清清楚楚地摆在面前他都看不清,真不知道他是怎么当的皇帝,不灭亡才是怪事。

因为南朝内部矛盾甚多,很多将领都对侯景叛乱持观望态度,或者是借机互相征伐,占领或扩大地盘。

:: 南京古城墙(摄图网)

:: 石铠甲

这可能是梁武帝万万没有想到的,自己管理的朝廷早就是人心离散,无法聚合在一起。高高在上的他,专注于佛事,自然看不清楚各路诸王和大臣的心思。

所以,无法阻止侯景的军队日益扩大,兵锋突进。

侯景军队于548年十月二十日进攻至南京。

庾信被任命为建康令,这也是他本来的职位,负责建康城外城的守卫工作,在当时战事正酣,叛军步步紧逼的情况下,建康令是皇帝的最后一道防护,重要性可想而知。

这个岗位应该派遣一位身经百战、骁勇善战并且忠心耿耿的将军来担任,但是谁也没想到将庾信任命在这个岗位上。

我们现在很难猜想梁武帝当时在如此重要的人事任命上的决策心态,也无法知道庾信在接受任命时的心态,但必然是忐忑不安、慌乱异常。

庾信身高八尺,身材魁伟,但本性实在不是担当武将的材料,甚至连铠甲都没有穿过,所以当叛军越来越近的战报一道又一道报过来时,庾信的心也逐渐提到嗓子眼,在城楼上望着远方的烟尘和烽火,遂作出了一个保命的决定——弃城而逃。

守城主将逃跑,后果可想而知。

庾信弃城而逃直接导致了外城失陷,侯景大军在围困皇城四个多月后,皇城也失陷,梁武帝最终被侯景饿死在台城。

庾信如此行为在正常情况下自然被认为是不光彩的事情,不过庾信本人倒也不忌讳,后来写的《哀江南赋》中也直白地写:大盗移国,金陵瓦解,余乃窜身荒谷,公私涂炭。

这种事情放在一个武将身上,可能是终生的耻辱,但庾信毕竟是一个文人,善于舞文弄墨,根本不会执刀冲锋,所以放在庾信身上,也是可以理解的。

在平定了战乱后,湘东王萧绎镇压了各方势力,入主皇宫,这就是梁元帝。

按常理,萧绎即位,必须要对弃城而逃的庾信进行问责。但梁武帝不死,萧绎也没有机会当皇上。再者,萧绎是一个爱好文学的君主,藏书有八万卷之多,自称"韬于文士,愧于武夫"。所以对庾信倒也没有责怪,反倒是出于爱才之心,仍委以重用,被任命为右卫将军,并加散骑常侍衔。

然梁朝的江山并不太平,危机四伏。在萧绎即位的同一年,其弟益州刺

∷ 天水武山拉捎寺石窟

史萧纪也在成都称帝，并派兵顺江而下，攻取江陵。此时萧绎初即位，江山未定，无力应战。遂遣使到西魏，请求从陕西方向向四川出兵，以抵御和牵制萧纪。

这对西魏是个千载难觅的机会，巴蜀自古为天府之国，物产丰饶，占领巴蜀，天下可图。宇文泰力排众议，派遣尉迟迥等领兵入蜀，因萧纪领兵东下，蜀中空虚，没有费太多功夫，蜀中平定。尉迟迥趁势向周边扩展，为西魏攻占了大面积版图。

成都佛教昌盛，高僧众多。尉迟迥从成都回师的时候，把成都的高僧大德五十多名带回了长安。后在北周之际，尉迟迥担任秦州总管，在天水武山县开凿了拉梢寺大佛。

自此，西魏由三国（东魏、西魏、梁朝）中国土面积最小的国家，在一战之间就变成了三国中国土面积最大的国家，国家实力得到了大大的增强。

侯景之乱对当时南北方的政局产生了根本性的影响，可能是中国古代史上影响最大的一个兵变。

巴蜀对梁朝也是至关重要，不但是重要的粮食以及战略物资产地，同时西魏占据巴蜀，在军事上也是对梁的极大威胁，顺江而下，再无天险可守，可以直捣建康。

所以，梁朝亟须要回被西魏占领的土地。

此时庾信再度出场，554年3月梁元帝派庾信出使西魏，商定西魏退兵，并按照之前疆界各自驻守。

可能庾信还想着之前自己出使东魏时的荣光，"文章辞令，盛为邺下所称"，但是这次出使所办的差事却和之前完全不同。

东魏出使是两国之间正常的文化交往，而这次出使则是要把西魏占领的土地要回去。

吃到嘴里的肉怎么轻易再吐出来！这个差事本身就充满了风险。

在出使人员的选择上，梁元帝考虑得太简单了。

这样的要求自然是宇文泰所极不情愿的，也是不可能答应的，于是以梁元帝在国书中"言辞不逊"为由，出兵攻占梁朝。

梁元帝的国书内容没有留下来，是不是真的"言辞不逊"已经不得而知，但是以充满文人气度的梁元帝在刚经过战乱、国力疲惫之时好像不太可能表达出这样的国书。

但是西魏宇文泰出兵总得有一个理由，这也算一个理由，虽然很牵强。

很快，西魏军队攻破了江陵（湖北荆州），梁元帝投降，不久为襄阳都督萧詧以土袋闷死，后葬于颍陵。

很多投降的皇帝都是这个结局，少有例外。

∷ 四窟北周薄肉塑伎乐天

梁元帝十分喜欢藏书，收集的各种藏书14万卷，西魏军队攻城，将古画、法帖、古今图书全部尽焚于一炬，悲叹说"读书万卷，犹有今日"，将自己悲惨的结局归结为读书太多。此次焚书，是图书史上的一次劫难。

限于当时的实力，西魏并没有占领南朝，而是掠夺建康数千口民众，强行迁徙到长安，被分配给王公贵族为奴。

:: 犍陀罗菩萨像（东京国立博物馆藏）

庾信也就在这样的背景下被强留西魏，不予放还。此时庾信四十三岁，并且给予各种高官显爵。

庾信在这种情况下心中是充满了无以言表的苦痛，自己在数年之内，竟然经受了如此起伏坎坷，甚至自己的两任帝王都不得善终，自己怀念的江南故国已经不复存在，有家也不能回，骨肉不能团圆，亲情割离。

每每思此，庾信心如刀绞。遂写《哀江南赋》，其中有：

"孙策以天下为三分，众才一旅；项籍用江东之子弟，人唯八千。遂乃分裂山河，宰割天下。岂有百万义师，一朝卷甲，芟夷斩伐，如草木焉！"

自己国家的百万军队,竟然让别人像草木一样宰割,怎不让人扼腕。

字字滴血!

庾信心中的痛,痛到了心灵的最深处。通过这些文学作品,我们仍能感觉到当时庾信心中深深的痛!

从侯景之乱到寄身北方,庾信在这短短几年中,有太多起伏跌宕的经历,家国离乱,生灵涂炭,山河破碎,江山易主。这些都是在之前数十年的宫廷生活中所未曾经历过的,也是从来没有想到过的。

庾信此时正值壮年,对家国山河,已是胸怀满志,对人世冷暖正是感情丰沛的时候,但是这几年的离难让庾信心中充满了痛苦。

无奈与彷徨,长叹与沉思,是庾信生命后半段的主调。

身经离乱,让庾信对家国山河,对生命存在等有更多的思考和感慨,思想也就在这种情况下逐渐改变和提升,反映在其文学作品中,后期的作品更为苍劲、厚重、大气、高调,思想性更强。

唐代诗人杜甫的诗中称:"庾信文章老更成,凌云健笔意纵横。"也正是对庾信后期作品的评价。

北周多次对庾信封官加爵,曾任洛州(洛阳)刺史。在任上,"为政简静,吏民安之",就是不折腾,少生事,与民休养生息。

由于庾信文才显赫,所以经常受别人请托代写文章、碑志等。

北周武帝宇文邕的第十三子宇文逌(you)(556—580年),

∷ 青铜器－觚

少好经史。武成初年（559年）封滕国公。建德三年（574年）为滕王。

虽然在年龄上和庾信差距较大，但是滕王和庾信私交很好，曾组织人员将庾信写的各类文章集在一起，这就是我们现在看到的《庾子山文集》。

大都督李充信在秦州麦积山开凿的七佛阁完工之后，也请庾信写一篇铭文。

说起李充信在麦积山开凿的七佛阁，也是经历了一番波折。该佛阁大约于570年开始规划开凿，即将完工时，周武帝颁布了灭佛诏令（573年6月），工程不得已停工，578年佛法恢复后，又聘请工匠对壁画等进行了最后补绘工作。

庾信虽然没有到过麦积山，但是对麦积山却并不陌生，这个时期也是麦积山石窟发展鼎盛时期，对周围影响很大，早期也多有长安僧人到麦积山修禅。特别是魏文帝皇后乙弗氏被赐死并安葬在麦积山，朝野尽知。从文史地理的角度，庾信对麦积山自然会有更多的了解。

暮年的庾信思乡之情更为深切，当时南方的陈朝与北周通好，陈朝也多次提出让长期留寓在北方的一些文学家能放回南朝与家人团聚。出于两国交好的考虑，北周放还了一批文学家，但是庾信和王褒却一直是"惜而不遣"。

不遣还这两个人，也不给明确的理由，反正就是不讨论、不回复、不答应。

南方文人流寓在北方的自然是惺惺相惜，离别时自然少不了一场聚会，在这一次聚会中庾信自然免不了老泪纵横，仰天长叹，思乡之情难以抑制。

当李充信讲明开凿造像的最终目的是给自己的祖父祈福时，也再次勾起了庾信心中对家乡亲人的思念，世人皆追亲之思，自己远离亲人，山水相隔，只能是遥望拜祭，以慰心中之苦，想到这些，庾信心中五味杂陈。

在提笔为李充信书写铭文时，庾信也将自己思乡的感慨融入其中。"昔者如来追福，有报恩之经；菩萨去家，有思亲之供。敢缘斯义……"

这两句话是说：以前如来佛为了给自己的父母追加福报，写了一本报父母恩的经，菩萨（如来成佛前）离开自己家、思念亲人的时候，会用摆放供品的方式寄托自己的思念。

庾信是个文学家，不是佛教信徒，佛经典故及社会上的佛教现象，都是庾信写作的素材。另外，庾信在写作中善于用典和化典，就是将相关的故事转化为成语，而在这两句的写作中，庾信就充分发挥了想象，因为当时并没有这样的佛经（报恩经），佛经中也没有"思亲之供"的内容，这种内容在唐宋之后才在中原僧人假托释迦名义编写的佛经中出现，如《报父母恩重经》等。庾信是将社会生活中的现象移植在佛教中，假托佛经来表达情感。

在"昔者如来追福,有报恩之经;菩萨去家,有思亲之供",表述的是释迦牟尼也有世人的思亲之情,也有世间眷恋,最直接表达的是功德主李充信追思自己的祖父,开窟追福的行为。

但是我们结合庾信的身世和情感,这是这两句话的全部意思吗?

年迈的庾信无时无刻不思念远在南方的亲人,岁月无情,来日无多。一同流寓北方的很多人都已经南返,而迟暮之年的自己却身单影只留在北方。滞留北方已三十年了,许多亲人均已故去,自己却不能在坟前祭奠,每每想到此处,庾信都不禁老泪纵横。

当李充信向庾信表述开窟造像是为了给祖父追福时,这世间追思的情感也再一次引起了庾信的心灵触动,感慨万千、情难自己,于是在下笔如流之间,巧妙而含蓄地将自己思亲和思乡的情感融入其中。

释迦佛都可以思念亲人(报恩之经、思亲之供),李充信也可以以开凿佛龛的形式追思自己的祖父,但自己身居异国,远隔万里,只能任父母苍迈故去,任妻子容颜衰老,自己却不能做任何事,只能寄情于笔墨,让思情流淌。

身为武将的李充信肯定没有从铭文的字里行间读出庾信的思乡之情,他完全沉浸于自己在麦积山宏大工程的完工和名家作铭文的荣耀中。

毕竟庾信的文采确实辞藻飞扬,虽然有记载说,"群公碑志,多相请托(庾信)",但是限于庾信的职位,这种"请托"也只是在高级官员之间,一般的人物或下级官员得到庾信的铭文是不可能的。这种文采飞扬的铭文一问世,必定有很多人传抄，所以李充信有足够的炫耀资本。

北周武帝、隋文帝等帝王也没有看出，他们认为给予庾信高官显爵就足够了。

可能唯一能读懂庾信文章的是一起流寓北方的王褒。

王褒晚年，有从南方来的友人，周武帝特意安排王褒去见面，探问家乡讯息。临别时，王褒向友人书写了一篇长文。文的末尾这样写："犹冀苍鹰頳鲤，时传尺素，清风朗月，俱寄相思。子渊，子渊，长为别矣！握管操觚，声泪俱咽。"

"苍鹰頳鲤"都是传说中寄送家书的典故。王褒在思念家乡亲人时，也是"握管操觚，声泪俱咽"。

但是在576年，王褒已经在浓浓的思乡情感中离去，看不到庾信这篇文章了！

当时没有人能读懂庾信，没有人能看懂庾信的这篇铭文。

在写完这篇铭文的第二年（581年），庾信带着浓浓的思乡之情离开人世，时年七十二岁。

不知道《秦州天水郡麦积崖佛龛铭并序》是不是庾信最后一篇文章。

不知道庾信在去世前会不会向隋文帝乞请骨骸回乡。

在庾信去世的八年之后，隋朝大军平陈（589年），南北一统，天下无南北之别。

可惜，庾信没有等到这一天。

今天我们细读庾信的这篇铭文，就会发现庾信的思乡情感在字里行间奔流不息，绵绵不断。

附：庾信《秦州天水郡麦积崖佛龛铭并序》

　　麦积崖者，乃陇坻之名山，河西之灵岳。高峰寻云，深谷无量。方之鹫岛，迹遁三禅。譬彼鹤鸣，虚飞六甲，鸟道乍穷，羊肠或断。云如鹏翼，忽已垂天。树若桂华，翻能拂日。是以飞锡遥来，度杯远至。疏山凿洞，郁为净土。拜灯王于石室，乃假驭风；礼花首于山龛，方资控鹤。大都督李充信者，籍于宿植，深悟法门。乃于壁之南崖，梯云凿道，奉为王父造七佛龛。似刻浮檀，如攻水玉，从容满月，照曜青莲。影现须弥，香闻忉利。如斯尘野，还开说法之堂；犹彼香山，更对安居之佛。昔者如来追福，有报恩之经；菩萨去家，有思亲之供，敢缘斯义，乃作铭曰：

　　镇地郁盘，基乾峻极，石关十上，铜梁九息。百仞崖横，千寻松直，荫兔假道，阳乌回翼。载辇疏山，穿龛架岭，糺纷星汉，迥旋光景。壁累经文，龛重佛影，雕轮月殿，刻镜花堂，横镌石壁，暗凿山梁。雷乘法鼓，树积天香，嗽泉珉谷，吹尘石床。集灵真馆，藏仙册府。芝洞秋房，檀林春乳，冰谷银砂，山楼石柱。异岭共云，同峰别雨。冀城余俗，河西旧风。水声幽咽，山势崆峒。法云常住，慧日无穷。方域芥尽，不变天宫。

◇ 知识链接

徐摛、徐陵

　　父子二人，徐摛（474—551年）与庾肩吾并称为"大徐庾"，而庾信、徐陵称为"小徐庾"。

　　徐摛少年喜爱学习，等到年长时，已经读遍了经书和史书。

写文章喜欢标新立异，不拘于已有的体裁。侯景攻陷台城，卫士一哄而散，只有徐摛自己一个人站着不动，对侯景说："侯公应当与皇上以礼相见，又何必要这样呢？"侯景对他很是敬畏。

徐陵（507—583年），早年即以诗文闻名。八岁能撰文，十二岁通《庄子》《老子》。博涉史籍，有口才。后在陈朝任职，历任尚书左仆射、中书监等职，继续宫体诗创作，诗文皆以轻靡绮艳见称。

尉迟迥

尉迟迥（516—580年），字薄居罗，代郡平城（今山西大同市）人，鲜卑族。西魏北周将领，西魏文帝的女婿（迎娶金明公主），北周文帝宇文泰外甥。

聪敏俊美，好施爱士，能征善战，位望崇重。初为帐内都督，跟随宇文泰收复弘农、攻克沙苑，屡立军功，官至骠骑大将军、尚书左仆射、开府仪同三司，封为魏安郡公。西魏废帝二年（553年），攻打蜀郡，平定萧纪之乱，拜大将军、都督益潼等十八州诸军事、益州刺史。北周初年，拜为柱国大将军、大司马，封为蜀国公。

北周末年，大丞相杨坚专揽朝政，尉迟迥起兵反对，为名将韦孝宽所破，兵败自杀。

王褒

王褒（约513—576年），字子渊，琅琊临沂（今山东临沂）人，南北朝文学家。东晋宰相王导之后。

《周书》称王褒"识量渊通，志怀沉静。美风仪，善谈笑，博览史传，尤工属文。"

梁元帝时任吏部尚书、左仆射。西魏入侵江陵后被带到长安，扣留不复南返。授车骑大将军，仪同三司。著名的作品有《燕歌行》。

秘藏
MIZANG

宁夏须弥山石窟北周大佛

北周武帝宇文邕，北周第三位帝王。

宇文邕出生于西魏大统九年（543年），560年登上帝位，时年十七岁。

宇文邕初登上帝位前，其堂兄宇文护独揽朝政，并先后毒杀了宇文邕的两位兄长（孝闵帝宇文觉、明帝宇文毓），建德元年（572年），宇文邕设计斩杀了宇文护，去除了心腹大患，加强了皇权。

宇文邕是一位具有宏大理想的帝王，时天下三分，但统一北齐、南梁的想法一直在他心中涌动。

打击世族，释放奴婢，进一步推动社会生产力发展，建立府兵制度，强化了皇权对军队的领导，军队战斗力逐步增强。

一切都在为统一战争准备着。

但是佛教的发展成为宇文邕心中忧患。

此时，北周境内的僧人数量将近二百万人。而当时北周所辖的总人口数量不到两千万，军队总数量五万至十万人。

僧尼总数量超过国家人口的十分之一，而在这两百万的僧尼数量中，青壮年又占据绝大部分。

僧多一人，农夫少一人，兵者少一人，役者少一人。

另外，还需要很多人的劳动成果来供养这些僧人以及建造寺庙、开凿佛龛，甚至是建造高耸如云的佛塔。

在北朝时期，僧侣和寺庙享有很多经济特权，最直接的是不从事农业生产，不纳税，不服差役和兵役。与此同时，寺院却拥有大量田地，雇用佃户耕种，坐收地利，形成了独立的经济体。另外，寺院中的金铜佛像也是在古代冶金开采能力不足的情况下占有了大量金属资源。

佛教在北魏、西魏时期的急剧发展，对社会的各个方面产

∷ 北魏晚期的贴金彩绘石雕佛菩萨三尊像(青州地区)

生了影响,已经成为一个严重的社会问题。

佛教无处不在,僧侣无处不在,信徒无处不在。

在教化引导民众的功能之外,佛教和社会发展之间已经形成了严重的冲突,甚至成为社会负担。

其实在宇文邕即位之前,还是信仰佛教的,曾在武成二年(560年)为其父亲宇文泰敬造丈六释迦像一尊,并供养了宁国寺、会昌寺、永宁寺三所寺院,度僧一千八百人。可见对佛教还是很崇信。

不在其位,不谋其政,也就不操那份心,登上帝位君临天下,所思所虑也就不同以前了。

虽然宇文邕自小也是在佛教弥漫的社会中长大,但是此时作为帝王的他,担负着国家使命,胸怀梦想和抱负,他所考虑的自然要比一般民众和官吏们要多很多。

如何解决佛教和社会发展之间的关系,在他的脑海中日日夜夜考虑着。

一个人的出现使宇文邕的想法逐步成型。

这个人是一个僧人,支持国家对佛教控制、收紧的

∷ 北魏晚期的贴金彩绘石雕佛菩萨三尊像(青州地区)

僧人。

这是一个尘世心态很重的僧人。

这个人就是卫元嵩。

卫元嵩,成都人,少年出家,聪慧异常,本可为修行佛法的高僧,静然处事。

但是卫元嵩却是对名利极为热衷,为了出名,他故作猖狂,在闹市行走,言行无度,引得众人围观。同时文采极佳,见物咏志,出口成章,倒是赢得了许多的名声。

但是在他心中,成都确实太小了,远离帝都,不足以施展才华,就对其兄长说:"蜀中的地方狭小,不足以施展我的抱负和才华,我想到长安游学,和那里的儒家名士们比一下才学高低,兄长认为如何?"

其兄摇了摇头说:"王褒和庾信都是声名天下的才子,现在如何呢?被困于长安,寄身浮萍,有家难归,你难道不知道吗?你去长安也就是自取其辱罢了。"

卫元嵩不以为然:"兄长读书无数,但是却没有天才大略。"就这样,卫元嵩不顾兄长反对,毅然来到长安,并脱去僧服,还俗为民。

其才华显著,很快就结交了朝臣显贵,被推荐到了武帝宇文邕面前。

此时宇文邕身边有一个道士张宾。

卫元嵩和武帝之间的谈论,以控制和废除佛教为核心,这一点和张宾心中暗想的一致。

一道一俗,两人很快结成了同盟。

这个时期,道教的发展尚未和社会形成冲突和矛盾。宇文

:: 长安城少府遗址（遗产监测平台下载）

邕此时也崇信道教。

天和二年（567年），卫元嵩给武帝上书，大意是：在远古的尧舜时代，根本就没有佛教，但是国家治理得井井有条。而南方的齐、梁等国，以寺院和僧侣教化百姓，如果说民心变坏和寺庙没有关系，但是国家平安又怎么和佛塔有关系呢？齐、梁为了崇敬佛教纷纷建起入云的宝塔，而尧舜害怕民众劳累而只住在低矮的房子里。但是齐、梁国短暂不是因为对佛寺无功而是自身气运已尽,尧舜没有崇敬佛像但是对民众有益才会国运长久。

除了以上理论,卫元嵩还请求建造一个"平延大寺"。

这个大寺的基本结构是"以周主为如来,用郭邑作僧坊,和夫妻为圣众,勤用蚕以充户课,供政课以报国恩……造仁智充执事,求勇略作法师……忠孝之门,伐凶逆之党,进清简之士,退谀佞之臣,六合无怨讨之声,八荒有歌周之咏,飞禽安其巢穴,水陆任其生长"。

:: 长安城少府遗址(遗产监测平台下载)

无论如何,文采确实出众!读起来朗朗上口。

可以看出,这不是建一个真正意义的寺院,而是一个立足于儒学的国家治理概念。

但是佛教的发展已经呈全国之势,根深蒂固,贸然作出决定是不行的。

逐步实施,先造出舆论!

天和四年(569年)三月十五日,宇文邕主持朝会,集中儒、释、道三家名士以及文武百官二千多人,对三家的优劣进行讨论、评判。

二千多人！不知道当时有没有这么大的会场！怎么样具体组织，怎么样传声。

可能这次讨论没有提前组织，各家自由发挥，各抒己见。自己的论点都缺乏目的性、方向性，各说各话。总之，没有辩出一个结果。

也就是不了了之。

宇文邕对这个结果自然是很不满意，也很急于得出一个结果。

于是就在五天之后（三月二十日）再次召开朝会，再次进行辩论。

由于还是没有提前组织，多方依然是各自论自己思想的优越性，丝毫没有针对性，最终还是没有分出结果。宇文邕有点急躁了，他急于想得到一个结果，然后对佛教采取措施。

这次他提前做了安排，指示司隶大夫甄鸾"详度佛道二教，

:: 河西走廊的雪山（古代的昆仑山）

定其深浅，辨其真伪"。

这个甄鸾用现在的词来表述，应该是一个天文学家和数学家，曾定制天和历法于566年颁行，还著有《五经算术》。

除了这些，他可能还是朝廷的笔杆子，擅写文章。

但是，宇文邕忙中出错，选错了人。

甄鸾确善写，下笔如流，洋洋千言，一挥而就。但是宇文邕没有想到的是——甄鸾信佛。

甄鸾信佛倒不是奇怪的事，当时社会"奉佛者十之八九"。

宇文邕的本意让甄鸾认真考察佛道二教，然后拿出一个考察报告，判定哪个宗教对国家社会发展有益。

由于前两次会议没有结果，武帝也没有明确表态，可能作为笔杆子的甄鸾也没有揣度到武帝心中真实目的。

所以，作为佛教徒的他就明显将调查报告写偏了。

这篇报告名称叫做《笑道论》，站在佛教角度嘲讽了道教，对佛教和社会之间的关系则只字未提。

这篇报告"文极详据，事多扬激"，就是调查得有理有据，但是文字慷慨激扬。

这篇报告在出手之前，显然没有经过武帝审阅，直接在朝堂上宣读。

天和四年五月十日，武帝召集群臣，对这篇报告进行了讨论。

甄鸾完全是一个"杠精"，用无可辩驳的语言，对道教中的理论漏洞加以攻击。

如：道经中说，太上老君在周幽王时期和尹嘉相约在长安。但甄鸾从历史地理角度考据，长安本名咸阳，汉高祖刘邦时期才更名长安,周幽王时期何来长安?

另道经中说,老子变化为自然山形万物,双目为日月,心为华盖,肝为青帝宫,脾为紫微宫。

这种理论自然是不能以实际为依据,但是遇到了甄鸾。

甄鸾是数学家,他计算出了从昆仑山到紫微宫的实际高度。

"昆仑山高四千八百里,上有玉京山、大罗山,各高四千八百里,三山合高一万四千四百里,天地相去万万五千里,计紫微宫在五亿重天上,高于昆仑数百万里。"

计算得没有毛病,这些数据都有出处。

但是甄鸾紧接着提出了自己的疑问:"老子的头是昆仑,肝为青帝宫,脾为紫微宫。但不知道老子何罪之有,头在下,肝在上,被倒悬于地?"

如此条条,每一条都能笑死人,让人目瞪口呆。

∷ 浙江宜兴屺山

∷ 第12窟菩萨（北周）

当道经遇上杠精，也确实是无话可说。

可以想象当时朝堂上有很多的朝臣忍不住哄堂大笑。

但可能没有人注意到武帝的脸色，在甄鸾口若悬河的辩论中逐渐变得很严肃，很难看。

甄鸾念完之后，武帝按捺不住，当庭让卫士架起火盆，将《笑道论》当庭焚毁。

甄鸾和朝臣目瞪口呆，这份报告有一万四千多字，不停念完需要一个半小时，中间要是略微停顿一下，可能需要两个小时，长篇大论，但结果是——白念了。

武帝留下一句：此文攻击道教，伤害道士，便转身下朝。

武帝对道教、佛教的态度于此明朗，矛盾也就随之摆上了桌面。

佛教徒此时很清醒地认识到了武帝对于佛教的态度，自然不会甘心，于是长安大中兴寺的道安法师也向武帝上进了一篇《二教论》。

也是长篇大论。

道安将佛教列为内教，儒道列为外教，互为一体，相互补充。

客观地讲，佛教典籍的理论体系要比道教典籍的理论体系严密得多，漏洞也很少。

武帝看完《二教论》，召集群臣讨论询问，竟然找不出可以反驳的地方。

此后，关于佛道之争，暂时停歇了数年，可能是武帝在集中精力处理宇文护的事宜。毕竟处理佛教是震动全国的事情，如有不当，必引起乱局，所以皇权必须在握。

宇文护是个忠实的佛教信徒。

这好像和他在朝廷上专横跋扈完全不对应。

佛典记载，宇文护当时建造五所寺庙，如法王寺、弥勒寺、陟屺（zhì qí）寺、会同寺、崇华寺。并请当时的西域高僧达摩流支为自己翻译了《波罗门天文》经二十卷。

这个时候宇文护把持朝政，如此时宇文邕提出灭佛，宇文护断然不会答应。陟屺寺是宇文护为自己母亲所祈福建造（《诗·魏风·陟岵》："陟彼屺兮，瞻望母兮。"郑玄笺："此又思母之戒，而登屺山而望也。"后因以"陟屺"为思念母亲之典）。在这种情况下拆庙，宇文护非拼命不可。

更有甚者，宇文邕也会面临着自己前两个兄长皇帝被宇文护毒杀的命运。

∷ 第12窟菩萨（北周）

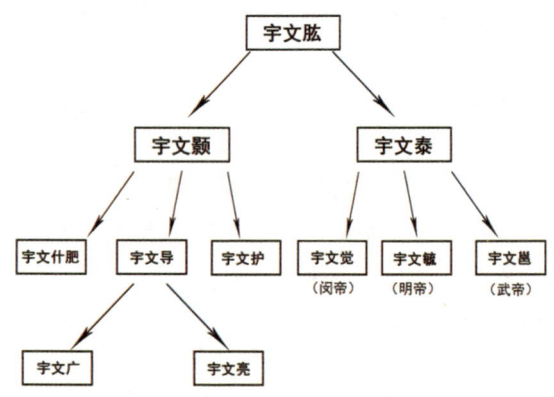

:: 宇文家族主要人物关系图

宇文邕只能是积蓄力量，等待时机。

建德元年三月，独霸朝政的宇文护被斩杀。

在此稍早的建德元年（572年）正月，武帝还曾到玄道观，亲自登上法座讲释道法。

可见这个时候武帝对于道教还是很崇信的。

建德二年（573年）十二月武帝再次召集朝会，讨论宗教问题，会后强行将儒、道、释三教确定了次序，儒教为先，道教次之，佛教为后。

风雨欲来！

建德三年（574年）三月，武帝召集朝会讨论宗教问题。此次会议的目的很明确，就是要确定废除佛教。

为了达到目的，武帝命令道士张宾撰文批判佛教。

但是张宾的理论能力和口才让武帝大失所望，很快就被佛教高僧驳得无言以对。

武帝无奈亲自参与辩论。

武帝道：真佛无相，俗众空对着塔庙崇敬礼拜，耗费民资家财。沙门离家，不报父母养育之恩，此举悖逆国法。

慧远法师说：如果说塑造的佛像是假的，对它崇敬毫无意义，那么，国家建立宗庙，崇敬祖先是为什么呢？

武帝：佛经是外国之法，所以应当废除，而宗庙是祖宗所建立的，如果必要就一同废除！

看来武帝真的下狠心了，宗庙都要拆除。

慧远接着说：如果外国之法都不能用，那么孔子的儒家学说是出于鲁国（山东），咱们这秦晋之地也不应该用儒教，若宗庙废除了，儒家的四书五经也就不存在了，陛下用什么

:: 第四窟顶部北周壁画——诸天赴会

:: 第四窟外观

治国呢?

　　武帝:鲁国和秦晋都是一王教化,同祖同宗,无分内外。

　　慧远:若是鲁国和秦国是一王教化,那么震旦(中国)和天竺也是阎浮轮王,一王教化,为什么就不能用佛法呢?

　　辩论确实精彩,每一句都点到了实质。难分高下。

　　但是总的来说,武帝略显被动,可能是对佛经研读不深,无法找到破绽而主动出击。

　　但是作为帝王,这已经是相当不错了,理论水平已经不是一般学士能比。而且在这个问题上所表现出的胆略也是超常的。

　　来来往往,两人对论了十二个回合,武帝步步不让。

　　后有知玄法师也登台辩论。

　　武帝独战诸高僧,毫无怯色。

　　武帝心意已决!

　　此次辩论对佛教来说,唯一一个意外的结果就是:将道教也一同拉下了水。

武帝对道士张宾应该说是失望至极,可能在心中大骂:"蠢材!蠢材!贻误国事,朕白信你了。"

从武帝在玄都观讲道经这个事情来看,武帝的道教修行不会很低,也算道家中的高士,对道教应该有很深的情感。

连同道教一起废除,可见武帝之决绝。

在辩论的次日,朝廷就颁布了诏书。

"断佛道二教,经像悉毁,罢沙门、道士,并令还民。"

佛教徒对此次灭佛的评价是武帝"取地于塔庙之下,征兵于僧侣之间",恰如其分。

除了将僧侣还俗,寺庙的房产、土地等全部分赐给王公贵族。

当时还俗的僧人数量有二百余万,可见数量庞大,其占有的田产、房产等也必定是惊人的。

但武帝并没有赶尽杀绝,因为他知道佛、道中确实有一些高士,这些人超尘脱俗,对佛、道理论确有高深研究,对儒家理论有很强的补充,也是治国思想的一种补充。

他的做法是建立一个"通道观",选择佛、道中有名望的人共计一百二十人入住其中,这些人都着世俗衣冠,

∷ 第四窟帐外金刚

:: 第四窟相邻两侧龛口对称性破坏

:: 各个龛口上下位置破坏（椭圆圈部分）和中间位置保存完好（方框部分）

也可以参与政事。

但是有些僧人誓死不从，如道安法师绝食而死，另有静蔼法师以残忍的方式自尽身亡。

更有甚者，聚众造反，攻打皇城表达不满。

在武帝的强力执行之下，这些自然都是风吹云散。

各种政策在有条不紊地进行。

秦州也自然是执行国家政策，僧人还俗，寺产充公。

此时的秦州总管是宇文亮。

宇文亮是宇文邕的堂侄,其父宇文导和其兄长宇文广都曾任秦州总管,官声显著,在秦州深孚众望。

宇文广曾统领众多的军队,宇文亮任秦州总管时把宇文广所属的部众,都划归了宇文亮。

宇文亮在秦州没有什么政绩可言,这一点和其父、兄都有很大区别。

建德元年三月,宇文护被斩杀,而宇文护是宇文亮的三叔。遇到这样的事,宇文亮心中忐忑不安,唯恐祸及自身,就每日纵酒犬马,不问政事。

因为宇文护只是个人专权,并没有形成集团势力,和宇文亮没有什么关系。同时也是堂侄子,所以武帝宇文邕也就没有责问宇文亮。

所以我们可以想想,宇文亮在执行非重大性质的政令时,自然不会十分严格、彻底。

凡事过得去就好,不与朝臣结怨,这绝对是宇文亮当时的

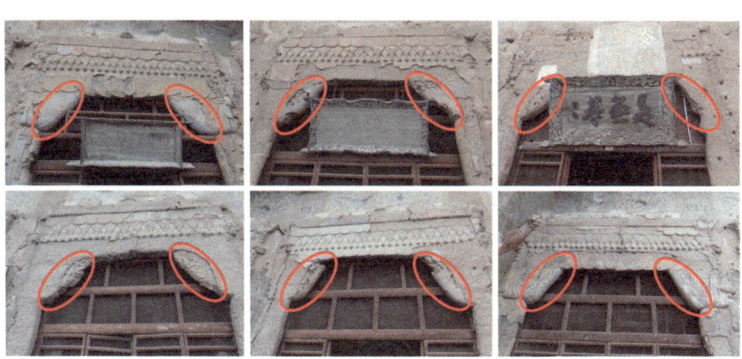

∷ 第四窟各龛口上沿位置一致性破坏

处事原则。

所以在灭佛的这件事上,宇文亮也自然不会彻彻底底贯彻执行。

但是,基本性、表面性的工作还是要做的,否则不执行政令或者是对抗政令也是要问责的。

僧人还俗,名册上报,寺院田地充公,佛像捣毁,这些事情执行起来难度不大,派一些官吏和军士执行即可。

但是在麦积山石窟执行起来却遇到了问题。

此时的麦积山石窟,有一个宏大的工程正在进行。

这就是大都督李充信为其祖父祈福开凿的七佛阁。

这个工程异常宏大,整个洞窟位于东崖最高处,是仿照一个大型宫殿而开凿的七间八柱的佛窟,横宽32米,高16米,进深8米,八根粗大的檐柱在前檐排列,每根底面直径1.15米,高8.5米。

这样宏大的建筑放在任何一个宫殿群中都毫不逊色,绝对能形成一种无比震撼的气势。

这个洞窟也是中国石窟中规模最大的,依照木构建筑雕凿的洞窟,石窟考古中称这种形式为崖阁。

檐柱后有七间帐形佛窟,每间内塑一佛八菩萨、共九身大型佛像,另外在窟顶平綦以及帐上方位置都绘制有壁画。

整个建筑当初可谓是:雕凿精工、富丽堂皇、无与伦比、空前绝后。

这个工程大约在570年开工,在建德三年三月灭佛时,整个工程已接近尾声,只剩下一些壁画等装饰性的工程还没有结束,一些画师正在现场绘画。

这样大规模的工程在当时应该是朝野中很多人都知道。

:: 麦积山石窟西崖木栈道（拍摄于1952年）

按规定，这些佛像都要被捣毁！

但是，遇到了秦州总管宇文亮和功德主李充信，这种事就不能按正常程序办理了。

首先是，两人同朝为臣，李充信是个大都督，具体品级目前暂未确定，但是能在秦州进行这样宏大的工程，官职也不会太低。而秦州总管宇文亮因为其三叔宇文护的事情，心中惴惴不安，断然不敢铁面执法，得罪朝臣，害怕被朝臣猜忌或谗言构陷而获罪，心中不会没有顾忌。

再者，李充信和宇文亮还有更深一层关系。

李充信是宇文亮兄长宇文广的旧部，宇文广在秦州总管任

:: 第133窟内景（拍摄于1952年）

上去世，作为下属的李充信向周武帝宇文邕上表，请求朝廷表彰宇文广的忠孝和治理秦陇之功，并对安葬一类的事务也提出了建议，对宇文广是"赠本官，加太保，葬于陇西"。

如此看来，李充信和宇文广关系比较亲密。其次，在宇文广的部属中，官职应该是比较高。另外，宇文广的后事李充信自然也参与不少，或者就是一个主持人的角色。

宇文亮任秦州总管时"（宇文）广之所部，悉以配焉"。

:: 135窟放置的石雕———佛二菩萨

李充信在当时不确定是在宇文亮属下还是高升了。

但于公于私,李充信和宇文亮之间都有着密切的关系。

在全国灭佛的情况下,李充信无论身在何地,都必须要赶到秦州,与宇文亮相会,当然这种相会必然是私下的。

相会之时,李充信定然是搬出与宇文广之间的密切关系来打动宇文亮。

另外,宇文亮的母亲是李氏,或许是和李充信之间有什么

:: 133窟藏12号造像碑局部

亲缘关系,宇文广称李充信为舅舅也不一定。

如此一来,宇文亮就有点挠头了。

完全保全麦积山的佛阁,肯定不行,灭佛是国家大政,而像其他寺庙一概捣毁也是不行,于公于私都是和李充信没有办法交代。

进退维谷。

"照顾一下关系""差不多就行了""象征性破坏"或者"意思一下",这种词当时肯定没有,不过这个词意肯定是有的,如"适可而止"。

这样的话我们无法知道是谁说出来的,但是从现场的情况看确实是这样做的。

在整个麦积山石窟,除了一些自然破坏,我们没有发现大规模的人为破坏痕迹。

但是,我们在李充信所造的第四窟(现编号)却发现了很多人为破坏的痕迹。

麦积山东崖位置在唐开元二十二年(734年)遭受到强烈的地震,坍塌严重,第四窟同样也是破坏严重。

一个地震现场,满目疮痍,到处残破,如何分辨出人为破坏的痕迹?

万事只怕有心人。

人为破坏最大的特点是规律性、对称性,这是自然破坏无法达到的状态。

我们看四窟后七个佛龛的龛口边缘，都有破坏的痕迹。

在龛口上边缘，每个相同的位置都有破坏。

在龛口的下边缘，相邻两龛明显地有对称性破坏的痕迹。破坏痕迹集中在龛口上、下两侧，而中央位置都保存完好。

自然界的地震是断然造不成这样破坏！

我们对这些破坏可以做更进一步分析。

龛口下侧，两个邻近的龛口都是在同一位置被破坏，体现出规律性，显然在破坏时是有选择性的。龛下侧破坏位置，破坏者站立在地面上用大锤砸击就可以破坏，而龛口上缘位置距离地面3.5米左右，人站立在地面是无法破坏的，而当时也不会为了破坏再去制作一些木架子。所以当时现场应该是有工程后期装修用的木架子，破坏者站立在架子上破坏。

而龛口的中间位置，则正好处于站在下面有点高，站在架子上又有点低，同时可能还有架子的阻挡，总之无法用力，就没有破坏。

无论如何，这种破坏形态都和地震无关，应该是有意识有选择地破坏形成的。

我们可以推想当时的场景，一队军士浩浩荡荡从秦州城出发到麦积山，手执大锤。而在麦积山，李充信则安排人员早已恭候，或者是工程的设计师或者是制造者，再或者是开凿施工的工匠。

总之，必须造出声势，然后按计划进行。

在工程设计师或是工匠的指导下，军士们抡起大锤，对选择好的位置进行了破坏。

这些位置在建筑工程上是属于装修部分，是可以在后期采取一些工匠手段补修。

再或者就是设计师害怕军士们下手没有准头，直接安排工匠自己破坏，军士们围观即可。

然后拆除栈道，无法登临，一切就此结束！

军士们再浩浩荡荡回到城里。

宇文亮和李充信的目的都达到了。宇文亮象征性地执行了政令，李充信保全了开凿的佛窟。

皆大欢喜！

佛教盛行全国，信众如云，也自然不会有人在这种情况下告御状，打小报告。

另外，武帝的主要目的是将僧众还俗作为国家编户，土地归公，保证粮食供给，至于山里面寺庙砸不砸这种事情，武帝真不会去较真。

这也就是全国各地石窟没在这场运动中被严重破坏的原因。

另外，麦积山还有一个问题需要借助这个优势解决！

那就是当时寺院中可以移动的石刻造像、佛经、法器之类的物品。

寺院建筑要充公。这些物品放置在寺院里面显然不行，必须要有一个合适的地方安置。

至于寺院里那些泥质佛像却无法带走，就只有听天由命了。

早在北魏太武帝灭佛时期，僧人们就在逃散之前，也是尽量将经、像之类的藏匿起来。

当时的境况比这次要严峻得多，"沙门无少长悉坑之"，这次灭佛政策要温和得多，收藏经、像是有充足的时间和条件。

在西安，就有多个地点出土有当时埋藏的石刻造像。

就地埋藏起来是一个最简单的办法！

但是麦积山的僧人们多了一个选择。

麦积山石窟的高层有很多大型洞窟，如现编号的127、133、135等窟，这些窟内部空间巨大，是良好的藏匿之所，更为重要的是这几个洞窟距离地面六七十米，如果拆除栈道，就无法到达，成为绝密之所。

将石刻造像搬动到高空洞窟中，不是一个简单的问题，如大型的佛像高两米有余，重1.2吨，需要十个工匠才可以移动，而原始木栈道的基本承载量、宽度、转弯、上下楼梯等都限制着这些大型石刻造像从栈道向上运输。

劳动人民的智慧是无穷的。

通过栈道层层平移不行，就想办法垂直提升。

在133、135号洞窟上方适当位置架设滑轮支架，将石刻造像从地面直接提升上去，这在技术上不是问题。春秋时候的墨子就发明了滑轮提升技术，并在后代普遍运用。

但在高空位置架设起一个能悬吊起一吨多重量造像的滑轮支架，本身就是一个大工程。

技术不缺，工匠不缺。作为此时麦积山最大的功德主，李充信自然也不会只顾自己的七佛阁而对其他的不管不闻。他只需要与宇文亮达成默契，不让宇文亮在台面上下不来，其他工作由寺院的僧人组织即可。

整个将石刻造像运到高空栈道上，从栈道开凿，滑轮支架架设，再到吊运，整个工程持续了大约三个月的时间。

这种事情在当时可能是一个公开的秘密，大家都心照不宣。

工程完结后，寺僧将栈道全部拆除。

这些洞窟，只可仰望，无法登临。

似乎要成为永远的秘密。

周武帝宣政元年（578年）六月初一，周武帝去世，次日皇太子宇文赟即位。

即位次年（579年）十月周宣帝发布诏告，恢复佛教。甚至各塑一尊佛像和道像摆放在自己左右，于是民众佛教信仰被再次点燃。

但是，毕竟经历过打击，很难恢复到之前盛况，稍后的隋文帝对佛教也都采取了明扬暗抑的政策，从宏观上控制僧侣人数，所以隋代僧尼数量控制在五十万左右。

佛法恢复后，李充信也让工匠修复了被破坏的龛口，并请文学家庾信撰写了《秦州天水郡麦积崖佛龛铭》。

至于那些藏在高层洞窟中的经、像等，小型的也自然就被再次安置到寺庙，而大型的石刻造像再吊运下去，则又是一个宏大的工程，所以就作罢了。再者也没有必要，寺庙可以重新雕刻。

就这样，这些石刻放置在洞窟中一千四百多年，直至今日。

当时灭佛的惊心动魄和世事沧桑，也只有通过这些无言的石雕追述了。

◇ 知识链接

府兵制

府兵制，中国古代兵制之一。该制度最重要的特点是兵农合一。府兵平时为耕种土地的农民，农隙训练，战时从军打仗。

府兵参战武器和马匹自备，全国都有负责府兵选拔训练的折冲府。由西魏权臣宇文泰建于大统年间（535—551年），历北周、隋至唐初期而日趋完备，唐太宗时期达到鼎盛。

大统十六年前，建立起八柱国（大将军）、十二大将军、二十四开府（又称二十四军）的府兵组织系统。八柱国的设置乃模仿鲜卑拓跋部的八部制度，其中宇文泰实为全军统帅。

府兵制是建立在均田制基础之上，随着历史发展，均田制遭到破坏，府兵制也就随之瓦解。唐玄宗天宝年间（742—755年），府兵制停废，改为募兵制。

司隶大夫

官名，四品，属官有别驾二人，从五品，掌诸巡察。其职掌为巡察京畿内外的司隶校尉。

巡察标准有六条，即一察品官以上理政能不；二察官人贪残害政；三察豪强奸猾，侵害下人，及田宅逾制，官司不能禁止者；四察水旱虫灾，不以实言，枉征赋役，及无灾妄蠲免者；五察部内贼盗，不能穷逐，隐而不申者；六察德行孝悌、茂才异行，隐不贡者。

隋代后期，废除了固定的司隶大夫，有巡察事务时，派遣官员以司隶大夫名义巡察。

宇文护

宇文护(513年—572年4月12日)，字萨保，北周文帝宇文泰之侄。

宇文护早年跟随宇文泰与东魏多次交战，屡建战功，历任都督、征虏将军、骠骑大将军等职。西魏恭帝元年(554年)，宇文泰病逝，临终将权力移交给宇文护，宇文护接掌国政，迫使西魏恭帝元廓禅位于宇文觉，建立北周。

宇文护把控朝政，乙弗凤等人和孝闵帝密谋除掉宇文护，将其杀掉。被告密后以议事的名义召集乙弗凤等人并抓捕，同时也将孝闵帝宇文觉囚禁并斩杀。

武成元年（559年），宇文护上表请求把朝政大权还给明帝，明帝答应了他的请求，但军国大事仍然委托于宇文护。武成二年（560年），宇文护命令皇帝的厨师乘明帝进食之机在食物中下毒，于是明帝卧病而死。宇文护奉立宇文泰第四子宇文邕为帝，是为北周武帝。

宇文广

宇文广字乾归，章武郡公宇文导之子。初封永昌郡公。孝闵帝践阼，改封天水郡公，稍后出为秦州刺史。

宇文广遵守朝廷法制，对自身要求极严。其兄长宇文护和其兄弟宇文亮等，做事经常逾越朝廷制度，并且服玩侈靡，多次规劝，但二人均不听劝。

宇文广对母亲极为孝道，母亲也很担忧经常在外的宇文广，甚至是担忧成疾，并因此去世。宇文广在守丧期间痛苦异常，也因此而去世。世间称"母为广病，广为母亡，慈孝之道，极于一门"。

皇子

HUANGZI

:: 麦积全景

　　隋文帝开皇三年（583年），一个少年在侍从的护卫下来到麦积山石窟。

　　他在恭敬地叩拜了山脚下的一个舍利塔——智仙舍利塔，之后来到寺院拜见方丈。

　　在方丈禅室内，这名十三岁的少年和方丈对坐。

　　方丈对少年显得很是客气，此时的寺院名称为净念寺。是敕赐的寺名，和隋皇室渊源很深。

　　少年对方丈提出了出家的要求，很是恳切。

　　方丈看了看少年，谈吐之间对佛经确有研读，又抬头看了看禅室外面站立的侍卫，手持金刀、威风凛凛，心中苦笑了一下,对少年说,出家须得父母允准,请施主回家和父母商议妥当为好。

这一点确实是当时的国家制度,少年也就没有继续坚持,向方丈拜别后带着侍从离去。

望着少年远去的背影,僧众们纷纷交头接耳议论起来。方丈严厉地扫了僧众一眼,制止了这种议论。

少年出家心切,也不是一时兴起。父母远在长安,回到宅邸后即修家书一封,命快马送到长安。

十余天后家书从长安送来。父母很严厉地斥责少年这种不靠谱的想法。

少年也只好断了出家的想法。

这位少年名叫杨俊,他的父亲叫杨坚,母亲是独孤氏。

没错,杨俊就是隋文帝杨坚的儿子。

杨俊此时的身份是秦州总管,执掌数万兵马以及管理现今甘肃、青海等地的地方行政和军务。

一名十三岁的封疆大吏。

大家对隋文帝杨坚家庭的了解,更多的是杨坚的二子杨广,也就是后来的隋炀帝。其实隋文帝一共有五个儿子,分别是杨勇、杨广、杨俊、杨秀、杨谅。前面咱们说的杨俊是老三。

一个生活优裕的皇子,一个掌握数万兵马和十余个州郡的封疆大吏想要出家为僧,在当时也确是奇闻。

可以想象,当时杨坚接到从秦州送来的家书,是怎样一种心情,肯定认为这种事情极度荒唐。要是人在跟前,肯定一巴掌扇过去了。

虽然,杨俊断了出家为僧的想法,但以他的身分和对佛教的热情,不可能不在麦积山石窟有所作为。

其实,若要论和佛教的因缘,隋文帝杨坚要比别人深厚得多。

杨坚的父母崇信佛教,并在家中供养了一个女尼,这个女尼的名字叫智仙。

杨坚出生后就由神尼抚养长大,并替小儿取一乳名——那罗延。梵语"那罗延"是金刚不坏之义。

杨坚在寺内由神尼教养,一直到十三岁,方始离开佛寺回到自己家中。

仁寿元年(600年),智仙去世,焚化后得到了许多舍利。

杨坚一边让史官为智仙立传,一边将智仙的舍利分成三十份,由高僧大德护送,分送到各地建塔。

杨坚还专门颁布了《赐舍利诏》:

朕归依三宝重兴圣教。思与四海之内一切人民俱发菩提共修福业……各将侍者二人并散官各一人。熏陆香一百二十斤。马五匹分道送舍利。往前件诸州起塔。其未注寺者。就有山水寺所。起塔依前山。旧无寺者于当州内清静寺处建立其塔。所司造样送往当州。僧多者三百六十人。其次二百四十人。其次一百二十人……各七日行道并忏悔。起行道日打刹莫问同州异州。任人布施。钱限止十文已下。不得过十文。所施之钱以供营塔。若少不充役正丁及用库物率土诸州僧尼。普为舍利设斋。限十月十五日午时。同下入石函。总管刺史已下县尉已上。息军机停常务七日。专检校行道及打刹等事。务尽诚敬副朕意焉。主者施行。

麦积山在当时是秦州地区大寺,秦州的舍利就被分到麦积

:: 37窟隋代菩萨

山石窟建塔安葬。

当时对麦积山建塔的记述是：秦州于静念寺起塔。先是寺僧梦群仙降集以赤绳量地铁橛钉记之，及定塔基，正当其所。再有瑞云来覆舍利，是时十月雪下，而近寺草木悉皆开华。舍利将入函，神光远照，空内又有赞叹之声。

寺僧做梦、赤绳量地、铁橛钉记、瑞云来覆舍利等这些祥瑞都有可能，下舍利的日期是十月十五日，阳历当是11月份，下雪也是有可能。但是后面的话明显就是用意念造假了，（十月）"而近寺草木悉皆开华。舍利将入函，神光远照，空内又有赞叹之声"。

但是每个地方都是如此，纷纷报告自己州县建塔的祥瑞，都是一些超自然的现象，秦州官员和僧众自然也不能落后。

隋之前，麦积山经北魏、西魏、北周等三个朝代的昌盛发展，已经是远近闻名的石窟寺了，规模宏大，信众如云，在关中和陇右地区无出其右者。

在稍前的几年前，大都督李允信在麦积山石窟开凿的七间八柱佛阁（现编4窟）刚刚最后完工，洞窟宏伟，色彩艳丽，佛像庄严，飞天曼舞。

如果不出意外的话，李允信依然在隋朝为官，且不会低于原来大都督的官职，也是朝廷重臣。

杨俊对这些应该是熟知的。

李允信在麦积山开佛阁时，当时盛行七佛供养，七佛高低、大小、胁侍等完全一致，没有差别，体现了一种平等思想。

但是我们现在考察麦积山石窟隋代洞窟，在洞窟形制和造像组合上发生了一个突变：

一、方形洞窟突变为平面圆形、穹隆顶的洞窟。

二、七佛组合突变为一佛独尊、或者三佛中突出主佛的组合。

三、菩萨造像的装饰

∷ 5窟主佛

∷ 第5窟外貌

∷ 麦积山43窟（西魏）和5窟（隋代）建筑结构对比

有繁缛、焕丽突变为简约。

一般来讲，任何事物的发展变化都是随着新元素的不断融入而产生一种逐渐的变化。而突变则说明这种艺术形式受到了外部势力的强势影响。

这个外部力量足以改变麦积山原有的宗教信仰传统。

有可能来自世俗，也有可能来自僧界。

在前述的三个突变中，重点是造像组合由平等的七佛或三佛变成了一佛独尊的格局。

这种一佛独尊或者是在三佛组合中突出中间主佛的做法，我们在云冈就可以看到这种现象。

大家所熟知的云冈20窟，是昙曜五窟之一，其中主佛体躯雄伟，而左右两侧各有一尊站佛，体量要小得多，这很明显地体现出一佛独尊。

昙曜五窟是皇家石窟，所体现的思想也必须是皇权思想，而皇权高高在上，君临天下，是不允许诸佛平等、共同治世这一种思想出现。

一佛独尊就是皇家石窟或者是和皇权相关的石窟的必然选择。

∷ 天龙山第16窟（上图·北齐）和8窟（下图·隋开皇四年）对比

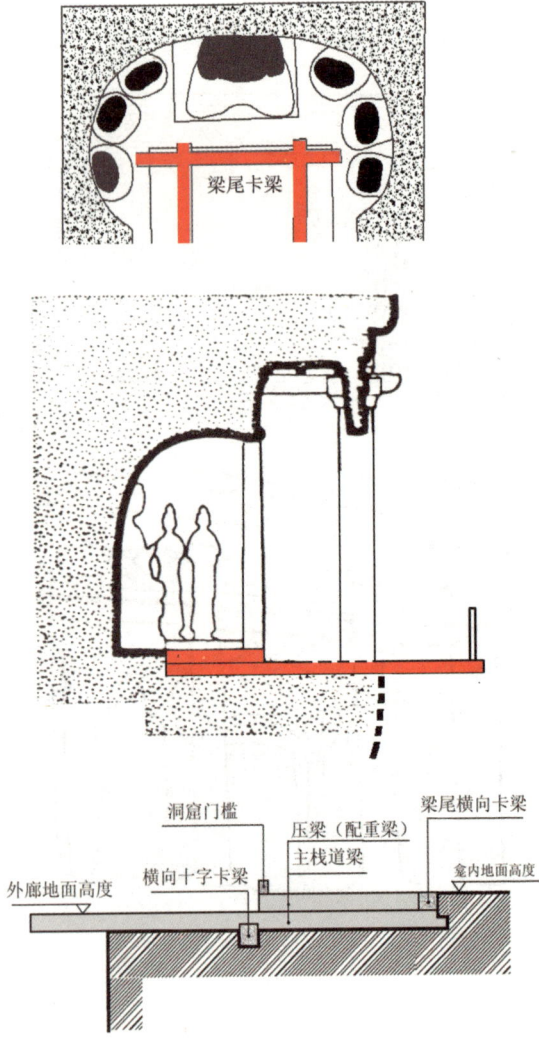

∷ 5窟栈道平面（上）、剖面（中）、结构（下）示意图

∷ 唐长安城丹凤门遗址

∷ 5窟地面十字形卡槽

麦积山在隋代所产生的突变必然是有较强文化势力的介入，而这个文化势力影响的结果就是一佛独尊。

结合一佛独尊的政治背景，我们就将这种势力和前面说的杨俊联系在一起。

杨俊想出家的念头被父亲杨坚呵斥制止后，也就断了这个想法，但是出于对佛教的情感，不可能在麦积山石窟无所建树，肯定会开窟供养，捐资供佛。

第5窟位于4窟西侧，是隋代所开凿的三间四柱大型崖阁式洞窟，该窟为三佛供养，前廊后有三个佛龛。

但是这三个佛龛的差异却非常大，中间一个佛龛为穹隆形，内部高5.50米、直径5.90米。中间一佛坐在高高的佛台上，庄严肃穆，气势威严。西侧各有二弟子六菩萨。而西侧的佛龛仅仅是一个浅龛而已，高3.30米，左右各有一尊菩萨。

这种洞窟形态，明显是突出了中间主尊，两侧的佛只是陪衬。

皇权不容"平等"。

另外从造像的艺术风格看，之前北周时期的造像是一种内敛、温润的特点，看到这些佛像、社会众生自然会心生欢喜。但是5窟主尊的造像风格却是高高在上，威严肃穆，气度庄重，让人心生敬畏感，这也是皇权需要达到的目标。

平面圆形，穹隆顶的窟形就是对草原上毡帐的一种直接模仿。

杨坚家族虽然祖籍是在陕西华阴县，却一直是在内蒙古草原长大的，所以对草原生活有一种很自然的、源自内心的审美情感，而生活的毡帐就是重要的一点。

这种浑圆的建筑形态和中原方正的建筑形态完全不同，但却是草原文化的一个重要特点。

结合以上，我们有理由将麦积山5窟的功德主确定为皇三子杨俊。

一佛独尊代表皇权，穹隆窟形代表草原文化，最终的指向就是杨坚家族，而具体的实行者就是杨俊。

而这个窟还有两个特点，应该都是和杨俊有关：一个是洞窟反映出的建筑结构，二是栈道结构。

在北周之前，中国木构建筑在柱网结构（木柱之间的相互连接关系）和之后的隋代是很不一样的。隋代是一个技术创新的节点。

北周之前，建筑结构从下到上是这样的：柱础→柱子→大斗（坐斗）→额枋。这种结构有一个很大的缺陷：承受整个建筑物重量的柱子之间没有直接的联系，并且有多处可以活动的节点，如柱础与柱身之间，柱身与大斗之间，大斗与额枋之间等。这种结构类似于一种搭积木的形式，层层上叠。

简单地说，就是各个柱子都是完全独立的，相互之间没有联系。

这是一种很不稳定的建筑结构，在静力的状态下，建筑物基本保持稳定，但是当建筑物遇到侧向力（如大风，地震）等影响下，就会产生整体倒塌，所以我们在史书中经常能看到"大风拔屋"的记载。

稳定的柱网结构是建筑稳定的基础。

因为北朝之前的建筑结构稳定性差，所以建筑用材料都比较粗大，因此所形成的建筑形象也是"古朴浑厚"，最根本的原因是建筑结构稳定性的要求。

这种情况在隋代得到了改变，原来在大斗之上的横枋位置下移到了柱头之间，这看似是一个不经意的改变，但是却从根本上改变了建筑结构。

在此之前，各个柱子之间完全独立，如果其中一个柱子失稳倒塌，整个建筑就会产生连锁反应。而隋代的变革用横枋将所有的柱子联合在一起，形成了一个有机的整体（相当于现代混凝土建筑的圈梁），这样的结构在侧推力（大风、地震）的作用下，能保持基本稳定。

麦积山第5窟和天龙山石窟第8窟是全国只此两处见证这种建筑结构变化的例证。

这两个洞窟都开凿在隋开皇前期。

麦积山第5窟开凿于开皇三年（583年），天龙山第8窟开凿于开皇八年（588年）。

这说明隋代初年已经解决了柱网稳定性问题。这种技术的进步，为唐代大跨度的宫殿奠定了技术基础。

而这个技术改革的创始者，可能是当时的建筑设计师宇文恺。

一种技术进步如何是在民间相互流传和影响，它的对外传播速度是很慢的。

而如果借助于国家力量，传播的速度则要快得多。

而在开皇年间，我们在秦州和太原天龙山同时看到了这种技术革新，显然是借助于国家力量。

这种革新的原点应该来自于当时的京城——长安。

长安城当时最为有名的建筑工程师则是宇文恺。

宇文恺出生于西魏恭帝二年（555年），在北周之时已经担任了"匠师中大夫"，这是一个正五品的官员，主管"城郭、宫室之制",类似于今天建设部的官员,应该是总工程师的身分。

开皇二年(582年),宇文恺负责了隋都长安大兴城的规划建设,后又负责广通渠的建设工程。

建筑技术的进步、传播以及隋代建筑工程等这些信息创造触碰到一起,我们就可以将这种建筑技术革新的设计者相互归成到宇文恺身上。

杨俊在麦积山石窟开凿大型的崖阁时,由于他皇子身分,必然会邀请宇文恺之类的工程建设官员来参与指导,而五窟洞窟建筑所反映出的建筑技术进步也可以看出有京师工程人员参与了工程设计。

除了建筑结构技术,这个洞窟还有一个亮点,就是栈道。

众所周知,栈道是在窟口下方开凿洞口来安插木梁,但是如果这个栈道孔距离窟下边沿口太近,栈道木梁所产生的杠杆撬动力,就会将栈道孔上方的岩石破坏,无法牢固支撑,但是栈道孔距离洞窟口下边沿太高,就会形成一个高差,进出洞窟参拜很不便利。

这本身就是一个技术矛盾。

但是在杨俊所开凿供养的5窟,却巧妙地解决了这个问题。

工匠在前廊地面开凿深槽和廊后壁面位置,在壁面位置开凿桩孔,然后把较长的木梁放置在深槽并推进桩孔内,木梁在崖壁外出挑部分即为栈道。

这种栈道改革了原来在洞口下方开凿栈道的方法,而是在地面开栈道槽,将栈道口开凿在洞窟内部的适当位置,这样最大的特点是栈道面和洞窟地面处在一个高度上。

同时,为了避免栈道梁在不断晃动中拔出,又在靠近栈道孔的位置开凿了一个十字形的地槽，将短梁和栈道梁呈"十"字形卡在一起，防止了栈道梁逐步脱离。

这是一种完美的技术方案。

这种技术层面的事情表面上看好像和功德主杨俊无关。

其实并非如此。

杨俊不一定是被皇子身份耽搁的高僧，但一定是被皇子身分耽搁的技术工匠。

《隋书·杨俊传》记载："杨俊有巧思，每亲运斤斧，工巧之器，饰以珠玉，七宝幕篱。又为水殿，香涂粉壁，玉砌金所，梁柱栋楣之间，周以明镜，间以宝珠，极荣饰之美。"

这哪里是一个皇子，完全是一个建筑设计师，而对家居装修方面特别在行。

重要的是，每每到了施工现场，还亲自挥斧拉锯，又变身成了一个工匠。

他如果不当皇子，也许会在建筑史上留下姓名。

所以麦积山5窟这种突破性的栈道技术，我们不能排除是杨俊依据现场情况，做出的技术革新。

千年之后，我们都将这种建筑技术——栈道技术的革新都笼统归结为古代劳动人民，谁又会想起这个想出家为僧，构思奇巧的皇子呢！

一切都归于烟尘。

◇ 知识链接

总管府

北周开始设置的区域性军事管理机构。

由于战争的需要，经常跨州郡来调动人员和兵马，魏晋时期，经常用不固定的、邻近几个州郡来命名，如某某州都督等，实际就是战区管理机构。北周时期，将邻近数州合在一起，设总管一名。一般是以第一个州的名字命名，如秦州总管等，所管理的范围涉及秦州及其周边多个州郡。尉迟迥就曾担任过秦州总管。

隋炀帝时期，为了加强皇权，撤销了总管制度，有特别军事行动时，只临时授命行军总管。

陇右

是指陇山以西的广大区域。

"陇"是陇山，六盘山的一部分，位于关中平原以西位置，翻过陇山，就是天水市。古人以西为右，故称陇山以西为陇右。古时也称陇西。秦代在陇山以西设立陇西郡，汉武帝时期分出为天水郡。

唐太宗贞观元年(627年)，分全国为十道，其中有陇右道。以东起陇山，西达新疆东部地区和青海湖以东地区。唐睿宗景云二年，以黄河为界东设陇右道，黄河以西地域设河西道。至此，"陇右"作为地域范围，就有了广义、狭义之分。广义的陇右包括新疆和青海，狭义的陇右指今甘肃省黄河以东、青海省青海湖以东至陇山的地区。

天龙山石窟

天龙山石窟在山西太原市西南40公里天龙山腰，北齐时山下兴建了天龙寺。

石窟分布在天龙山东西两峰的悬崖腰部，有东魏、北齐、隋、唐开凿的24个洞窟，石窟造像1500余尊。

东魏时期，以晋阳（太原）为陪都（或下都），高欢等在晋阳遥控朝政。隋代时，杨广曾为晋王，所以天龙山石窟和高欢父子以及杨广等都有密切关系。

诗圣
SHISHENG

∷ 杜甫像（天水南郭寺二妙轩线刻）

公元 759 年秋天，一个消瘦的背影背负着一个竹筐，沿着颍川河的峡谷逆流而上，目光不时搜寻着路两边的草丛、坡地，将祖师麻、党参等一些中草药用小锄挖下来，顺手丢在竹筐中。

这些草药可能换取一家人一两天的口粮。

这个人就是杜甫。

此时已经是安史之乱的第五个年头了。

759 年春，杜甫在华州参军的任上年满，卸任成为闲官，等待重新任命。没有了俸禄也就失去了生活来源，生活陷入了困顿。而中原地区战事正紧，无奈之下，杜甫携家人随着逃难的人群西行，来到秦州。

杜甫的行囊极为简陋。一匹老马拉着一个破旧的马车，载着妻子和一儿一女，还有再简单不过的被褥和衣服，艰难而行。

春雨是农人最祈盼的，但是却不时敲打着杜甫一家的老马破车。

> 满目悲生事，因人作远游。
> 迟回度陇怯，浩荡及关愁。
> 水落鱼龙夜，山空鸟鼠秋。

这应该是杜甫翻越陇山时所作的诗。

> 萍水相逢，尽是他乡之客，
> 关山难越，谁悲失路之人。

这是唐代诗人王勃《滕王阁序》中的一句。关山也就是陇山，因大震关而得名。

关山难越、萍水相逢、他乡之客、失路之人，也许是对杜甫翻越陇山的最好描述。

:: 颖川河谷（左侧）和东柯河谷（右侧）全景

在秦州，杜甫有一个远房的侄子杜佐，居住在东柯谷，杜甫再无其他依靠，遂投奔杜佐，在乡邻的帮助下，搭建出了一间草房子供一家人居住。

东柯谷环境静幽，杜甫在这里也写下了多首诗：
传道东柯谷，深藏数十家。对门藤盖瓦，映竹水穿沙。
瘦地翻宜粟，阳坡可种瓜。船人近相报，但恐失桃花。

东柯好崖谷，不与众峰群。落日邀双鸟，晴天养片云。
野人矜险绝，水竹会平分。采药吾将老，儿童未遣闻。

简单的茅屋农舍、路旁小溪、山峰落日，在杜甫眼里都充满了一种静好之美。

只有经历了战乱的人，才能知道这种简单的岁月也是令人祈盼的。

在闲暇之时，杜甫也到秦州城里去游览，南郭寺、隗嚣宫等都曾有杜甫的足迹。

山头南郭寺，水号北流泉。老树空庭得，清渠一邑传。

秋花危石底,晚景卧钟边。俯仰悲身世,溪风为飒然。

秦州山北寺,胜迹隗嚣宫。苔藓山门古,丹青野殿空。
月明垂叶露,云逐渡溪风。清渭无情极,愁时独向东。

当时的渭河和现今的面貌完全不同,是一条很清澈的河流,所以在杜甫的诗里面提到的渭河是"清渭"。另外五代时期诗人王仁裕在《玉堂闲话·麦积山》中也说道,"(麦积山)北跨清渭、南渐两当",这都说明渭河流域在宋代以前水土保持较好。

除了杜佐,杜甫在秦州还有一些故人,其中赞公和尚是最相熟的一位。

赞公和尚原本为长安大云寺的住持。杜甫经常到寺中与赞公相谈,有段时间还住宿在寺院里,后因故被免去寺院住持,赞公也就西行至秦州,在西枝村找个房子住下来。

西枝村和东柯谷只有一条山梁相隔。来去也只有一顿饭的工夫。所以杜甫也常和赞公相聚,并有诗作。

:: 南郭寺和寺院中的古柏（杜甫诗中的老树）

:: 南郭寺杜甫塑像　　　　　　　　　　:: 秋色麦秋山

宿赞公山房

杖锡何来此，秋风已飒然。
雨荒深院菊，霜倒半池莲。
放逐宁违性，虚空不离禅。
相逢成夜宿，陇月向人圆。

　　杜甫的生活一方面是依靠自己之前的一点积蓄，但毕竟不多，坐吃山空，有时会依靠杜佐、赞公，还有一些故人的食物接济度日，所以日子过得很拮据，无奈时，杜甫也会上山采摘一些中药材来贴补一下。

　　所幸，东柯谷周边的山坡地野生植物茂密，并不缺少中药材。

　　一日，与赞公和尚闲谈时，赞公和尚就说起了麦积山，山形俊伟，古迹千年，也就引起了杜甫前往一探的想法。

　　从杜甫居住的东柯谷到麦积山约20公里，中间隔着一道山梁，而赞公居住的西枝村恰好就在山这一侧，行走麦积山的道旁，沿河而上即可达麦积山。为了节省一些路程，杜甫前一日就来到西枝村，居住在赞公和尚的房间里。

∷　唐开元二十二年（734）地震区域示意图

:: 唐代地震坍塌区域图

次日清晨,杜甫就踏上了行程,顺便也背上竹筐,沿路采摘些药材。

山风轻吹,野菊丛生,黄叶点点,秋日的烂漫之色一览无余,一路上倒也轻松爽快。

穿峡而过后,豁然开朗,两山渐次退开,数家农户的房屋点缀在溪边山前之间。鸡鸣犬吠,犹有桃源,杜甫顿生羡慕之感。

路转峰回,远处一座奇异高耸的山峰矗立在苍茫群山之中。而恰好这座山和路边的麦垛子一起映入了杜甫的眼帘,麦积山!这个名字毫无征兆地出现在杜甫的脑海中。

这座山形太俊奇了,和路边的麦垛子太相像了,天工造物,化物神奇。

杜甫的步伐一下子也轻松起来。山间的溪水淙淙潺潺,杜甫踩着乱石,跨过纵横的溪流,再沿着一条水路,很快就来到了麦积山下。

秋阳正照射着这个丹红色的山崖，呈现出一种温暖、神秘的色彩。

随着脚步越来越近，石窟也以更清晰的面貌呈现在杜甫面前，高耸的悬崖上开凿了密集的、大小不等的洞窟，东西两崖上的大佛数里之外便遥可望见，飞架的栈道层层叠叠，从山下一直延伸至悬崖之巅。

杜甫从未见过如此壮美的景象，站在山脚下不由得发出了惊叹。

山崖和佛像虽然壮观，但是石窟周边却是荒寂寞落，香火全无，只有数名面带菜色，袈裟破敝的僧侣在这里吃斋念佛。

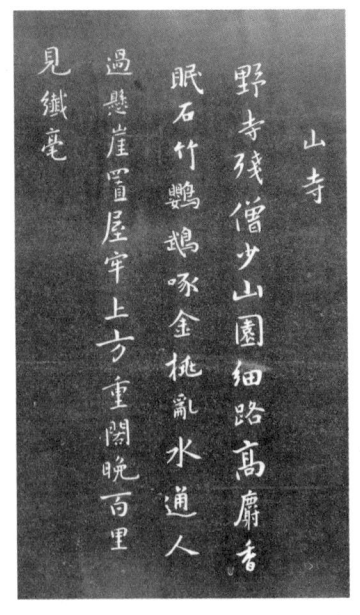

:: 清代宋宛集字二妙轩中的《山寺》

这源于二十五年前的一场地震。

公元734年，秦州发生了一场巨大的地震，据研究地震史的学者考定，其震中位于今天的礼县盐官镇。地震烈度在8级以上，距离麦积山石窟的直线距离不超过50公里。

这场地震造成了秦州数千民众的死亡，州城完全破坏。短期内无法修复城市和恢复民生，州治无奈西迁至秦安县。

麦积山石窟孤峰兀立，在这种自然力下，自然也是无法保全，而山体表面密布的洞窟也加剧了这种破坏，山崖崩塌，疮痍满目、惊世骇人，北朝盛景不复得见。

此次地震造成山崖中部位置的洞窟都被坍塌破坏，约五十余个洞窟随着山崖塌落，形成了一大片的空白区域，整个山崖自然形成了东西两片区域，之后，便习惯性地称为东崖、西崖。

在古代，遭受如此大规模地震，经济民生恢复是非常慢，同时，地震将山体表面完全破坏松动，随时会有巨石掉落，危险性极高，也无法开窟造像，甚至登临栈道都极为危险。

麦积山在地震后无法兴起，而此时却正值莫高窟、龙门石窟的高峰时期，天灾使麦积山石窟失去了和它们并肩的机会。

东崖位置相对低缓，崖面破坏也比较小，所以在地震过去二十多年后，东崖位置的栈道已被信徒修复，可以登临至最高层的洞窟。

杜甫在当时自然不是什么名人，只是一名到山中采药的老者。但毕竟是山中少来的过客，且谈吐、气质不似乡野村夫，于是寺僧请杜甫到破败的寺中用茶。

虽然只是一碗凉凉的井水，但足以缓解一路劳顿。

在寺僧指引下，杜甫从东崖登上栈道，层层危梯高楼，虽步步颤抖，但也是有惊无险，逐步来到最高层的散花楼。这里是麦积山最高位置的洞窟，视野在这里完全不受阻挡，无拘无束，自由放纵，远山起伏，鸟鸣晴空，心胸也一下开阔起来。

杜甫站在这里伫立了很久。

这几年，杜甫经历了太多的挫折、劳顿、苦难，身心疲惫。而站在这里，似立于天地之间，天地辽阔，山色斑斓，景象宁静而苍远，杜甫的心胸也一时舒展起来，忘记了身心疲惫和苦难。

一首诗，在杜甫心中悄然形成。

:: 南郭寺《秦州杂诗》碑廊

山寺

野寺残僧少,山圆细路高。

麝香眠石竹,鹦鹉啄金桃。

乱水通人过,悬崖置屋牢。

上方重阁晚,百里见秋毫。

可见,在悬崖上开凿的房屋(散花楼、牛儿堂)给杜甫留下了很深的印象。

但是,他可能不知道他所观览的这个悬崖上的楼阁是北周时期李充信组织开凿的,文学家庾信曾经为这个洞窟写过文采飞扬的铭文。

作为诗人,杜甫自然对前代文学家庾信有所关注,应该是阅读了庾信生平大部分文章,所以才能对庾信文采特点做出评价——庾信文章老更成。

但毕竟杜甫不是文献考据学家,来去匆匆,也不可能一时就将庾信所作的《秦州天水郡麦积崖佛龛铭并序》和悬崖上开凿的散花楼联系在一起,不然杜甫在麦积山石窟所作的诗就不止这一首了。

在东柯谷居住了三个月后,生活难以为继,靠亲友接济也非长久之计,无奈之中,杜甫携家人继续南下,前往四川成都。

在这三个月中,杜甫共作诗一百二十余首,形成了天水历史上厚重文化的一部分。

多少年后,杜甫被尊为诗圣,他的诗作也随之广为流传,但有人却对《山寺》中"悬崖置屋牢"产生了疑问——在悬崖上如何建置房屋。

这个人就是宋人蒋之奇。

蒋之奇(1031—1104年),宋英宗、神宗时期朝廷官员,善于理财,曾任监察御史、陕西转运副使等。

杜甫写诗时,只是抒发情怀,也想不到后人会如此热衷于拜读他的诗作,不然也会在写诗的时候把诗意都解释清楚,免得后人猜测诗意大费周章。

蒋之奇作为陕西转运副使多过往秦州,为了一探杜甫诗中悬崖置屋的真实性,蒋之奇专程来了一趟麦积山。

宋元丰四年(1021年)3月26日,蒋之奇来到麦积山,同杜甫一样踏着层层栈道来到东崖最高层——散花楼,见殿宇宏伟,规制严整,于此远望,山林重重,青松郁郁,蒋之奇也就猛一下理解了杜诗中"悬崖置屋"和"上方重阁"的含义,茅塞顿解。

为了记录下此时的心境,也为了呼应一下杜甫的《山寺》,蒋之奇命寺僧在牛儿堂的龛口刻上了"蒋之奇登麦积山,观悬崖置屋之处,知杜诗为之不诬也"。

此时,距离杜甫在麦积山写诗已经过去了二百二十年了。

罢使
BAISHI

26 窟正壁龛外右侧菩萨

北宋神宗熙宁三年（1070年）六月二十四日，一群身穿各色官服的人物骑着马，携带着随从，沿着溪流旁的山路，朝着麦积山行走。

其中领头的人物是李师中。

这个时候的李师中，刚刚被免去了秦州知州。心情郁闷的他，遂带领一帮朋友和下级官员到麦积山石窟游览。

李师中，宋州楚丘县（今山东菏泽市曹县）人。父亲李纬是泾原（指泾州和原州，现在的甘肃泾川至宁夏固原一带）都监。都监就是监军，是上级派驻到下级监督军事行动实施的官员。

当时西夏军队入侵原州（宁夏固原），李纬率领军队出战，但是因为其他将领畏敌不前，导致此战失利，李纬因督战不力被责斥降职。

当时李师中十五岁，感到自己的父亲受到这样的惩罚是很不公平，就独自一人到宰相府拜访宰相，想替父亲申辩。

当时主政的宰相是吕夷简。

一个州的兵马都监，对于朝廷来讲，是一个下级官员。这一级官员的一般性处理，作为宰相的吕夷简也不会过问，可能也不会报送到吕夷简那里，下级的军事部门处理就可以了。

可是，今天一个十五岁的孩子却在他面前讨论一个下级官员的处分问题，此年吕夷简五十一岁。

年龄完全颠倒了个。

一个是朝中老臣，一个是毛头孩子，两个人在宰相府论公务，无论是什么朝代，都是有点引人注目。

朝政纷杂的吕夷简自然不会把这个十五岁的孩子放在眼里，他本身也不清楚下级官员的处分问题。所以没等李师中说完，就不耐烦地说："这是官家事务，不是你一个平民百姓应该说的。"可能一般的人都被这句话唬住了，不会再申辩。

但是李师中却不同寻常，毫无怯色，直言面对，说："师中所说的，都是父亲的事情，难道错了吗？"

官场老臣吕夷简没有想到自己脸色一变没有吓唬住这个小孩，反而是振振有词、字正腔圆地和自己辩解起来，于是对这个孩子另眼相看。

具体这个事情怎么处理不得而知，也无关紧要，但是李师中却因此出名。

后中进士，曾在多地任职，官声显著。

当时在西北部边境，面临着西夏经常性的军事侵扰，朝廷在向这些区域任命官员时总是深思熟虑的。

熙宁元年（1068年），朝廷任命李师中为秦州知州，临行前，宋神宗赐李师中《班超传》。

班超是大家所熟知的历史人物，"投笔从戎"更是家喻户晓，曾出使西域，为东汉王朝立下了赫赫功勋。

宋神宗赐《班超传》，也是希望李师中效法班超，为稳定边疆局势作出贡献。

此前，在秦州和西夏的军事前沿修了很多的军事堡寨，派兵驻守。这种军事布局看似没有问题，但却在西夏入侵时屡屡失利。

其中最重要的原因是：这种军事防御过于刚性，缺乏弹性。

军事防御线的刚性和弹性是现代的军事术语。

之前的防御将全部的堡寨和军事力量都集中在一线，所以力量呈一线布置。这种防御看似坚固，但是缺乏必要的纵深，对方攻破一点时,后方没有任何防御力量,导致对方可以长驱直入,其他位置的救援因为呈线性布局,很难及时到位。

刚性防御布局就是缺乏防御纵深,不能应付瞬息万变的战争环境。

李师中到秦州后,马上就意识到了此前防御的弱点,很快就改变了策略。

首先他对所属的各级将领进行了摸底,有些将领善于防御,有些将领善于进攻。李师中就将善于防御的将领安排在一线的堡寨,而将善于进攻的将领安排在后方适当位置,距离一线三五十公里,建立第二防御线。二线部队由可以快速移动的骑兵部队组成。

现代将这种军事防御形式称为"多层次防御"。

当西夏入侵时,命令一线守御部队坚守,不出堡寨决战,全力做好防御即可,以达到消耗对方战力的目的。二线进攻部队,在判明敌方态势后,前出运动到适当位置,待敌疲惫时,后方骑兵部队快速追击,打击后退之敌。

采用这样的策略,取得了多次胜利,逐步稳定了秦州的军事形势。

为了进一步稳定边境局势,李师中还建议采用屯田的方法,兵民结合,将堡寨周围的田地都利用种植起来:"今当置屯列堡,为战守计。置屯之法,百人为屯,授田于旁塞堡,将校领农事,休即教武技。其牛具、农器、旗鼓之属并官予。置堡之法:诸屯并力,自近及远筑为堡以备寇至,寇退则悉出掩击。"

这些策略对于长期和西夏对抗起到了很好的作用。

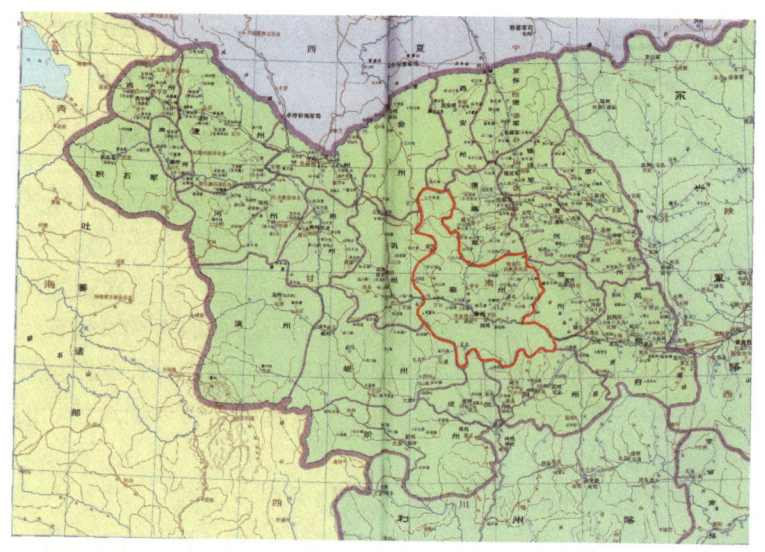

:: 北宋时期秦凤路和秦州地图

将军王韶是主战派也是改革派。曾向朝廷上《平戎策》三篇，谈论对西夏战争的宏观策略。神宗认为其观点独到，有很多可取之处，还面对诏问座谈，被神宗任命为"管干秦凤经略司机宜文字"。

这个官职确实有点拗口。

宋代行政管理，基层是州县，在州之上是"路"，宋太宗至道三年（997年）分宋朝全境为十五路：京东路、京西路、河北路、河东路、陕西路、淮南路、江南路、荆湖南路、荆湖北路、两浙路、福建路、西川路、峡西路、广南东路、广南西路，熙宁五年（1072年）后京东分为东西两路，京西分为南北路，河北分为东西两路，陕西分为永兴、秦凤二路，江南分为东西两路，淮南分为东西两路，川峡两路分为后来的四川四路。

十五路增加八路成为二十八路。

秦州则属于秦凤路管辖。

而王韶的官职可能类似于秦凤路秘书长（机宜文字）一类的官职。

王韶向神宗建议："渭源至秦州，良田不耕者万顷，愿置市易司，颇笼商贾之利，取其赢以治田。"

就是要将渭源至秦州之间没有耕种的万顷良田进行规划整理，并在古渭寨（今甘谷县境内）设立一个市易司进行交易，利用税收资金整理农田，如购买农具、耕牛、修渠灌溉、平整道路等。

市易司就是官方设置的大型贸易市场，主要是召集周边的少数民族在这里进行货物交易。宋朝在沿边境地区多有设置。一般来讲宋代借此贸易获得中原内地缺少的战马，而少数民族则获取内地的茶叶，所以这种贸易也称为"茶马互市"。

∷ 武山木梯寺石窟山下的河谷平原

但是李师中却断然反对这种建议，遂向皇帝上书。

首先，渭源至秦州，根本就没有"良田不耕者万顷"，这些土地都已经分配给了守卫堡寨的弓箭手；其次，在秦州附近设立市易司，必然招至大量的少数民族来到秦州交易，增加地区的管理难度，在社会治安、民间事务、走私贸易等方面会产生诸多问题。

此时，王安石主政朝廷。

对于王安石，李师中一开始就对其十分有成见。

李师中刚开始在地方任知县时，上级送来邸状（也称为邸报，类似今天的报纸，但传送范围仅限于各级官员机构，主要内容是朝廷的各种人员任免、朝政事务、各地大事等），其中有内容是包拯参知政事（类似于副宰相），有人就私下说："从此朝廷就多事了。"

可能包拯是属于大家公认的改革派，比较多事，参知政事就可以直接向朝廷提各种改革建议，所以有人会这样说。

但是李师中却不以为然，说："包拯真不算什么，你们看鄞县王安石，眼睛多白，甚似王敦，他日乱天下，必斯人也。"

当时王安石还是一个跟李师中官职差不多的一般官员，可能是思想极不安分，有锐意改革的思想，经常在工作过程中发表一些改革想法，所以李师中会有这样的看法。

王敦（266—324年）是东晋初期权臣，在史书上属于"乱臣"之列，永昌元年（322年），以诛杀刘隗为名，起兵反叛。有记载王敦是"蜂目豺声"，可能"蜂目"也是"多白"吧。

王韶和李师中的报告都上报到朝廷，首先要经过王安石，而王安石自然是支持王韶。

王安石想罢免李师中，让窦舜卿担任秦州知州，但必须要坐实一个罢免的理由。就派遣李若愚到秦州核实土地面积，若土地面积属实，则直接以虚报或谎报为由罢免李师中。

可是王安石这次在选人上有点失误，李若愚不是王安石一派的。

李若愚到秦州后，实地勘察土地面积，竟然没有一亩土地，王韶也是不能应对。而窦舜卿也再次到秦州复核土地，也是没有一亩土地。

:: 26窟王韶部下题刻位置

李若愚据实上奏，并弹劾王韶谎报欺君。

李若愚和窦舜卿可能都是耿直之人，没有理解王安石的用意。

但是奏章自然是落到了王安石手里。

王安石对这个结果自然是很不满意，再次派出官员到秦州核查。这次派出的官员是韩缜。

韩缜显然是精明之人，从事件中已经看出内在的端倪，知道王安石真实的用意。到秦州后，附会事实，说良田万顷真实存在。

这就坐实了李师中"隐瞒土地"的罪过。

于是罢免了李师中、李若愚、窦舜卿等人的官职。

这好像和我们原来概念中王安石的形象有点区别。

王韶虽然是在秦州土地问题上信口开河、欺瞒朝廷，并且

:: 26窟北周释迦牟多宝并坐

借助王安石打压其他官员,但是在拓土开边这个方面也确实属于实干型的人物。

宋神宗熙宁四年(1071年)八月,以王韶为秦凤路安抚使兼营田市易司事。到达秦州后,劝说俞龙珂部族率领12万人献土内附,坚定了朝廷开拓边疆的信心。之后数年,宋朝在熙河(今甘肃临洮县)、河湟谷地(青海省民和县、乐都县、平安县、互助县、西宁市等区域)进行了三次大的战役,宋军开拓土地两千里,招降30万人。

这些胜利,特别是熙河之役,是宋朝开国以来少有的战略性胜利，对于饱受外患的北宋是极大的鼓舞，使宋对西夏形成了包围之势，达到了使西夏"有腹背受敌之忧"的战略目标。

这些都是在王韶《平戎策》里面的战略目标，所以在抗击西夏问题上，王韶是有巨大贡献。

王韶也是一个胆略过人的战将，"每战必捷。尝夜卧帐中，前部遇敌，矢石已交，呼声震山谷，侍者往往股栗，而韶鼻息自如"。

大战面前，少有人如此气定神闲。

麦积山石窟第26窟是北周时期开凿的一个洞窟，在这个洞窟在左壁有一个刻画题记：秦州随王韶制下虞侯孙赟、随贾文桥巡游到此。

"虞侯"是在军队中较为低级的官职，可能是借着公务来到麦积山石窟游览的吧。

而关于王韶，还有一个有意思的小故事需要讲。

王韶在秦州任职，家中有一小儿。正月十五夜晚的时候，小孩子穿着好后跟着家人街上看花灯。一个老仆人将他驮到肩膀上。大街上张灯结彩，游人熙熙攘攘。小孩子也在大人肩膀上看热闹。逐渐孩子感到背驮自己的人不向热闹的地方走，反而是逐渐走出人群，向偏僻的地方走去，并且步伐越来越快，呼喊也不答应。用小手一摸，感觉已经不是自己的老仆人，知道自己遇到歹人了，可是已经走到偏街小巷，呼救也没有人，并且还会被歹人所害。于是这个孩子也就不呼救，并将自己帽子上的一个小簪子拔下来，悄悄地插到歹人的后衣领上。

走到一个巷口，孩子看到一个轿子路过，于是大声呼救，歹人遂撇下孩子逃之夭夭。而这个轿子里坐的人恰好是皇宫里的太监，看这个孩子应该是官宦人家的孩子，就带回宫里面见神宗皇帝。

神宗问罢情况,知道孩子竟然是大臣王韶的孩子,并且天子脚下还有歹人危害,遂命开封府捉拿。开封府衙役感觉无从下手,黑灯瞎火的,又不知道人什么样,怎么捉拿?但是孩子微微一乐,说歹人后衣领上有一个小簪子,并说了缘由。

很快,衙役们就从一个破庙里面找到了这个歹人。歹人想赖账,但是衙役从后衣领上拔出那个小簪子说:尔等可知陷于顽童之手!

送孩子回府时,宋神宗顺便给孩子一点钱财压惊,后民间纷纷效仿,这也是压岁钱的来历。

再说李师中。

被罢官后的李师中心情郁闷,在他人的建议下,带领一行人到麦积山石窟散心。

此时正值夏季,溪流潺潺、山色幽幽、鸟鸣山涧、花开四野,无官一身轻的李师中在此美景之中也自然得到了陶醉。

果然是风景别致。

李师中并不信佛,所以对石窟只是匆匆一览,没有留下什么特别印象。但是秀丽的山色却给他留下了深深的印象,就在麦积山题诗两首:

其一

路入青松翠蔼间,夕阳倒映下溪湾。

此中猿鹤休相笑,谢傅东归自有山。

其二

大抵襟怀要自然,圣贤事业本悠闲。

东山不负苍生望,更有何人继谢安。

诗中的谢傅、谢安为一人，就是东晋名臣谢安，卒后被赠予太傅一职，故称谢傅，谢安曾隐居东山。

诗中没有直接提到麦积山，却提到了"谢安""东山"等，其实这是将自己比成东晋的谢安，认为自己也找到了一个山水清幽的隐居之地，隐而不露地对麦积山的自然风景发出了赞叹。

跟李师中一起同游的还有傅憻、陈琪、吕大忠，还有李师中的弟弟李纯中、儿子李称杭等人。

其中吕大忠也是一个知名的人物，是北宋年间关学著名人物，字进伯，陕西蓝田人。与弟吕大防、吕大钧、吕大临等，称蓝田吕氏四贤。

离开秦州后，李师中被任命为舒州（今安徽省安庆市）知州。再后任瀛州知州（今广东省潮汕地区）。

元丰元年（1083年）卒，年六十六。

◇ **知识链接**

吕夷简

吕夷简（978—1044年10月3日），字坦夫。淮南路寿州（今安徽凤台）人，北宋政治家。

咸平三年（1000年），吕夷简登进士第，初补绛州军事推官，后以刑部郎中权知开封府。宋仁宗即位，进右谏议大夫，以给事中职参知政事。天圣六年（1028年），拜同平章事、集贤殿大学士。景祐二年（1035年），加右仆射，封申国公。庆历元年（1041年），徙封许国公，兼枢密使。庆历四年（1044年）去世，年六十六。宝庆二年（1226年），绘像于昭勋阁，为昭勋阁二十四功臣之一。

庆历二年（1042年），契丹在燕云一带集结重兵，声言要伺机南侵。消息传至东京，有人主张迁都洛阳。吕夷简立主以积极态度对抗，向敌方示强。仁宗采纳了吕夷简的主张，于当年五月就改称大名府为"北京"。

巡游
xunyou

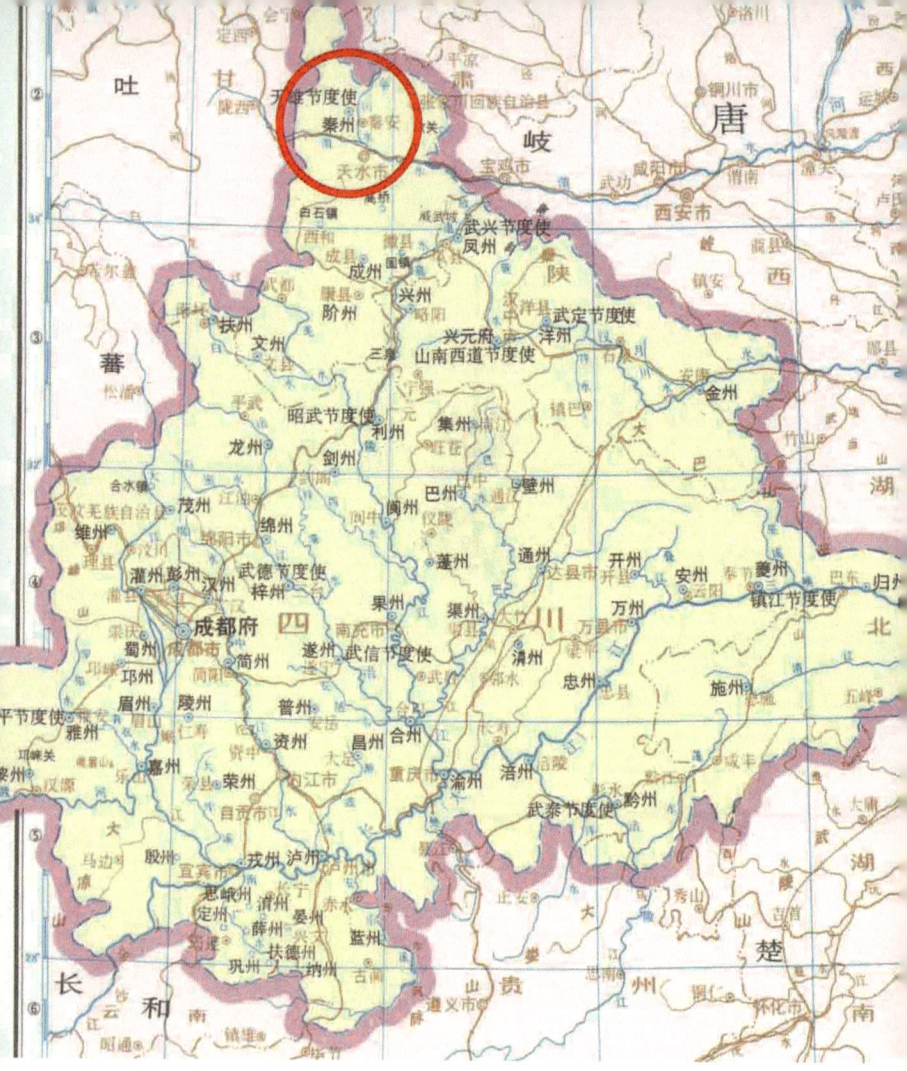

∷ 五代十国前蜀历史地图

公元925年，五代前蜀、成都、皇城。

朝堂上，前蜀第二任皇帝王衍端坐御座，群臣贺礼后分左右两侧站立。

王衍下视了一圈群臣，然后提出了一个朝政议题：他要出行，巡游秦州、巡游麦积山。

这个议题，就如水珠溅到油锅里，群臣一下子就纷纷议论起来，朝堂上一片熙攘。

谁都知道，皇帝出行是一个什么场景，数千随从侍驾，一路上的交通、饮食保障以及军事安全保障所涉及的人力更是无法计算。

成都和秦州之间千山相隔，万水阻断，路途遥远，栈道艰难，一般的行旅都苦叹艰难。而皇帝巡游的队伍人员庞大，就更为艰难了。

更何况此时更是强敌环伺，后唐已经从军事方面做好了充足准备，随时可能对前蜀发起进攻。

王衍对这些情况好像都不上心。

典型的亡国之君！

而对这样的情况，群臣自然是一片反对之声，纷纷站出来献言反对。

王衍好像对这些反对的声音提前有心理准备，也不制止，任群臣发言反对。

最后，手臂一挥，散朝退班。

群臣知道，王衍是铁了心巡游秦州，去看麦积山了。

大家反对王衍出行，首先的理由是王衍出行排场太大，一路上浩浩荡荡，沿途供给保障十分困难，州县官员苦不堪言。

乾德二年（920年）冬，王衍巡游西县（今陕西汉中勉县），现在谁也不知道他去那里干什么。栈道危危，山道艰难，要是轻车简从也倒罢了，但是王衍反其道而行之，"锦旗戈甲、连亘百余里"，这阵势，得有上万人，上万人的吃喝住宿，对哪

:: 43 窟菩萨塑像（五代）

:: 阆中古城（摄图网）

个州县都是一个头疼的事。

从勉县返回的时候，王衍可能是坐轿坐乏了，干脆从阆中乘船逆流而上，"龙舟画船，照耀江水，所在供亿，人不堪命"。

这样的皇帝出行时谁都伺候不起。

成都至秦州路途，距离远远长于勉县，一路上的供给可想而知。

此时，曾经担任过秦州节度判官（相当于市政府秘书长一类的官员）的蒲禹卿上书，行文反对王衍出行。

曾经的地方官员上书反对，不但更具正式性，也更具有说服力。

蒲禹卿的上书很长，有六千多字。

开头先是客套了几句，说先帝（王建）创业艰难。

然后就直接指出了王衍的缺点，"陛下生当富贵，坐得乾

:: 成都王建墓（摄图网）

坤，但好欢娱，不思机变"。

蒲禹卿可能是属于老臣，年龄大，资历高，所以才能以长者的口气指出王衍缺点，一般人没有这个胆量。

这是很多皇家二代的通病，王衍表现得特别严重。

望王衍能知社稷不易，想稼穑之难。

而针对这次巡游，蒲禹卿首先指出最实际的困难：天雄地远（当时秦州称为天雄军），路恶难行，险栈欹云，危峰插汉。稍雨则吹摧阁道，微泥则阻滑山程。

蒲禹卿走过这条路，熟知道路情况。

蜀道艰难，难于上青天，是此行最大的困难。

然后又说秦州的具体情况：秦州敌境咫尺，塞邑荒凉，人杂番戎，地多疫瘴，别无风华异境，不可选胜寻幽。

这是史书上少有的对天水的负面评价，但也是情有可原。

当然，顺便还要黑麦积山石窟一把：麦积崖无可瞻恋。

蒲禹卿在秦州的时候应该去过麦积山石窟，对麦积山有点印象。

"其次一人出行，百司参从，千群雾拥，万众星驰，当路州县摧残,所在馆驿隘少,止宿尚犹不易,供须固是为难。"

沿途州县艰难,也确实是实情。

这些话倒也没有什么,但是其中一句却刺痛了王衍:昔秦王之銮驾不回,炀帝之龙舟不返。

秦始皇出游,死到半路上;隋炀帝出游,再也没有回来!

这两个事件都是因皇帝出游而丧失政权的案例,都是惨痛的历史教训。

蒲禹卿的话都是实话,摆事实,讲道理,远远近近的历史经验都写出来了,连劝导带吓唬。并且文采相当好,读起来也琅琅上口。

但是都是王衍不爱听的话,特别有几句扎心的话。

成都知府韩昭是依靠和王衍一起游玩宴饮而得以步步高升的,他看见王衍面色大为不悦,厉声斥责蒲禹卿:"我今天先收了你的上书作为证据,等皇帝从秦州巡游回来,我就让刑狱官一个字一个字地问你("字字问汝"),看你到底是什么居心!"

王衍铁了心出行,甚至是皇太后的哭劝、绝食都劝不回。

王衍如此铁心巡游秦州,是有一个不可明言的荒唐理由,他和当时的天雄军(秦州节度使)王承休的夫人严氏有男女之私,此去秦州在很大程度上就是为了和严氏相会。

这种事尽管尽人皆知,但是终究不能摆在明面上,群臣也不能拿这个当面劝阻王衍。

王承休,本是一个宦官,伶牙俐齿,善于奉承,得到王衍信任,被任命为宣徽北院使。这是一个负责宫廷日常事务的官职,为朝会、祭祀、宴饮、内外供奉、接待等事务提供后勤保

:: 牡丹花（摄图网）

障，善于察言观色的王承休担任这样的职务再合适不过了。

为了执掌权势，王承休向王衍建议，从部队中挑选精英一万二千人，各种供给、军械等都要优于其他部队。这支部队被编为龙武军，而王承休则被任命为这支部队的总指挥——龙武军马步都指挥使。

宦官担任精英部队的指挥官本就是奇闻，而部队待遇远远高于其他部队，这样的安排自然引起其他军队将领的不满。这种不满在战时会有严重的隐患。

人以类聚、物以群分。此话不假。

王承休善于讨好王衍，自然也就有人奉承讨好王承休，这个人就是安重霸。

安重霸本为后唐武将，后因为犯罪投奔到梁国，之后又弃梁奔蜀，为王承休手下将领。

安重霸同样善于花言巧语，曲意逢迎，也很得王承休信任。

安重霸向王承休建议可以在秦州设立藩镇，王承休可担任节度使。

节度使是一方军政大员，军政集于一身，比起宣徽使这个打杂的官职，自然是很有诱惑力。兵镇一方，宛如诸侯。

自己并非是武将，但是他知道该怎么给王衍说这个事。

这类草包货色自然不会从秦州的边防重镇、军事战略、加强军备这个角度说这个事。

王承休向王衍进言说：秦州山川秀美，有众多奇花异木，另天水美人绝色，愿意去秦州为王衍采献。

只有这类货色能说出这样的担任重要边防官职的理由。

这种事说到了王衍心坎上，立即任命王承休为天雄军节度使，赴秦州上任。

办这种事王衍可能只信任王承休。

关于秦州花木的事，王衍有直接感受。

这要说一下王衍的舅舅从秦州挖运牡丹的事。

这位国舅姓徐，我们称呼为徐国舅。

这位徐国舅家世为富豪门第，家财充裕，其居住的宅院由二十多所院落组成，处处彩画粉饰。院内高台深池，奇花异草，丛林小山，山川珍物，无所不有。

秦州董城村宅院内有一株年代久远的红牡丹，花株茂盛，花朵娇艳。

徐国舅听说了这个红牡丹，就要想办法把它移种在自己的宅院内。

花株娇嫩，千里迢迢，谈何容易。

为了不伤到牡丹根系，工匠挖了一丈多深的土才把牡丹

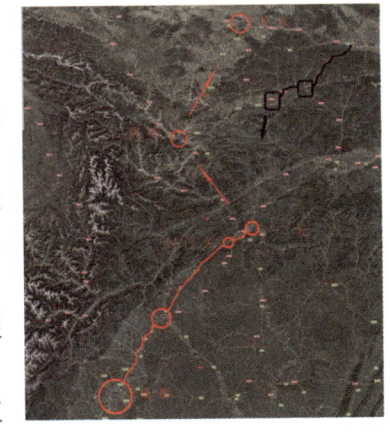

∷ 王衍路线图（实线为实际到达位置，箭头为计划路线）和后唐军队进攻方向

:: 宝鸡李茂贞陵墓（摄图网）

挖出来，又做了一个一丈多的大木箱子把牡丹装起来，小心翼翼地运往成都。

从秦州至成都，三千余里，其中接近一半是艰难的蜀道。

蜀道难，难于上青天。

一路上，这株牡丹经过了"九折、七盘、望云、九井"，险途重重，栈道危危，千难万险，到达成都。

这可能是古代最昂贵的花木移植。

动用了多少人力、耗费了多少钱财，现在都没有办法计算了，但肯定是一个惊人的数字。

也肯定是动用了驿站、道路维护等国家公用资源，仅凭个人力量，是不可能完成的。

徐国舅将牡丹种植在自己的宅院里，花开的时候，请王衍过来赏花。

王衍一下就被这株巨大的牡丹震惊了。

这是王衍第一次对秦州最直接的印象。

所以，当王承休说要到秦州采办花木和美女时，王衍就一口答应，任命其为天雄军节度使。

这开了一个很坏的先例。

王承休是宦官,宦官担任节度使在之前的历史上是绝无仅有的。

但无论怎样,王承休和安重霸上任秦州。

到任第一天,王承休和安重霸就安排拆除原来的官署,重新搭建,大兴土木,劳民伤财。

稍后,就派人四处寻访奇花异草,送往成都。

还有城乡美女,让画工绘画形象标注姓名,送成都让王衍观览后再将人送到成都。

每一件事情都办理到王衍的心坎上,王衍极为满意,连连称赞。

王承休感觉对王衍仍是没有奉承到位,就邀请王衍到秦州巡游,盛赞秦州山川之美,当然少不了说麦积山。

秦州的花木、奇石、美女、麦积山,还有王承休的名义夫人严氏,这些都驱使王衍要到秦州一行。

这就有了开头一幕。

乾德六年(925年) 十月初三,王衍正式出发,大队人马浩浩荡荡,离开成都。

我们现在不知道陪同出行的具体人数,但是乾德二年的出行队伍"绵延百余里",可见壮观。

∷ 135 窟佛与菩萨(北魏)

几千人？上万人？不敢想象。

队伍出门没有几天，凤州节度使王承捷飞马传来军报——后唐大军开始进攻凤州（陕西凤县）。

前蜀占据天府之国的成都平原，早已被后唐窥视。稍早前曾派出使臣李严出使前蜀，李严见成都物产丰富，但是王衍却是骄淫奢侈，不思长久之计。于是李严回朝后向后唐庄宗献计，认为蜀地可攻。

为了迷惑王衍，后唐又多次派出使臣和前蜀交好，暗地里做好战争准备。

当王衍在出行路上收到前线战报的时候，一点也不紧张，反而说："正好、正好，我正要看看两军是怎样厮杀的。"

他不是胆大，而是把战报看成了臣下为了阻挡他出游而故意编写的。

于是队伍继续前进。

试想，这样的君王，前线的将士怎么会舍身护卫。

此行王衍并不是直行秦州，在路途上遇到山水景色秀丽之处，也就会停下来游玩山水。

随行队伍有诗人、作家等，其中一位应该是属于导游，严格来讲是学术顾问。

这完全是一个超级庞大的旅行团。

这个学术顾问就是天水人王仁裕，任前蜀的中书舍人（为皇帝起草诏令、文章一类的官员，无实职）。

这个王仁裕还曾经在十来年前去过麦积山。

当导游或者是学术顾问是妥妥的！

王仁裕一生坎坷，生于唐僖宗广明元年（880年），正处于唐末大分裂时代，先后在秦岐政权（李茂贞）、前蜀、后唐、后晋、后汉、后周为官。有多本诗集留世。

公元911年，王仁裕在秦岐政权任秦州节度判官，借机会游览了麦积山。

秦岐政权对佛教还是尊崇的，在陕西法门寺有《大唐秦王重修法门寺塔庙记》，记载了李茂贞对法门寺的重修活动。

麦积山石窟在这个时候没有具体的文字记载。

但是王仁裕来到麦积山的时候，登临了全部的洞窟，包括最高层的栈道，这说明当时石窟栈道有人维护。

因为在高空位置的木质栈道，如果没有人经常性维护，五年或十年就会倒塌破坏而无法登临。

王仁裕登临了麦积山东西两阁，对麦积山做了详细记录，并在天堂洞（现编号135窟）还题诗一首：

> 蹑尽悬崖万仞梯，等闲身共白云齐。
> 檐前下视群山小，堂上平分落日低。
> 绝顶路危人少到，古岩松健鹤频栖。
> 天边为要留姓名，拂石殷勤手自题。

这样的人作为随行的文史顾问，一路上讲山讲水，作诗唱和，王衍自然是对秦州和麦积山更为期盼。

一行人走到梓橦县，登梓橦山。

王衍诗兴大发，让随行的文人每人赋诗一首，王衍写道：

> 乔岩簇泛烟，幽径上寒天。
> 下瞰峨嵋岭，上窥华岳巅。
> 驱驰非取乐，按幸为忧边。
> 此去将登陟，歌楼路几千。

:: 敦煌壁画中的回鹘供养人

明明是出行取乐，却说是担忧边境安危，王衍倒会标榜自己。

王仁裕的诗写道：

采杖拂寒烟，鸣驼在半天。
黄云生马足，白日下松巅。
盛得安疲俗，仁风扇极边。
前程问成纪，此去尚三千。

工整对仗，平正压韵。

诗中的"成纪"就是指天水，传说人皇伏羲在母亲腹中怀了十二年才诞生，十二年为一纪，所以天水又名成纪。

天水甘谷县也流传一句民间口语："甭（音bào）看甘

谷地方碎（方言，小的意思），诞下皇帝第一辈"。

走到剑阁时，有猛虎从路边丛林窜出，将一个兵士扑倒叼走，夜色中无人敢追。

王衍知道后，命王仁裕等人以此题赋诗。

王仁裕的诗写道：

  剑牙钉舌血毛腥，窥算劳心岂暂停。
  不与大朝除患难，惟馀当路食生灵。
  从将户口资噉口，未委三丁税几丁。
  今日帝王亲出狩，白云岩下好藏形。

诗中第二、三句的"不与大朝除患难，惟馀当路食生灵"，明显是对当时朝政中的贪官污吏，苛捐杂税等表达的不满。

王衍不傻，也看出了诗中的所指，但只是哈哈大笑。

在剑门关，王衍又让人写《秦中父老望幸赋》，就是写秦州的父老乡亲盼望王衍来到秦州的心情，但是此文没有留存下来。

也太能给自己贴金了。

王衍另写一首诗是：

  先朝神武力开边，画断封疆四五千。
  望断陇山屯剑戟，后凭巫峡锁烽烟。
  轩皇尚自亲平寇，嬴政徒劳爱学仙。
  想到隗宫寻胜处，正是莺语暮春天。

诗中的隗宫是指隗嚣宫，在麦积后山位置，是东汉初年天水人隗嚣在麦积山后山位置所建的避暑宫。

现在已经无任何遗迹，当年或许有。

这些信息明显是王仁裕告诉他的，被他写到诗里面了。王衍不当皇帝，或许是一个很好的诗人，能有多本诗集留世。

:: 敦煌359窟北壁吐蕃供养人像（中唐）

一行人一路走一路游，好生自在。

那边后唐军队却也没有闲着，继续推进。

后唐军队从陈仓道南下，首先攻占了凤县，继续南下，攻占了固镇（今甘肃徽县），所至州县都是望风而降。

这是王衍到秦州的必经之路上。

后唐军队占领了固镇后，必然是继续南下。

王衍再向前走，就必然和后唐军队迎头碰上了。

行至广元,固镇被后唐的战报传来,各方的战报也陆续报来。

一群一群奔逃回来的兵士,身心疲惫、甲仗散乱、军容不整,甚至是满脸是血。

这不像是假的,谁也不会做这么大的假。

王衍这次没有办法不相信了。

十月二十九日,王衍急返成都,再不回就做了唐军的俘虏了,同时派出督战官向前线督战。

前线将士对王衍崇信宦官、沉湎游乐早就不满、无心战斗,对督战的使臣说:请调集王承休率领的龙武军来战斗吧,他兵精粮多,我们缺乏给养,没法和唐军战斗。

所以很多地方将领都放弃了战斗,直接投降或者是弃城而逃。

王衍仓皇逃回成都,一路狼狈。

昏君到底是昏君,这个时候还不忘排场。逃至成都城外,王衍命百官至十里亭排开场面迎接。

这还不够,王衍又让宫女等摆了一个"回鹘队",歌舞入城。

"回鹘队"可能是歌舞的一种阵势。

:: 雪山(摄图网)

后唐军队一路南下,前蜀朝政混乱、军心涣散,没有遇到任何抵抗,甚至派出的督军大臣也都主动请降。

唐军像回家一样,紧跟着王衍的脚步来到成都。

兵临城下,上天无门,王衍在一阵哭泣后,请臣下将自己绑起来,来到七里亭迎降后唐军队。

就在前几天,他还在这个位置得意洋洋地在宫女"回鹘队"的拥簇下,载歌载舞进入成都。

不知此时作何感想,能不能想起当时"回鹘队"的场景。

前蜀灭亡。

谁能知道前蜀灭亡和秦州、和麦积山还有这层关系。

我们再说远在秦州的王承休。

当时后唐军队的目标是快速向成都进兵,所以并没有越过陇山向秦州进兵。

但是此时,秦州通向成都的道路已经被切断(徽县被唐军占领),王承休坐不住了,惶惶不可终日。

此时,能说会道的安重霸出场了。

安重霸对王承休说:请王公不用担忧,剑门关据天下之险,后唐军队不会轻易攻破的。蜀中稳固。但是王公您深受国恩,此时也应该为君王分忧,咱们应该率领军队奔向成都,拱卫皇帝,为蜀中尽力。

言之在理,但其实安重霸心怀鬼胎。

次日,王承休将军队及眷属集合起来,准备出发。

走到城外,秦州父老在城外设帐,以酒饯行。

安重霸对王承休说:"秦州父老一片心意,不好拒绝,王公还是一起坐饮几杯的好。"

军队及眷属等大队人马自然不会坐着等待酒宴结束再前进，按着计划的路线匆匆开拔。

王承休入座，与一些乡老形象的人客气一下，饮酒、听歌舞，这个自然要耗费一些时间，至少要一个时辰。

酒饮罢，王承休上马将行，这时安重霸立在马前，对王承休说：秦州也是国家重地，不可丢失，如你我都赴援成都，恐秦州失守，无颜见蜀中父老，君可赴成都，我愿意留守秦州。

王承休此时明白过来，安重霸给他挖了一个坑，一个他不得不跳的坑。

按常理，以王承休在秦州的作为，秦州人恨都来不及，巴不得他早走，怎么会有人为他饯行。肯定是安重霸指使人安排。

此时大量的军队、随从、家眷、普通官员等都已经上路，都想急忙奔回成都，形势已经不可能再挽回。王承休此时已经是弓在弦上，不得不发。

王承休狠狠地看了安重霸一眼，心中一声长叹，自己识人有误！只能随队前行。

当然，装备精良的龙武军也要给安重霸留下一部分。

王承休带领一些部队、家眷、部属等，拖家带口共计一万二千多人，狼狈前行。

此时，通向成都方向的徽县已经被后唐占领，此路不通，只好另寻他路。

从天水市到陇南市（武都），再至文县，南下至平武，北川至绵阳，最后到成都。

这条路是三国时期诸葛亮出祁山的路线，道路的艰险程度甚于经徽县道路十倍。

而且这条路上的范围不归前蜀，而是吐蕃、羌等少数民族管理，王承休将所携带的布帛、金银等全部给这些部族用以买通道路。

但是山山沟沟，每一处都有吐蕃和羌人抢掠。

时值阴历十一月，这些地区高寒，降雪极早。

可以想见，万人队伍，夹带有老人、妇女、孩子，在积雪的山路里跋涉，冻死、饿死者每天都有。

每天都有吐蕃和羌人抢掠。

一路上死尸遍布山野，惨不忍睹。

至十一月底，王承休才回到成都，此时生还者仅有百余，一万多人都死于非命。

此时，王衍已降，成都已归后唐。

王承休已是无力奔逃，只好受降。

后唐魏王李继岌派人询问王承休："手握重兵，为何不战？"答曰："畏大王神武，不敢迎战。"问曰："何不早降。"答曰："王师未入秦州，无门投降。"问曰："初入蕃部几人，今存几人。"答曰："初入蕃部万余口，今存百余人。"

李继岌听了这些问答，下令将王承休斩首，说：你要偿还那万余人的性命。

这应该是这类人该有的死法。

现在再说留守秦州的安重霸。

安重霸使用巧计将王承休骗走，这类人反复无常，狡黠多变，断然不会为后蜀守卫秦州。

此时唐军还没有进攻秦州，甚至还没有打算进攻秦州。这时后唐的重点是占领成都平原。秦州已经成为了边角小地，占领是早晚的事。

此时，后唐出了一点变故，反而成为了安重霸发迹的新起点。

926年二月，也就是王承休逃离秦州的三个月后，后唐因君臣猜忌，上下离心，有将领在河北清河发动兵变。

后唐庄宗李存勖急忙派出各方军队平定兵变，但都是久战无功。庄宗启用李嗣源带领侍卫亲军平叛。

李嗣源本来无异心，也一心平乱，但是在途中被乱兵裹挟，尊其为帝。无奈，李嗣源率兵回攻洛阳，庄宗死于乱兵，李嗣源称帝，是为后唐明宗。

巧的是，李嗣源和安重霸是故人，曾经在一起共事。

在秦州的安重霸正在四处观望天下大势，得知故人李嗣源当了皇帝，大喜过望，大喊：天助我也。

此时秦州已经成了后唐势力范围内的孤岛。

安重霸立即向李嗣源修书一封，首叙故人情谊，然后将秦州、阶州（陇南武都）、成州（陇南成县）献地给后唐。

其中定有很多肉麻的奉承文字，各位可自行脑补。

秦州即归入唐境。

安重霸有献地之功，又是皇帝故人，自然是一路升迁。先后任阆州（四川阆中）团练使、京师左卫大将军、同州（陕西大荔）节度使、云州（山西大同）节度使等。

最后竟得以善终。

但青史留下恶名。

麦积山石窟依然是巍巍耸立，过客来往。

附：王仁裕《玉堂闲话·麦积山》

麦积山者，北跨清渭，南渐两当；五百里冈峦，麦积处其半；崛起一石块，高百万寻；望之团团，如民间积麦之状，故有此名。其青云之半，峭壁之间，镌石成佛，万龛千室，虽自人力，疑其神功。隋文帝分葬神尼舍利函于东阁之下。石室之中，有庾信铭记，刊于岩中。古记云：六国共修，自平地积薪，至于岩巅，从上镌凿其龛室神像，功毕，旋拆薪而下，然后梯空架险而上，其上有散花楼、七佛阁、金蹄银蹄犊儿。由西阁悬梯而上，其间千房万室，缘空蹑虚，登之者不敢回顾。将及绝顶，有万菩萨堂，凿石而成，广古今之大殿，其雕梁画拱，绣栋云楣，并就石而成万躯菩萨，列于一堂。自此之上，更有一龛，谓之天堂，空中倚一独梯，攀缘而上，至此则万人中无一人敢登者。于此下顾，其群山皆如蚰蜓，王仁裕时独能登之，乃题诗于天堂西壁，上曰：蹑尽悬崖万仞梯，等闲身共白云齐；檐前下视群山小，堂上平分落日低；绝顶路危人少到，古岩松健鹤频栖；天边为要留姓名，拂石殷勤手自题。时前唐末辛未年登此留题，于今三十九载矣。

◇ 知识链接

天雄军节度使

为了地区性战争的需要，北周之时以邻近的地区、州县为单位设立总管府，主管地方军事调动，后总管制度取消，但是为了应付边界地区或者是战乱地区的军事形势，需要将军事管理和地方行政管理合为一体，这就是节度使。

节度使实际就是以军事管理为主的性质,所以被管理的区域常常会以某某"军"来命名,如归德军、宣武军、归义军、定难军等。五代时期,天水就被命名为"天雄军"。

秦岐政权

李茂贞(856—924年),原名宋文通,字正臣,深州博野(今河北蠡县)人。唐末至五代时期藩镇、军阀,官至凤翔、陇右节度使,封岐王。

唐末,朝政混乱,朝廷逐渐失去了对地方的控制权,各方割据势力蜂起。

光启二年(886年),李茂贞以护唐僖宗之功拜武定节度使,并改名李茂贞。光启三年(887年),唐僖宗由凤翔返回长安,遭遇藩镇李昌符拦截,李茂贞追击斩杀李昌符。李茂贞晋升为凤翔、陇右节度使,大顺元年(890年)封陇西郡王。权力和占领的地区逐渐扩大。后野心膨胀,干预朝政,唐昭宗多次派兵讨伐,连连战败。宰相杜让能、李溪、韦昭度先后被其所杀,唐昭宗无奈封李茂贞为岐王,成为割据一方的诸侯。

伏羲

伏羲,华夏民族人文先始,三皇之一,与女娲同为福佑社稷之正神。

风姓,又名宓羲、庖牺、包牺、伏戏,亦称牺皇、皇羲,史记中称伏牺,后世与太昊、青帝等诸神合并,在后世被朝廷官方称为"太昊伏羲氏"。

从历代典籍的记载看,伏羲的贡献主要有以下几个方面:1. 创立八卦。2. 教民渔猎和驯养家畜。3. 变革婚姻习俗,使血缘婚改为族外婚。4. 始造文字。5. 发明乐器。6. 将统治地域任命官员进行社会管理。

天水地区有深厚的伏羲信仰传统,传说伏羲诞生在天水。从金代开始,有官方的伏羲祭祀。现在城区有明代的伏羲庙,规模宏大。

陈仓道

陈仓,陕西省宝鸡市的旧称,陈仓道以此命名。

陈仓道也称故道、嘉陵道。从宝鸡市陈仓区向西南出散关,沿嘉陵江上游(故道水)谷道至今凤县,折西南沿故道水河谷,经今两当(汉故道)、徽县(汉河池)至今略阳(汉嘉陵道)接沮水道抵汉中,或经今略阳境内的陈平道至今宁强大安驿接金牛道入川。

圆通
yuantong

43 窟宋代力士

北宋神宗元丰八年（1085年），在京师汴京皇宫内，一位高僧正在为宫廷内眷讲述佛法。

这位高僧来自于麦积山石窟的寺院，名为法秀。

当时神宗皇帝是不是在场，没有明确的记录，但是皇宫内眷都在听法，皇帝缺席好像是不应该。依此推测，当时神宗皇帝应该是在场。

此次讲经之后，法秀也被赐予了"圆通禅师"的法号。麦积山寺院也因此收获很多：被赐予"田土二百余顷，供瞻僧众"。

赐"圆通禅师"的法号和"田土二百余顷，供瞻僧众"显然是朝廷行为，所以依此推论，神宗皇帝当时也在现场听法。

给皇帝讲法，当然是一种很荣耀的事情。

而关于法秀，还要从他的降生开始。

法秀，秦州陇城（现天水市秦安县）人，母亲辛氏。母亲在怀孕时，梦见一个面貌清瘦、须发尽白的老僧。老僧说，我是麦积山的僧人，忽而就化为云气消失在空中。

这一年，是宋仁宗天圣三年（1025年），次年，婴儿诞生。

北宋时期的麦积山石窟，和我们现在看到的麦积山石窟完全一致，洞窟密布东西两崖，寺院中香火袅袅，信众如云。

这个时候寺院的名称为应乾寺，根据碑记记载，是唐代敕赐的寺名。具体什么时候，什么原因赐的寺名，是否和皇室有关系等，都无法考证。

应乾寺，根据寺名理解，应该是"应天（八卦中把天称为乾）顺人"之意，可能和某个事件有关系。

应乾寺里面有一位鲁和尚，和寺院中的一个每天念诵《法华经》的老和尚关系很好。一日老和尚远出游方，对鲁和尚说，

:: 90窟宋代弟子

:: 127窟宋代重修佛像

过段时间到陇城竹铺坡前铁疆岭下来找我。

鲁和尚数月后如约来到老和尚说的地点,却并没有见到老和尚的身影。正在四顾之际,却听到附近的农舍中有婴儿的哭啼之声,遂往视观看。

看见有僧人来访,家人也把孩子带来给僧人看,希望能给孩子带来福报。

刚来到人间的婴儿是个男孩,自然是哭声阵阵,嘹亮清脆,但是孩子被抱到鲁和尚面前时,这个孩子竟然停止了哭啼,并且眉唇之间露出了笑意。

这确实是奇事一件。

这种事情不由得让我们想起了藏传佛教的"转世灵童",或是巧合,或是因缘。

家人感觉这个孩子和佛有缘,三岁之时就将这个孩子送到了麦积山寺庙里面,跟随鲁和尚学习佛法,并且以"鲁"为姓,名为法秀。

这个孩子可能确实与佛有缘,对各类佛教经典熟知于心,并且逐步确立了自己的学佛特点,在麦积山石窟的僧人中逐渐显露佛学才华。

仁宗景祐二年(1035年),法秀已经是十岁的小和尚了,在寺院里学佛已经有七年了。

来自山西太原的施主王秀和寺院的住持僧人惠珍共同募集了大量的资财,重修了东西两崖的部分洞窟。

少年法秀应该是目睹了这次重修活动,或者是跑前跑后帮些小忙。

当时的信众除了直接供奉钱财之外,还有很多实用的实物、物,如铁钉、麻皮、木料。

这些信徒来自麦积山周边的县市,如陇城县、长道县、天水县等。

其中,陇城县是法秀的家乡,在这些供奉的信徒中,或许有法秀的父母或家人,再或者是乡亲。

:: 龙门石窟－大日如来

:: 121窟宋代重修的佛像

不过说实话,这次修复的部分洞窟从艺术水平上说,确实很差,根本没有任何的艺术性,作工粗糙、面相呆滞,真不知道是从哪里请来的塑匠。

另外,这个时期的宗教信仰好像和其他时期有点不同,这一点从重修的佛像就可以看出来。

121窟是北魏时期开凿的洞窟,洞窟内原始组合为三佛,宋代进行的重修。但是从保存的痕迹看,原来的佛像保存完好,宋代在外部又增加了一层。但是奇怪的是,正壁的依然是佛的形象,而两侧的佛像在重修时却修成了结跏趺坐的菩萨形象。头顶有高发髻、戴冠,胸前有佩饰。

这是一个很奇怪的现象。

佛和菩萨在外形上是有明确区别的。

在其他地区,存在着一种"菩萨装佛"的造像形式,学者们认为是大日如来。

大日如来"其作像法。于七宝华上结跏趺坐。其华座底戴二师子。其二师子坐莲华上。其佛右手者。申臂仰掌当右脚膝上。指头垂下到于华上。其左手者。屈臂仰掌。向脐下横着。其佛左右两手臂上。各着三个七宝璎珞。其佛颈中亦着七宝璎珞。其佛头顶上作七宝天冠。其佛身形作真金色。被赤袈裟。"

但是其他地区大日如来一般都是主尊形象，而麦积山石窟121窟中中间为主佛，两侧的造像都是菩萨装佛像，这就难以理解。

可能是当时的工匠出于对称的考虑吧，从造像水平看，水平低下，对佛教的理解也不会太深，可能就是稀里糊涂地塑的。

十九岁时，法秀已经通过了所有有关佛学经典的考核，正式成为僧人。

当时的婴儿，已经成为了一个俊朗的少年僧人，"天骨峻拔，轩昂万僧中，凛如画"，器宇轩昂。不但在秦州佛教界，甚至在更远的京师地区，都是非常有名。

法秀当时主要修习《圆觉经》和《华严经》。

当时的僧界，以辩论佛法为尚，类似于现今的以某事为主题的辩论会，相互之间进行激烈的语言交锋，在当时被称为"辩机锋"。这不但需要渊博的学识，更需要的是深刻的思维和敏捷的反应，三者缺一不可。

这个时候的法秀已经是"机锋不可触。京洛着闻"。可见此少年已经是当时僧界翘楚。

麦积山乃至秦州的僧界，已经无法满足青年法秀的求学愿望，外出到更大的世界探寻成为了法秀的愿望。

法秀先来到了随州（现湖北境内）护国寺，寺中有一方《净果禅师碑》，是记述寺中一位逝去高僧的碑铭。碑文特别记录了一段净果很有名的对话：有僧人问另外一个僧人报慈："如何是佛性？"报慈回答："谁无（谁没有佛性）？"这是用反问的方法回答谁都有佛性？；当同样的问题问到净果禅师时，禅师的回答："谁有（佛性）？"寺中的僧人由此得到了感悟。

但是法秀对净果禅师这样的回答大为诧异，僧人由此还恍然大悟更是可笑，完全是在误导学僧。感觉自己在这样的寺院中学习是没有什么结果的，于是就收拾行囊，离开了护国寺。

当时无为军（今安徽省芜湖市无为县）铁佛寺天衣义怀禅师修习高妙，座下弟子众多。法秀便前往铁佛寺向义怀禅师请教。

义怀禅师问：你讲甚么经？

法秀答曰：华严。

问：华严以何为宗？

答：法界为宗。

问：法界以何为宗？

答：以心为宗。

义怀禅师继续追问：心以何为宗？

法秀回答不上来。

义怀禅师说：毫厘有差，天地悬隔；你再认真思考一下，会有所感悟的。

在寺院里，法秀看到两个僧人在辩机锋，一个僧人向另一个僧人发问："情生智隔，想变体殊，情未生时如何？"另外一个僧人回答得极为简略，只有一个字，"隔"。

法秀听到这个对话，恍然大悟。赶紧来到义怀禅师面前将自己的想法说了出来。

义怀禅师感慨地说：你是一个真正的法器啊！我们这个宗派日后的兴盛和发展就在你身上了！

作为俗众的我们，很难理解这些对话的深奥含义，也无从体会法秀听到简短的对话中激发了什么感悟。但总的来说，法秀的佛学自此上了一个新境界。

禅理本来就是——不可说！完全依靠自己内心的感悟。

法秀对义怀禅师很是尊佩，在其身边跟随了很长时间。

后来法秀来到了安徽天湖县的四面寺学习。不久，法秀禅师又移居庐山之栖贤寺，再到南京长芦寺。

长芦寺传说是达摩大师折芦渡江的地方，寺名也和这个说法有关。长芦就是达摩渡江用的芦苇秆，过江后置于此地。

长芦寺是远近闻名的大寺，创建于梁武帝时期，盛极一时，规模盛大。民间有"前门通到金刚殿，后门通到六合县"以及"骑马关山门"之说。

文人墨客多到此留恋赋诗，唐朝的骆宾王、李白、韦应物、刘长卿、孟郊、温庭筠均参拜过这个寺院。

宋代王安石曾乘船路过这个寺院，写有《舟过长芦寺》：

　　水落草摇洲渚昏，泊船深闭雨中门。
　　回灯祇欲寻归梦，儿女纷纷解笑言。

此时寺中有千名僧众，可见规模之大。

寺中有一名全椒长老，禅锋无人能及。一日登座问答，寺中千人，竟无一人敢于出面提问，场面几近冷场。

于是法秀从众僧中出身礼拜请问："如何是法秀自己？"

可能是全椒长老认为这个问题有点低级，甚至是小儿科，就笑着说："法秀乃不识自己乎？"下面的僧众也发出了笑声。

法秀回答说："当局者迷。"

这句看似简单但富有佛学哲理的回答折服了众僧。

冀国大长公主是宋仁宗的第十二公主，宋仁宗一共有十三

:: 50 窟高僧像

个公主,其中九个公主都是少年时期夭折,仅剩下四个公主。

宋代公主的封号,都是以"国"为名,如燕国公主、秦国公主、唐国公主等。这些"国"都是有一定的等级,会随着公主的成长改封更高级别的称号。

大长公主最初的封号是燕国公主、舒国公主,嘉祐六年(1061年)封宝寿公主。嘉祐八年(1063年)进封顺国长公主。治平四年(1067年),进冀国大长公主。元丰五年(1082年)改魏国公主,下嫁开州团练使郭献卿。

开州位于现今的重庆市,团练是一个级别相对较低的官员,无论如何,可以称为是"下嫁"。

冀国大长公主信奉佛法,法秀在宫廷中讲法的时候也在听法之列。

元丰七年(1084年),冀国大长公主还在开封城内建立了一座规模宏大的寺院,名为法云寺。神宗皇帝下诏请法秀为"开山第一祖",就是该寺院第一位住持僧人。

在寺院的开堂(第一次面向公众讲法)仪式中,自然有皇亲贵族在堂下听法秀讲法,除了冀国公众,还有神宗皇帝的弟弟荆王,他是代表神宗皇帝来的。

除了委派自己的弟弟代替自己参加,神宗皇帝还派遣使者赏赐了佛香、袈裟等。

神宗皇帝不是太信奉佛法,并且还在一定程度上控制佛教的发展,所以这种姿态以现今的目光看,更多的是给自己的妹妹一个面子。

这个时期,王安石主政,在神宗的支持下大力推行改革措施,朝堂面貌为之一新。

力推改革的王安石自然不是佛教徒,从改革的角度考虑,他认为当时的佛法过于兴盛,对国家经济等方面造成了一定的影响,想制定一些改革制度来约束佛教的发展。

法秀通过其他人知晓王安石对佛教的态度,就借着机会对王安石说,"相公聪明人类英杰。非因佛法不能尔。遽(jù)忘愿力乎",于是"温公(王安石)意少懈"。

"意少懈",就是限制佛教发展的想法稍微松懈了一点,暂时不考虑限制佛教的事情。

作为改革家的王安石,自然不会在一位僧人三言两语的劝说下放弃对佛教的改革政策。但是当时的改革遇到很大的阻力是肯定的,特别是王公贵族多数人反对改革。当时首要的是国家政治、经济改革,对宏观大局影响不大的佛教改革自然可以向后推迟些。

王安石对佛教的态度可能和法秀的这次谈话没有任何内在的关系,可能是佛教徒利用这个宣传佛法的一个话题。

宋哲宗元祐五年(1090年)八月,法秀卧床不起。

宫廷中派出的医官给法秀诊脉, 法秀躺在床榻上对医官说:"你来做什么!我有病就是到了该死的时候了,祈求医治,

:: 165窟宋代女供养人

就是贪恋俗尘。"不接受医治,挥手让医官离去。

法秀吩咐侍者更衣,起身坐下,向大家说偈(佛教中用以表达禅理,类似于诗的文体,一般是四句):

> 来时无物去时空。
> 南北东西事一同。
> 六处住持无所补。

这三句说完之后,良久没有下句。监寺和尚慧当问法秀:"和尚何不道末后句?"

法秀说:珍重珍重。

之后安然坐化,年六十四岁!

麦积山东崖位置的第50窟,有一尊高僧塑像,北宋时期作品。通过综合判断,这尊高僧像应该是麦积山的僧人为了纪念法秀而塑造的。

法秀在当时的文人中影响力极大。

李公麟是大家所熟知的画家,以画马见长,《五马图》就是其代表作品。

法秀却对李公麟画马不以为然,规劝李公麟说:"不可画马,他日恐堕马腹。"意思是下世可能投生为畜生道。李公麟大为惊恐,在法秀的建议下,绝笔不再画马,"独专意于诸佛矣,其佛像每务出奇立异"。其他的人不知道李公麟突然画风转变的原因,都感到十分惊惑,这也成为佛教史和绘画史上的一段佳话。

黄庭坚是宋代的诗词名家,书法也极为著名。在其诗词中,辞藻华丽,多有花、酒、醉、歌舞等词语,如:

《饮李氏园三首》其一:

手接红杏醉繁香,回首春前梦一场。
便与经营百船酒,再来应是菊花黄。

《鹧鸪天·座中有眉山隐客史应之和前韵即席答之》

黄菊枝头生晓寒。人生莫放酒杯干。
风前横笛斜吹雨,醉里簪花倒著冠。
身健在,且加餐。舞裙歌板尽清欢。
黄花白发相牵挽,付与时人冷眼看。

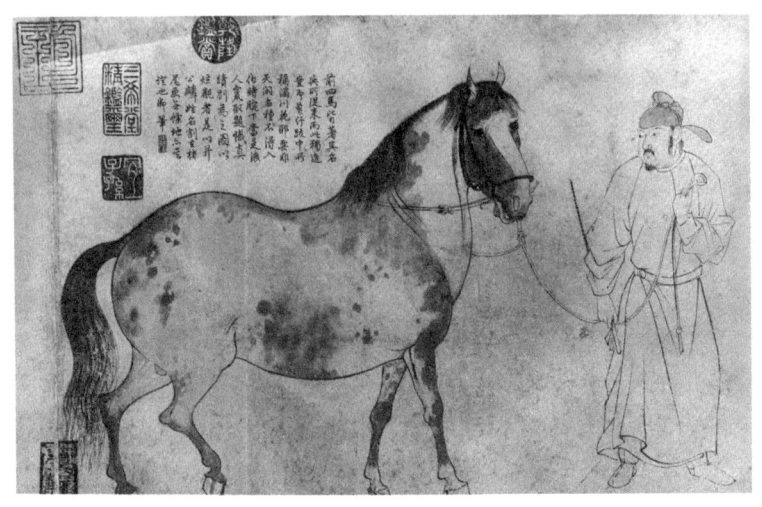

∷ 李公麟的绘画中的马

每当黄庭坚的新作出来，总有很多人争相传抄。

法秀认为这些诗词都是艳词、艳语，能然人心浮动，不安于事。

一日，法秀遇到黄庭坚，劝他不要写这样的诗句。

之前黄庭坚听说过法秀劝说李公麟的事情，见到法秀也来劝自己，不以为是，笑着对法秀说："我难道也会投生畜生道，到马腹中？"

法秀说："不止啊，你比他更严重，恐怕要坠落到地狱之中，受万般苦难。"

地狱景象极为恐怖，不是一般人能接受的。

这句话让黄庭坚非常震愕，后来诗词的风格也得到了改变。

∷ 12 窟地狱变（清代）

北宋时期的僧界，纲纪松弛，很多僧人不遵守基本的佛教修行规范，贪图安逸享乐，如同红尘俗众。法秀对这种行为异常痛恨。但凡遇到这样僧人，无论什么场合，都是毫不留情地当面怒骂，所以很多人都不喜欢和他在一起，法秀也戏称自己是"丛林一害"。

法秀去世后，他所修习或者是主持过的寺院都悬挂有他的画像，"面目冷严，怒气噀（xùn，冲、喷的意思）人"，可能画像者见过法秀骂人的样子，并且是他的常态，所以才会这样表现。

因此，法秀当时被僧界称为"秀铁面"。

法秀去世很多年后，还有一些年轻的僧人，看着法秀的画像说："这不通时宜的老头死了？"

可见当时法秀"铁面"的影响极大。

无独有偶。衢州（位于浙江省境内）人赵抃曾为殿中侍御史，弹劾不避权幸，声称凛然，京师称为"铁面御史"。

赵抃的任职时间是在宋仁宗时期，早于法秀在京师开封的活动时间，所以，法秀"铁面"称号应该是受到了赵抃"铁面御史"称号的影响。

蒋之奇是法秀的方外之友，相交很深。法秀在长芦寺时，蒋之奇就前往拜访过，和法秀探讨佛理。起初很是自负，认为自己对佛经的研读已经达到一定的深度，但是法秀只是三言两语，就指出了其语言逻辑中的漏洞，蒋之奇很是佩服。

元丰四年（1081年），蒋之奇来到麦积山，此时的职务是陕西转运副使，负责陕西路的钱粮转运工作，是负责经济方面的官员。

元丰四年三月二十六日，蒋之奇来到麦积山石窟，对麦积山石窟进行了全面的考察。之前和法秀在一起时，法秀曾说起麦积山，并说起杜甫在麦积山题诗之事。但是蒋之奇一直不理解杜甫诗中"悬崖置屋牢"是什么意思，认为是杜甫杜撰的。

公务之余，蒋之奇来到麦积山石窟，通过层层叠叠的栈道来到石窟的最高层，看到的宏伟壮观的散花楼、牛儿堂等，十分感叹。站在高处眺望，远山近水皆收入眼中，心胸无比开阔。

他突然想起了杜甫的诗：乱水通人过，悬崖置屋牢。上方重阁晚，百里见秋毫。这个诗应该是杜甫站在这个位置写下的。回想自己还曾质疑过杜甫的诗，感到很是惭愧。

随后，蒋之奇命人在崖壁间刻写上了自己的想法：蒋之奇登麦积山，观悬崖置屋之处，知杜诗为之不诬矣。元丰四年三月二十六日。

◇ 知识链接

《法华经》

《法华经》全名是《妙法莲华经》，有多个译本，但流传最广的是后秦鸠摩罗什译本，共七卷二十八品，全经以《方便品》和《如来寿量品》为中心，内容是释迦牟尼佛晚年在王舍城灵鹫山所说，为大乘佛教初期经典之一。

《法华经》原经的成立年代约公元纪元前后，最晚不迟于公元1世纪。

该经是中国佛教史上有着深远影响的一部大乘经典，由于此经译文流畅、文字优美、譬喻生动、教义圆满，读诵此经是中国佛教徒最为普遍的修持方法。

《圆觉经》《华严经》

《圆觉经》是《大方广圆觉修多罗了义经》的简称，佛教大乘之经典。全经共有十二章，主要内容是释迦牟尼佛回答文殊菩萨、普贤菩萨、普眼菩萨、金刚藏菩萨、弥勒菩萨、清净慧菩萨、威德自在菩萨、辩音菩萨、净诸业障菩萨、普觉菩萨、圆觉菩萨和贤善首菩萨所提出的问题，以长行和偈颂形式宣说如来圆觉的妙理和方法，是唐、宋、明以来贤首宗、天台宗、禅宗等各宗盛行讲习的经典。

《华严经》全称《大方广佛华严经》，大乘佛教主要经典，华严宗的立宗之经。是释迦牟尼成道之后，于菩提树下为文殊、普贤等大菩萨所宣说。此经汉译本有三种：一、东晋佛驮跋陀罗的译本；二、唐武周时实叉难陀的译本；三、唐贞元中般若的译本。

达摩

菩提达摩，南北朝禅僧，自称佛传禅宗第二十八祖，为中国禅宗的始祖，故中国的禅宗又称达摩宗。据《续高僧传》记述，是为南印度人，属刹帝利种姓，通彻大乘佛法，为修习禅定者所推崇。南朝梁·普通年中（520—526年），他自印度航海来到中国，先去了建康（今南京）找梁武帝聊佛法，他们的主张不同，总是不投机。于是便告辞梁武帝，渡江北上入魏。后到洛阳、嵩山等地传授禅教。弟子有慧可、道育、僧副和昙林等。

赵抃

赵抃（1008—1084年），字阅道，号知非子，衢州（今浙江省衢州市）人，北宋名臣。

景祐元年（1034年），赵抃登进士第，至和元年（1054年），召为殿中侍御史。其后出知睦州（今杭州淳安），移梓州路转运使，召为右司谏。宋英宗即位后，除天章阁待制、河北都转运使，治平元年（1064年），以龙图阁直学士再知成都。宋神宗即位后，官至右谏议大夫、参知政事。晚年历知杭州、青州等地。元丰七年（1084年）赵抃逝世，年七十七。追赠太子少师，谥号"清献"。

赵抃在朝弹劾不避权势，曾弹劾多人，时称"铁面御史"。平时以一琴一鹤自随，为政简易，长厚清修，日所为事，夜必衣冠露香以告于天。著有《赵清献公集》。

申诉
SHENSU

南宋历史地图（红圈处为秦州）

北宋末期,宋王室南渡,并在临安建立都城。

自此,宋朝丧失了绝大部分北方领土,偏安于江南,是为南宋。

金兵继续南侵,南宋无力对抗,双方在绍兴十一年(1141年)议和,宋朝的主持人是当时的丞相——秦桧。

南宋向金国称臣,岁岁纳贡,并且划定了疆界。

双方在天水的疆界是按照"秦州之半"来划分的,即秦州西归金朝,南侧归宋朝。大约是在现今天水高铁站的位置,向西则属于金朝,向东则是南宋。

天水后方是广袤的秦岭,秦岭后方就是关中平原,汉中盆地,成都平原,无论从军事还是经济对南宋都至关重要。秦岭是这几处要地的天然屏障。

秦岭是绝对不能放弃的。

秦岭之外必须有一个前哨基地——这就是天水。

南宋据守天水,除了军事原因外,还因为赵匡胤之父曾被后周封为天水县男;赵姓遂以此为地望。对赵姓而言是祖宗之地,如果失去天水,则赵姓颜面无存。以后的隆兴议和(1164年)、嘉定议和(1208年)均以"秦州之半"为准。

嘉定年间,为了"尊表国姓(赵姓)",将天水县建置升格为天水军。"军"相当于"州"的建制,以军事管理为主,一般情况下管辖多个县,但天水军仅管辖天水县一县。

北宋时期,麦积山石窟和宋王朝皇室有多次的交集。

北宋神宗年间,曾宣诏本寺高僧法秀入宫廷讲法,并赐号"圆通禅师",同时给麦积山赐土地二百余顷,供瞻僧众。

二百余顷在当时不是一个小数目,也可见当时麦积山寺院规模之庞大,僧人之众多。

宋徽宗大观元年（1107年），麦积山在山顶舍利塔旁发现灵芝三十八棵，经秦州经略使陶节夫上表进献给宋徽宗，朝廷赐寺名为瑞应寺。

不知道当时宋徽宗会不会用他的瘦金体给麦积山石窟写个寺名，可能性很大。

可惜匾额没有保存下来，存世的话，麦积山要讲的故事会很多。

除了赐寺名之外，朝廷还特许本寺为皇室祝寿的道场，这就使麦积山石窟享有了一个皇家寺院的性质，同时赐的还有御香和度牒。

度牒就是僧人的身分证，由政府设立的宗教管理部门发放。在宋代之前，都是通过审核后免费放发，而宋神宗熙宁元年（1068年），度牒开始有偿发放，一方面可以控制僧人数量，一方面可以增加财政收入。

而徽宗因灵芝事件给麦积山赐给了一部分度牒，一方面允许该寺自主度僧，另一方面也是变相地给寺院大量的财钱，因为每个度牒的价格均是在一百三十贯左右。

当时具体给了多少道度牒没有详细记载，想必也不会少。

北宋时期的麦积山自然是声震一方的大寺。

但是，好日子没有一直延续下去，随着金兵南侵，这种日子也就结束了。

金国南侵，天水成了宋金两国交战的前沿。

在这种背景下发生了两件事，让住持方丈重遇大师忧心了很多年。一是寺院原有的常住田变成了官军的屯田，二是寺院被忠义军打劫。

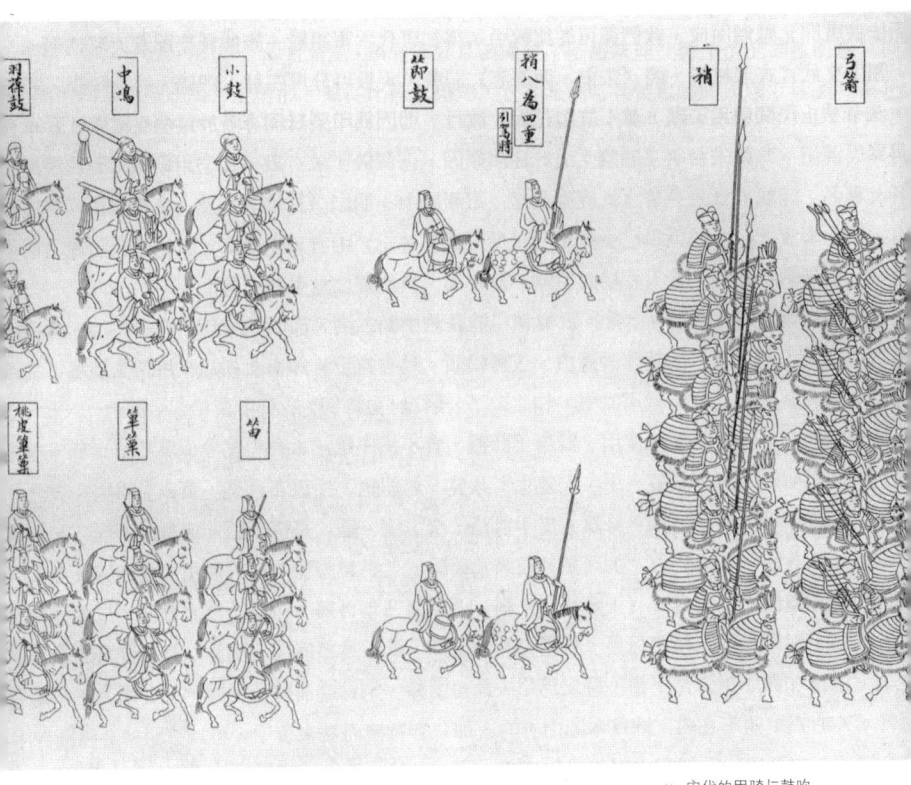

宋代的甲骑与鼓吹

∷ 宋代将军

所谓常住田就是官府认可的寺院拥有的田产，这部分田产不向政府缴纳田税，用于供养僧众。前面说到了宋神宗期间给麦积山拨付的二百顷土地就是属于常住田性质，如果加上之前的田地，数量当在不少。

屯田则是国家为了供养军队，将田地划归给军队，让军队组织人员耕种。

屯田历史悠久，西汉名将赵充国就向汉廷建议在西域屯田，后成为国家战略，此名将就是天水人。

麦积山石窟处于林区，周边没有多少亩地。而给寺院划拨的土地也不一定在寺院周围。

麦积山寺院的常住田，多数在现今的秦安县境内，在天水市西面。

金兵入侵时，大片领土失守，包括秦安县，寺院在这里的土地所有权也就自然消失。

麦积山的土地被"隔隶彼国三分之二有余"，剩下的只有"山田伍十余顷"。

但是这五十余顷的山田也很快失去了。

宋宁宗开禧年间（1205—1207年），主战派韩侂胄（tuō zhòu）被任命为宰相，力主北伐。得到陆游、辛弃疾、叶适等抗战派大臣的支持，遂调派军队，组织对金战争。

兵马未动，粮草先行，特别是粮草要做好长期抗战的准备。

如果天水前线的军队供应粮草是从汉中或成都平原运输，千里之遥、秦岭相隔、栈道艰险，谈何容易，或者是完全不现实。

就地解决是最好的方法。

此时，战乱纷纷，很多农民逃散或者在战乱中丧命，大量农田成为荒地。将这些荒芜的田地变更为军队管理的屯田，也是一种好事。

于是，政府设置屯田官，将这些田地登记整理，并安排人员耕种。

不知道什么原因，麦积山寺院的田地被屯田官登记收缴，成为了屯田。

或许是这些田地靠近前线，已经无人耕种，早已荒芜。

屯田官李寔负责田地登记工作。

对于麦积山瑞应寺来讲，祸不单行。

嘉定元年（1208年），一队忠义军人马来到了瑞应寺。

忠义军就是南宋朝廷在前线地区为了鼓励地方军民抗击金兵，鼓励地方军民组织力量抗金。凡斩杀对方一名官员，政府便授予同等的官职。

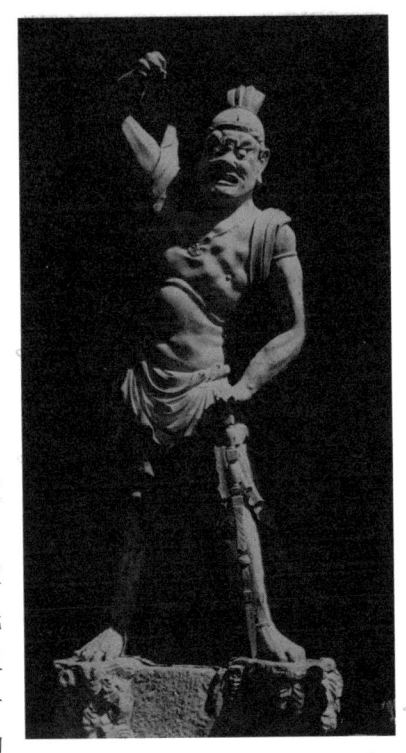

:: 4 窟力士（宋）

但是忠义军的军资、器械、粮草等完全依靠自己筹集。

所以忠义军就需要四处筹集军资。

这时的忠义军，由于没有有效的组织，整体参差不齐，有些是真正抗金，有些则可能就是聚集山林的土匪，为害地方。

嘉定元年来到麦积山的这伙忠义军的首领是李寔、强德、张钧。

李寔曾是官府的屯田官，不知为何成为了忠义军的首领，或许是政府加强对忠义军的控制而派遣的。

∷ 165窟菩萨与供养人（南宋）

而这种派遣好像没有起到作用。

可能在这名年轻的军官看来，国难之际，大敌当前，这些寺院的僧人终日诵佛念经，进不能退敌兵，退则空耗民财，对国家没有任何益处。

这并不仅是这名年轻军官个人想法，在上层士大夫阶层，也比较多地认识到"一人为僧，则一夫不耕"，寺观"不役不徭"对国家的危害，所以在宋神宗时期对寺院开始征收"助役钱"，僧人、道士等按世俗户的一半征收。

所以，在登记荒芜的田地时，李寔就将寺院五十顷田产登记在屯田册中，也许是不知道，但也许是有意为之。

现今，李寔带兵马来到麦积山瑞应寺，显然不是为了归还寺院的田产。

李寔等人毫不客气，直接表明来意，请方丈将寺院的钱物资助军饷，抗击金兵。

这种事情重遇大师闻所未闻，再者寺院钱财不多，怎能付与这些人便不语以示拒绝。

李寔也不强问，随手一挥，军士便开始在寺院里翻腾起来。

忠义军此刻就变成了土匪。

寺院仅有的财钱、粮食都被他们翻出来，并且装上了车马。不仅如此，还将寺院的铁钟和铁锅也打劫而去。

铁钟在寺院是法器，但是对忠义军而言却是铸造兵器的原材料。铁锅也是。

这两件铁器的重量是一万七百斤。

这个数据记录得很详细，估计当时应该是在钟体上标注有铁钟的重量。

根据其他钟的大小和重量，我们推测当时寺院的铁钟高度 $2.0 \sim 2.5$ 米、口径 2.0 米、壁厚 0.15 米左右。

不但将铁钟劫走，同时也将做饭的铁锅劫走，这种事可能一般的土匪也不会做，有意识将寺院僧人驱散的目的很明显。

年轻气盛，一心报国的李寔认为，将僧人驱散，或变为平民，耕种秋收，对国家也是有益的。天天念经也不能退敌兵，还不如都回家种地。

这种情况下确实也无法评判这位年轻的军官，对军队而言，也真是一腔报国热血。

粮食没有了，来年的种子也没有了，甚至吃饭的锅也没有了，正常的生活都无法维持。

重遇大师无奈,遂让寺中僧人先自行游食他方,以待重兴之日。

大师则选择留了下来,寺院必须要有僧人留驻,千年大寺不能断了香火。

重遇大师留下来还有另外一个理由,那就是为寺院的田产和抢劫要一个说法。

虽逢乱世,理还是要讲的。

于是重遇踏上了漫长的申诉之路。

重遇一纸诉状,将李寔、强德等告到宣抚司。

宣抚司是中央派驻地方抚慰军民,询问地方政务的机构。

此时的天水军归属四川节度,而四川宣抚使是安丙。

安丙是属于主战的良臣。

宣抚司受理案件后,很快查明案情,案情倒是不复杂,是非一目了然。

宣抚司相关部门下发了判决书,责令强德、李寔等赔偿麦积山瑞应寺抢劫的财物。

令人奇怪的是,这次判决并没有提将寺院的常住田划为军队屯田的事情。

这个事情可能要复杂一些。

首先,将寺院田地划为屯田,是政府部门屯田官办理的,是官方性质,按今天的话说就是法人违法。其次,前线部队的军粮保障完全依靠地方自筹,后方无法给予支持,在这种情况下,简单地将屯田退回,在处理难度上有点大。

所以暂时搁置,在判决书中并没有显示。

判决书按程序下发到了天水军,这是管理屯田和忠义军的

:: 青泥岭上古驿站

政府机构。

但是此时事情发生了一点小变化,导致判决无法彻底执行。

此时的强德已经被招安,成为正式的军官统领,并且在大散关战役中率领部队从"奇道"进兵,攻破金兵营寨,建立了军功。

那支忠义军已经不复存在,被整编或改编了。

再者,从寺院劫掠的钱粮、铁器等也都用于军队,并未据为私有。

天水军当时确实为难,接手了一个难以执行的判决。

但是上面的文书命令还是要执行,无奈之下,李寉、强德等只是象征性赔付了生铁三千斤。

这三千斤生铁也可能是天水军以官府名义自己凑的。

三千斤生铁和一万七百斤的铁钟完全不等值,将生铁铸成铁钟或其他器物还是要很多工夫。

其他抢掠而去的钱、粮、耕牛等也实在是无法落实。

这可能是天水军所做的最大努力了。

但是重遇大师显然不满意这个结果。

嘉定七年（1214年）十二月十一日，重遇再次将诉状递交到了四川安抚司。

和上一次的判决恰恰相反，这次判决没有提及忠义军劫掠之事，想必确系无法执行，但是对屯田却作出了判决。

此次判决书认为，麦积山瑞应寺的田产系前朝神宗所赐，是寺院的常住田，不应该划为屯田，应该归还给寺院。

嘉定八年（1215年）三月二十四日，宣抚使将判决公据给重遇大师，同时文书也下达到天水军屯田官。

但是执行的难度却更大了。

此时的屯田官是何茂。

五十顷的土地对屯田官来讲不是个小数目，怎可轻易划拨。

∷ 汉中石门栈道（摄图网）

何茂自有办法,也会向上级申诉,但是他的上级却不是宣抚使,而是制置使。

在南宋的官制中,宣抚使和制置使官级大略相同,同为省级机构,但宣抚使主管民政,而制置使负责军事。

屯田机构中不乏善写文章的文吏,同样的诉状递交到了四川制置使司。

这种事务制置使司不可能亲自派人到天水审理,就委托成州(现成县,靠近天水)官员审理查明。

:: 麦积山宋代菩萨头像

军事机构下发的文件,自然由军事部门来执行。

而屯田官自然也是属于军事部门。

这就是宗教部门状告军事部门,然后由军事部门审理,结果可想而知。

虽然同一个系统,屯田官何茂有着更多的优势,但还是需要打点一下。

用两挺文银来解决。

宋代十两一挺,二十两银子在宋代高薪养廉的情况下,确实不是一个大数目。大致相当于一个县令一个月工资的三分之一,也就是稍微好一点的一顿饭钱。

但无论如何,屯田官将寺院的田地明确地判决为屯田,并上报制置使司。

重遇手里拿着宣抚使司的判决欲哭无泪。

而宣抚使司也不可能为了区区五十顷土地和制置使司翻脸。

在大敌当前的情况下，一切服务于战争，除了行贿的二十两银子外，判决也是有理由的。

因为在稍早前，四川制置使司安丙派遣安蕃、何九龄等夜袭秦州，大败而归。沔州都统王大才以兵败的名义将何九龄等七人斩首，并且将首级悬挂在城池上。安丙痛失爱将，怒将王大才告于朝廷，但不了了之。

总之，四川制置使司对于天水战事是一脑子火，时刻备战。像五十顷土地这样鸡毛蒜皮的小事，基层部门一判就行了，制置使司不会太上心。

重遇再向宣抚使告状已经没有意义，而向制置使司告状则根本没有赢的可能。

只有向更高的部门申诉。

此次，重遇将诉状递交到了户部。

户部主管全国人口、钱粮，这是重遇能想到的最高部门了。

从天水到临安，不知道重遇大师是怎样跨越陇山蜀水，不知道是独自乞行还是和商旅结伴。

艰辛异常是肯定的；跋涉之苦也只有重遇大师自己知道。是为了一个即将荒废的寺院，还是为了延续千年的香火，还是为了当年遣散寺僧时给他们的一个许诺，还是为了心中虔诚的信仰。

应该都有。

户部倒也是一个讲理的地方。

户部官员看过了诉状，也看了两次的判决，认为田地应该归还给寺院,于嘉定十年(1217年)八月十五日下达判决文书,准令于嘉定十一年(1218年)十月二十二日前完成划拨,并给寺院颁发田地证明(公据)。

有点奇怪的是判决文书判决一年后执行。

其实也不奇怪,这是户部官员根据具体情况作出的合理化、人性化判决。

天水是冬小麦种植区。

冬小麦的种植是从前一年的公历9月下旬开始。

宋代使用的历法是阴历,现在使用的公历约推后一个月时间。

所以,八月十五日下达判决,等判决文书到天水时,也已经是十月以后的事情了。

∷ 秦岭(摄图网)

:: 重遇题写"太平"(下)和书写发愿文的位置(上)　　:: 4窟上方屋脊位置的"太平"

当地的冬小麦种植都已经完成。

毕竟这不是十万军情火急,不需要日行八百里的快递文书。

如果当年就判定田地归还,种植者将无法收获,寺院也就不劳而获,新的矛盾就会出现。

推后一年,就避免了各种矛盾。

我们可以想象,当时户部审理此案的官员是何等细心,何等察观秋毫。

可惜,他没有留下名字。

次年十月,重遇大师拿着户部的公据文书到天水军要求交割。

天水军也早已收到文书,将具体工作安排到天水县。天水县派出一名县尉和屯田官进行协商。

这名县尉姓雷,而屯田官是雷安礼。两人是亲兄弟!

按现在的调皮话,重遇大师要是知道这个内情肯定要哭晕在寺庙里。

这个事情的波折已经不能用一个波折来形容了。

果然，事情相互推脱，没有按时交割。

枉费了那名户部官员的细心判决。

当时（嘉定十二年），四川制置使司董居宜兵马安排失度，将心不合，宋军溃败，金兵趁机从大散关南下，攻破汉中地区，占领宁强，危及成都。

这种五十顷土地的小事自然就搁置下来。

嘉定十二年九月，时任四川宣抚使安丙在击退金兵，稳定了四川形势之后，联合西夏发动"秦州、巩州战役"，但是战役不利，没有达到预计效果。

重遇大师永不服输，永不停步。

嘉定十三年正月，当战事稍平，重遇大师又踏上了申诉道路。这次将诉状递交到随军转运司。

为了确保能够收回土地，重遇大师还是想了一点办法："赴随军转运司，助献军粮二百五十石。"

随军转运司是为军队置办军需的临时性派出机构。

明眼人马上就能明白"助献军粮"的含义。但可以理解，毕竟重遇大师没有走向个人行贿的路子。

这次不需要再行判决，只是审请执行，所以就很痛快，加上助献军粮的作用，随军转运使二月初四就发布文书，要求四月十二日前完成划拨。

此次总算是划拨到位，但是划拨到位也引来了很多的麻烦。

这个时候，原来自行组织反抗金兵的"忠义军"改称了"忠勇军"。其基本的粮秣供给等由政府提供，政府则是从当地农民土地中提取税收为忠勇军提供后勤保障。

在这种情况下，寺院的土地也不能例外，需要向相关机构缴纳粮税。当时规定的标准是：每名税户缴纳三石六斗粮食，或是直接缴纳等值的货币。

寺院的僧众和佃户在这种情况下都被列为国家税户，瑞应寺应缴纳的税额是二百贯。无奈，重遇大师从常平仓借了部分钱额缴纳。

除此之外，官府还以为忠勇军购买军器衣家以及忠勇军家属的粮食等名义向税户征税，寺院需要负担一百二十贯。这一项在正税之外，显然是属于苛捐杂税性质。

拨付来的田地尚没有到收获的季节，所以寺院实在无力支付这些钱粮。这就又给屯田官发难的借口。

此时的屯田官是母丘宣干，"母丘"是姓，"宣干"是名，这是一个很少见的姓氏。祖姓源自山西省平阳县一带。

母丘宣干是来者不善，直接就以寺院未按时缴纳税赋为由派官差又要收回土地。

这个事件太富有故事性了，重遇大师经过了十余年的奔波，终于将土地收归寺院。但是还没有划拨几天，就又要收回。

我们可以想见当时重遇大师心中绝望的心情，仰天无泪！换做是其他人可能就崩溃或者是放弃了。

但是重遇大师有着超乎常人的坚韧。

无奈，重遇大师再次踏上奔波的路途。他首先拿上土地拨付的各种公文面呈母丘宣干。但是此位屯田官就是不认账，强行将刚刚拨付寺院的土地交付给韩甫、史全等人。

土地刚刚到手，在交付了二百贯的税额后又被收走，谁也经不起这样的折腾和折磨。

其中内由是韩甫、史全等人为了占有寺院的土地买通了屯田官手下的官吏杨均魏，就不问皂白、无视判决，将土地强行收回。

对重遇大师而言，此时所有的努力都付诸东流，一切都回归原点，申诉还需要从头做起。

很多人如果遇到这种境况，可能会长叹一声就放弃申诉，毕竟，人生渺小，不可与时运争锋；乱世之人，留得性命已经万幸，就不为田亩奔波了。

但是重遇大师却将辛酸和无奈压在心中，一定要把这个事情弄得清清白白，他再次踏上了奔波的道路。

穿越时光，我们似乎能体会到大师坚毅的目光和坚定的步伐。

巴山蜀水之间，一名老年僧人无数次地来往，一路上的驿站、农舍、茅屋、寺观，甚至树下岩洞等都是大师临时栖身之所。风餐露宿、披星戴月。

重遇大师再次来到成都，再次来到置制使司。

重遇大师自己也不知道这是第几次来到这个衙门了。

重遇大师再次将诉状递交到置制使司。

不知道这种案件在当时是不是一个普遍现象，是一个典型的执行难的案件。

置制使司此次对案件进行了整体的梳理，首先派员查实了案件过程中受贿的各级官员，并且按照规定查办。

为了让这个折腾了十几年的案件早点结束，置制使司将案件梳理清楚后，派出人员直接到秦州落实土地的移交工作。

此次，终于尘埃落定，土地顺利地移交给了寺院。

为了铭记此事，重遇大师让人将土地案件的前因后果等都书写下来，同时和案件的判决一起刻碑记事。

案件最后判决的时间是嘉定十五年（1222年）三月，距离嘉定元年，已经过去十五年了。

寺院有固定的土地，寺院的基本活动就得以展开，在信徒的支持下，对石窟上一些残破的塑像进行了大规模重修。

南宋宝庆三年（1227年），重遇大师组织重修散花楼（第四窟），此次重修历时两年，至绍定元年（1228年）八月才完工。

在四窟的最上方，有一道北周开凿洞窟时同步开凿的横向平面，其最初的功能可能是用于书写类似标语的佛经文字。风雨剥蚀，最初的文字都已经消失了。

在重修第四窟时，工程的脚手架搭设到了四窟上方最高位置，工匠用灰泥抹平了一块崖面，请重遇大师在这个位置将此次重修的因缘、供养等内容书写在这里。

从内容可以看出，供养人主要来自附近的东柯谷，也就是当年杜甫住的地方。

在屋脊位置，原本有一块类似匾额的方框，最初可能是题写寺名或建筑名称。重遇也让工匠在这里用灰泥题写了两个字——"太平"。

太平，可能是处于乱世的人们最主要的希望。

但愿此后能刀光剑影暗淡，鼓角争鸣远去！

◇ 知识链接

赵充国

赵充国（前137—前52年），字翁孙，汉族，为陇西上邽（今甘肃天水）人，西汉著名将领。

赵充国为人有勇略。汉武帝时,随贰师将军李广利出击匈奴,率七百壮士突围,被拜为中郎,历任车骑将军长史、大将军都尉、中郎将、水衡都尉、后将军等职。他率军击败武都氐族叛乱,并出击匈奴,俘虏西祁王。汉昭帝死后,与霍光等拥立汉宣帝,封营平侯。累官蒲类将军、后将军、少府。神爵元年(前61年),计定羌人叛乱,向武帝上《屯田策》,并开展屯田。

甘露二年(前52年),赵充国去世,年八十六。谥号"壮"。为"麒麟阁十一功臣"之一。

天水市清水县李崖村有赵充国的衣冠冢。

大散关

大散关为周朝散国之关隘,故称散关。位于宝鸡市南郊秦岭北麓,自古为"川陕咽喉",历史上曾发生过七十多次战役。楚汉相争时刘邦"明修栈道,暗度陈仓"就从这里经过;三国时期诸葛亮也多从这条道路出兵。

大散关最著名的一首诗是南宋著名诗人陆游《书愤》其一:"早岁那知世事艰,中垢北望气如山。楼船夜雪瓜洲渡,铁马秋风大散关。塞上长城空自许,镜中衰鬓已先斑。出师一表真名世,千载谁堪伯仲间。"

常平仓

中国古代政府为调节粮价,储粮备荒以供应官需民食而设置的粮仓。主要是运用价值规律来调剂粮食供应,充分发挥稳定粮食的市场价值的作用。在市场粮价低的时候,适当提高粮价大量收购,在市场粮价高的时候,适当降低价格出售。这一措施,既避免了"谷贱伤农",又防止了"谷贵伤民"。

宋代很重视常平仓的建设,王安石变法时对常平仓制度进行了调整,此时的常平仓担负了民间借贷的功能。

秦、巩战役

嘉定十二年(1219年)四月,安丙再次出任四川宣抚使,次年(1220年)正月,西夏致书信四川宣抚使,约定联合攻金。八月安丙回信同意夹攻。九月,西夏攻击巩州(甘肃陇西县),南宋各路军队都积极出兵配合。从天水、徽县、大散关、子午谷、宕昌等地发兵攻击金朝在陇右地区的军队。

但是在取得一些小的胜利之外,整体上并没有达到预计的效果。西夏在攻击巩州不克后,引兵退师。南宋将领邀请一起攻打秦州,西夏没有同意。

此次战役,是继"开禧北伐"之后一次比较大的战役,但是无功而返,安丙也因此被免去四川宣抚使。

经藏
JINGZANG

麦积山东崖大佛

南宋，绍兴十三年（1043年），麦积山石窟的东崖大佛正在准备重修。工匠们伐取了大量的木材，正准备从山脚下的地面树立起高大的脚手架施工。

东崖大佛下端距离地面不足10米，完全可以借助地面来树立脚手架，而不是凭空架设栈道。从地面树立的脚手架在稳固性和施工难度等方面要小得多。

此次工程的具体组织者是寺院的方丈，没有资料能够显示他的姓名，但是施工的具体组织者的姓名确留了下来——高振同。

一位来自附近甘谷县的塑匠。

搭设脚手架是个浩大的工程。

东崖大佛现在编号13号，高17米、宽约18米。摩崖高浮雕石胎泥塑一佛二菩萨像，是麦积山石窟最大的造像。

西北地区的岩石，由于地质结构的原因，岩石都是属于红砂岩系列，这种岩石颗粒粗糙，并且很不均匀，没有办法对造像精雕细刻，所以在雕刻大型佛像时，都是采用"石胎泥塑"的方法。

顾名思义，"石胎泥塑"就是塑像的内部结构是依靠山体开凿的内胎，这个内胎只雕刻佛像的大体轮廓，而表层的细致性塑造则采用泥塑的方法。

而小型的泥塑一般都是采用"木骨泥塑"的方法，在搭制好的木架上覆泥。

在石胎的表面敷设泥层也不是一个简单的事情，因为依据轮廓的形态不同，在石胎表面敷设泥层的厚度也会不同，一般是在10厘米左右，厚度大的位置可能会在20～30厘米。

泥层的自身重量很大,如果不和山体的石胎密切结合,就会因自身重力而脱落下来。简单地贴在石胎上显然不行。

因地制宜,各个地方的工匠都有自己的办法。

在阿富汗巴米扬大佛,我们也能看到这种工艺,工匠们是在石胎上开凿一下小桩孔,直径6厘米左右,然后把小木桩紧密地钉在桩孔中,木桩外露一定的长度,根据泥层的厚度一般是在5～10厘米左右。然后将粗细适当的麻绳在各个小木桩上纵横缠绕固定,这些麻绳和木桩就成为了敷设泥层内部的骨架和牵挂,来分担泥层的自重力和加强泥层之间的联结性。

麦积山石窟的方法和阿富汗的类似。

同样也是在石胎上开凿小桩孔,把木桩钉进桩孔,但是小木桩不露头或者是少露头,在钉木桩的同时把长麻丝一同挤进桩孔里面,麻丝外露30厘米左右;在敷设泥层的时候,首先在崖壁上敷设一层薄泥,再把麻丝压进泥层一部分。如此,把麻丝和泥层分多层、多方向(以木桩为中心)结合起来,这样就会起到牢固的拉结作用,保证泥层和石胎之间的牢固性。

这是一种简单而且实用的工艺,在麦积山开凿初期的洞窟中就普遍使用,南宋重修时自然也会继承性地使用。

1127年,靖康之变,宋徽宗、宋钦宗被金国所俘,北宋灭亡。赵构在南京应天府(今河南商丘)继承皇位,后迁都临安,史称南宋。

北方山河归于金朝。

天水,向南穿越秦岭,就可以到达陕西汉中、四川盆地;向东,翻越陇山,就可以到达关中平原,在军事地理上极为重要。在三国、十六国、五代十国等王朝割据时期,各个政权对天水的争夺都非常激烈。

秦岭和陇山都是四川盆地和中原腹地天然军事屏障。放弃了天水,就是放弃了这两道天然的屏障,南宋王朝则无险可守,所以南宋政权是绝对不能放弃天水。

宋王朝和天水有割不断的关系!

天水是宋皇室(赵姓)的祖姓所在地。

赵匡胤的父亲赵弘殷曾在五代后唐时期跟随庄宗一起作战,"宣祖(宋朝立国后被封为宣祖)少骁勇,善骑射……累官检校司徒、天水县男,与太祖分典禁兵,一时荣之"。

由于"天水县男"这个封号,宋王室就将自己的赵姓祖源认定到了天水。

所以,宋王朝如果失去了天水,在政治脸面上也是不好看,所以必须坚守天水。

而金朝也封被掳去的宋徽宗赵佶为天水郡王,封宋钦宗赵桓为天水郡公。

金朝此举是为了缓和两国关系,但对宋王室而言,这应该是一种耻辱。

南宋时期,宋金之间曾三次议和,分别是绍兴议和(绍兴十二年,1142年)、隆兴二年(1164年)议和,嘉定元年(1208年)议和。每次议和,在疆界划分上,两国都是以"秦州之半"为划定依据。即靠近东南侧秦岭和陇山区域的归属南宋,而北方区域归属金朝。

这就出现了在《宋史》《金史》中两个各有天水、各有官员镇守的局面。

天水再次被推到了战争的前沿位置。

各个时期的战乱对麦积山石窟都有直接或间接的影响。

∷ 甘谷大像山大佛

隋开皇元年（600年）和唐开元二十二年（734年），秦州发生了两次大规模的地震，其中唐开元二十二年（734年）地震震中位于礼县盐官镇附近，烈度为八度，具体麦积山石窟的直线距离仅仅四十余公里，造成麦积山石窟山体大面积坍塌。

东崖最上方位置的第四窟（北周时期开凿的散花楼）由于开凿的空间面积太大，也就在地震中塌毁。因东崖大佛紧邻该窟，所以也受到了影响。

这一残破就是数百年。

唐代，有地震、吐蕃入侵等原因，但是北宋时期为什么没有修复？这是一个很有意思的疑问。

南宋初期，也是战乱频频，对这些确实是无暇顾及。

绍兴十二年，宋金议和，双方在这个阶段维持了阶段性的和平。

残破的大佛被列上了修复日程，毕竟，让这样一尊大佛面相残破，在风雨中飘摇，对麦积山僧团的形象是有影响的。

麦积山的僧团从邻近的甘谷县请来一个塑匠高手——高振同。

甘谷县有盛唐时期开凿的大像山石窟，石胎泥塑的坐佛高23.3米，高大伟岸，站在整个甘谷谷地的渭河平原都能看见。

根据碑记记载，北宋嘉祐三年（1058年）对这个大佛进行了大规模的重修。其佛像的规模比麦积山石窟要大得多。

当时的工匠系统之间都是有师徒之间的传承，高振同师门中应该有前辈师傅参加了此次重修活动。

此次修复最大的困难是佛头。

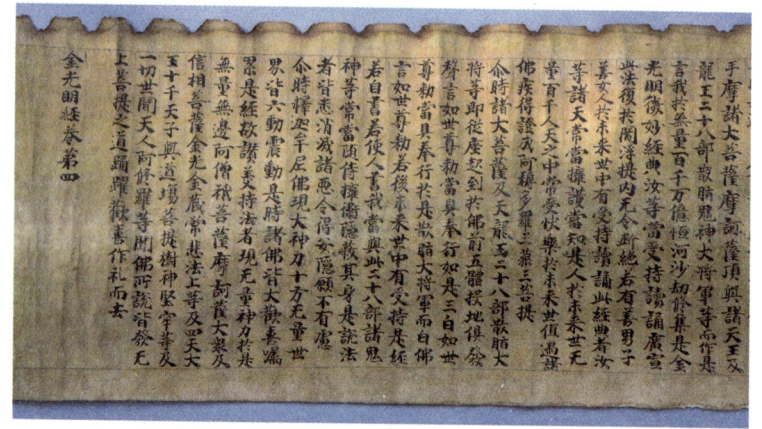
:: 东崖大佛头部出土的《金光明经》

由于崖面坍塌，佛头位置原有的石胎被全部剥离，所以巨大的佛头只好全部用泥塑来完成。

造像的面部前凸有 1.5 米左右，内部如何固定骨架是个难题。

高振同从栈道的基本方法中获得了灵感——首先在崖壁上开凿出类似栈道桩孔的孔洞，将长短合适的木梁塞进桩孔作为佛头的主要受力骨架，再用小的木架相互支撑，作为泥层受力支撑。

装藏，也称为"装脏"，是在制作佛像时将带有象征性的物品放置在佛像内部，这种做法具体从什么时间开始目前没有资料证明。一般来讲，初期阶段的装藏都比较简单，而到了明清时期，装藏的内容就更为丰富，仪式等也更为复杂。

但是在宋代，好像还没有固定性地形成装藏的"概念"，目前只是零星地发现了一些装藏资料。

在佛头被上泥之前,寺院的住持方丈看到大佛头部的桩孔,心里想应该放些什么物品在佛头的内部。

佛经——是方丈大师最先想到的,这样可以使佛像更具庄严性,更具威仪,寺院的僧众每天也是对佛经进行礼拜供奉,和供佛一理。

可是,放置什么佛经,哪一部佛经!方丈大师想到了《金光明经》。

在宋代,鸠摩罗什所译《仁王般若波罗蜜经》、昙无谶所译《金光明经》、鸠摩罗什所译《妙法莲华经》这三部经典被称为镇卫国家、繁荣社会之护国三部经。其中《金光明经》中有:"世尊。我等四王。复当勤心拥护是王及国人民。为除衰患令得安隐。世尊。若有比丘比丘尼优婆塞优婆夷受持是经。若诸人王有能供给施其所安。我等四王。亦当令是王及国人民一切

:: 东崖大佛白毫相位置出土的宋代瓷碗

安隐具足无患。我等时时得闻如是微妙经典。闻已即得增益身力。心进勇锐具诸威德。是故我等及无量鬼神。常当隐形随其妙典所流布处。而作拥护令无留难。亦当护念听是经典诸国王等及其人民。除其患难悉令安隐。他方怨贼亦使退散。若有人王听是经时。邻国怨敌兴如是念。当具四兵坏彼国土。世尊。以是经典威神力故。尔时邻敌更有异怨为作留难。于其境界起诸衰恼灾异疫病。尔时怨敌起如是等诸恶事已。备具四兵。发向是国规往讨罚我等尔时。当与眷属无量无边百千鬼神。隐蔽其形为作护助。令彼怨敌自然退散。起诸怖慄种种留难。彼国兵众尚不能到。况复当能有所破坏。"

∷ 东崖大佛旧貌（1956年拍摄）

这里的"我等四王。亦当令是王及国人民一切安隐具足无患……若有人王听是经时。邻国怨敌兴如是念。当具四兵坏彼国土。世尊。以是经典威神力故。尔时邻敌更有异怨为作留难。于其境界起诸衰恼灾异疫病。尔时怨敌起如是等诸恶事已。备具四兵。发向是国规往讨罚我等尔时。当与眷属无量无边百千鬼神。隐蔽其形为作护助。令彼怨敌自然退散"正是在战乱时期，在苦难中挣扎的百姓或佛教信徒所期盼和希冀的。

《金光明经》可能是当时寺院中僧人们念诵的最主要经典。

方丈大师将一套《金光明经》交给高振同，吩咐他放置在佛头部崖壁上开凿的桩孔中。

高振同长年塑造佛像，知道在塑造过程中，僧众会有一些庄严的仪式等，但是在塑像内部放置佛经，他还是头一次经历。

方丈也将寺中的僧众组织起来，气氛庄严、佛号声声。

在庄严的佛号中，高振同登上了高高的脚手架，来到最高位置的佛头处，在僧众的注视下将佛经放置在佛头中央位置的孔洞里。

之后，用黄泥将佛经封置起来，成为佛像的一部分。

从此，礼佛就等于礼经，经中有佛，佛中有经，佛、经合一。

这可能是方丈大师最简单的想法。当然，战乱之世，方丈也是希望《金光明经》这个护国经典能给信徒、给天水带来和平与安详。

但是在战乱之中，这些都是美好的愿望。

工程因为资金等原因，干干停停！

绍兴二十七年（1157年），工程即将完工，就剩下大佛脸面的一些细致部分需要再修整一下。

此时距离工程开工已经过去了十余年。

白毫，是佛像的主要特点之一，就是释迦牟尼佛双

:: 东崖大佛头部残破（拍摄于1979年）

眉之间有一个呈旋涡状的白色毫发，但是在一般的造像活动中，这个位置都是以一个圆形的小圆窝的形式表现的，也有个别是镶嵌的宝石或者是微微凸起的造型。

在东崖大佛这个位置，高振同还是采用了通常的做法，在这个位置采用圆窝的造型。

站在佛头面前，他也突然想起自己应该在这里留下些什么，自己从绍兴十三年开始，到绍兴二十七年，和这尊大佛已经结缘十四年的时间。

在来来往往的信徒、官员中，有些人会采用题刻或墨书的方式将自己的姓名和游览时间题写在洞窟壁面上，在洞窟上处处可见。

自己是否也需要将自己的姓名留写在这个大佛位置。

但是大佛已经完工，题写在佛像身上的任何位置都是不恭敬的，也是自己不愿意看到的。

他抬头看见了圆圆的白毫像，不深不浅，好像是一个平常用的瓷碗。

想到这里，他突然产生了灵感。

他走下山来，寻到一个干净的大瓷碗，就是日常使用的瓷碗，再寻来笔墨，在碗的背面写上了：秦州甘谷

∷ 西崖大佛

:: 西崖大佛

城塑匠高振同,是绍兴二十七年八月二十五日,高振同。

他将自己的名字书写了两遍!可见其留名的迫切。

待墨迹干透以后,他独自一个把这个瓷碗放置在了佛白毫像位置,用塑泥将碗和周边严密粘接在一起,靠碗下部书写有墨迹的地方,他特意地留下了空间,没有将塑泥和字迹粘接在一起。

大佛的脚手架拆除后,谁也不知道这个秘密!高振同也消失在了茫茫的人群之中。

风雨沧桑,东崖大佛在之后的历史中再经历沧桑,不知道

:: 敦煌莫高窟藏经洞中的绢画－引路菩萨

什么时候,大佛右侧脸面部分破损,曾经庄严的大佛仅存左侧半个脸面。

庄严无存、威仪不再!

1982年,麦积山石窟艺术研究所利用当时加固工程的脚手架修复东崖大佛,最重要的还是脸面位置的修复补全。

经过风雨沧桑,原本稳固的白瓷碗已经有点松动了。当修复人员来到大佛面前时,惊异地看到白毫像位置镶嵌着一个白瓷碗,经请示上级部门,将这个碗妥善地取了下来。

白瓷碗基本完整,高5.4厘米、口径16.4厘米、底径6.4厘米。敞口、浅腹、圈足。通体施白釉,胎质细密,色泽温润。

后经鉴定,该瓷碗属于定窑。

谁也没有想到的是,在碗的背面竟然有文字题记,并且是有具体的年号甚至是日月,这对于判定大佛的重修年代起着重要的作用。

可以想见,当时的工作人员看到这个瓷碗后惊喜异常的心情。

此时,距离高振同书写这个瓷碗的时候已经过去了八百二十五年,经过了多少岁月沧桑和日月轮替。

也许高振同书写的时候并没有指望什么时候有人能发现这个瓷碗，毕竟这是一个小概率事件，他可能仅仅是表达一下自己留名的心情，或者是说，他是写给佛的，也是一种供养。

瓷碗出土了，但是佛经还隐埋在厚厚的泥层中，谁也不知道它的存在。

这个时候修复面临的问题和南宋时期高振同面临的问题一样，就是修复佛脸时如何固定厚重的泥层。

南宋绍兴年间重修大佛使用的木骨架已经松动、破坏等，不可能再担负新的泥层重量。

为了加固岩体，当时麦积山加固工程使用的基本技术就是锚杆。就是用钻机在崖壁上打孔，然后将钢筋用高强度水泥固定在崖体内部，用以固定松动的表面岩石。

钢筋锚杆可以固定岩石，固定泥层当然可行。

当时的修复方案是在脸面破损的地方打孔并固定锚杆，在锚杆上再固定木质架子以及麻丝等，锚杆完全可以担负泥层的重量。

方案确定并报请审批后，修复工作正式实施。

修复人员请工程队的钻机在佛脸面破损位置打孔，钻机轰鸣着在破损的泥层上向崖体钻进。

一切都没有异样。

当钻杆钻进到设计深度，就将钻杆回抽。

回抽时，大量的是土壤和岩石的碎屑，但是靠近的一个工作人员却发现，在这些碎屑中好像还有别的东西。于是就让钻机停下详细查看钻杆带出的碎屑。

一些碎纸片出现在这些混合的碎屑中！

这又是一个惊异的发现，说明泥层内部还有纸质类的物品，于是停止了钻进，将破损的泥层一块一块地剥离下来。

最后到崖壁位置，一些散乱的桩孔出现在面前，这些桩孔最初是用于安插木桩使用的。

在一个桩孔中，一个卷轴经呈现在大家面前。

这或许比在白毫像中发现白瓷碗更让人激动！

工作人员将佛经妥善取出，在文物库房中妥善处理。

这卷佛经总长740厘米，卷高25厘米，卷首有"金光明经卷第四"字样，经专家鉴定，是为唐代的写本，后被认定为国家一级文物。

非常幸运的是，当时钻机钻进时，仅仅是从经卷上部外边缘擦边而过，没有对佛经造成大的破坏。这是万幸中的万幸！

无独有偶，在西崖大佛修复时，也是在佛像内部发现了一件奇特的文物。

西崖大佛最初开凿于北魏早期，从现存的艺术风格判断，北宋时期对大佛重修过。

考古学者不是每次都那么幸运，从修复中能得到具体的历史信息。

由于大佛厚重的泥层和崖体之间产生了脱落，也是需要采用锚杆的方法将泥层拉回到崖体上。

由于大佛表面完整，不能直接使用钻机。

技术人员需要在佛像泥层表面用手术刀切割出多个"十"字形的开口，将表层的泥质轻轻取下来。计划在开口位置钻孔，最后再用取下的表层泥皮原位置回贴，以保障外观的完整性。

当取开胸部厚度约两厘米的泥层后，发现内部排列有多个古代的方孔钱币。原本以为是古人出于供养而放置的，取出即可，但是没有想到这些钱币都是由麻线串接在一起的。

显然这不是一枚，而是多枚串在一起的。既然如此，技术人员就借助胸部的原有泥层裂缝，将整片的泥层都揭下来。

全部的钱币呈现在人们面前！

将这些钱币妥善取下，在文物库房中清理。

原貌逐渐呈现！

工作人员惊异地发现，这些钱币一共由两百九十二枚汉、唐、宋等不同时期的钱币用麻绳串联而成，其中以宋钱居多。整体是一个幡的形状，长123厘米，宽28厘米。自上而下分别扎束呈等腰三角形、长方形、菱形、圆形、方形和六边形等几何图案，十分精美，较为罕见。

幡在佛教活动中是一个重要的象征物，一般来讲，如果信徒生前多做善事，多修功德，当去世的时候，阿弥陀佛就会派出大菩萨持幡来引导灵魂去往西方净土。

在敦煌藏经洞窟中，就发现有多个这种形式的绘画。

所以，以此推论，宋代的信徒将这尊大佛的身分视为了西方净土的阿弥陀佛。

在麦积山石窟的这两尊大佛上，北宋和南宋时期的信徒出于不同的目的，在泥胎内部埋下了三件物品，代表着不同的希望和信仰。我们通过这些历史文物，就可以更好地理解那个时代人物的悲苦和欢乐。

◇ 知识链接

巴米扬大佛

巴米扬大佛位于阿富汗巴米扬省巴米扬市境内,深藏在阿富汗巴米扬山谷的巴米扬石窟中,被联合国教科文组织列为世界文化遗产。

巴米扬石窟群中有东西两座大佛,西大佛凿于5世纪,高53米;一尊东大佛凿于1世纪,高37米。中国晋代高僧法显和唐代玄奘都曾到过此处。

玄奘约在630年时曾经到过巴米扬,在其所著的《大唐西域记》说道:"伽蓝(佛寺)数十所,僧徒数千人……王城东北山阿有立佛石像,高百四五十尺,金色晃曜,宝饰焕烂(西大佛)……(东面有)释迦佛立像高百余尺。"

2001年3月,塔利班组织对大佛进行了破坏。

绍兴议和

绍兴十年(1140年),宋军在反击金军的入侵中取得了多次战斗的胜利。宋高宗赵构与宰相秦桧唯恐有碍对金议和,下令各路宋军从河南、淮北等地撤回,以取悦金人。

金兵继续深入淮南,在宋军取得了一些阶段性胜利后,将韩世忠、张俊、岳飞等召赴临安府(今浙江杭州),分别任命为枢密使和枢密副使,实际上解除了兵权,随后制造岳飞冤狱,目的就是打击抗金派,为议和提供条件。

绍兴十一年十月,派魏良臣为禀议使赴金。双方最后达成和约:①宋向金称臣,"世世子孙,谨守臣节",金册封宋康王赵构为皇帝。②划定疆界,东以淮河中流为界,西以大散关（陕西宝鸡西南）为界，以南属宋，以北属金。宋割唐（今河南唐河）、邓（今河南邓县）二州及商（今陕西商县）、秦（今甘肃天水）二州之大半予金。③宋每年向金纳贡银、绢各二十五万两、匹，自绍兴十二年开始，每年春季搬送至泗州交纳。

鸠摩罗什

鸠摩罗什（344—413年）祖籍天竺，出生于西域龟兹国（今新疆库车），家世显赫，七岁跟随母亲一同出家，曾游学天竺诸国。博闻强记，既通梵语，又娴汉文，佛学造诣极深。博通大乘小乘。精通经藏、律藏、论藏三藏，与玄奘、不空、真谛并称中国佛教四大译经家。

东晋太元八年（384年），后凉太祖吕光取西域高僧鸠摩罗什到达甘肃凉州，鸠摩罗什在甘肃凉州待一十七年弘扬佛法，学习汉文。后秦弘始三年（401年）入长安，后秦主姚兴以国师之礼对待，为之建立逍遥园，在此建立译场，翻译多部经典。

在鸠摩罗什主持之下，译经场中有译主、度语、证梵本、笔受、润文、证义、校刊等传译程序，分工精细，制度健全，集体合作。

麦积山加固工程

天水处于地震带上，历史上有多次地震。由于山体表面开凿了大量的洞窟，在地震破坏下，许多洞窟坍塌，崖面上危岩密布，随时有坍塌危险。

1972年6月，麦积山加固工程在国家文物局立项，工程设计方案逐步在实践中调整，最终确定的工程方案为"喷锚粘托"。其中"锚"是最主要的技术手段，就是利用钢筋锚杆把表面的危岩固定在山体内部的基岩上，最大锚杆钻进深度为15米。

该工程于1977年正式开展施工，1984年完工，历时八年。1986年，该工程获得国家科技进步三等奖，是石窟加固的成功范例。

时耗费资金三百万。

暮色
MUSE

:: 王子云 1943 年拍摄麦积山

明代后期,一次无意的雷击击中麦积山石窟西崖的栈道,引起了火灾,栈道在此次火灾中被大部分焚毁。

此次火灾的具体时间不知,但是此次火灾却标志着麦积山石窟走向衰落。

按常理,火灾不可能将栈道全部焚毁。但是火灾之后,寺院再没有能力维修栈道,剩下的栈道也就逐渐在风雨中残破,最终全部坍塌。

至此,西崖的栈道再也没有被修复过,往来的信徒都只能是望山兴叹。

这样的场景,一直延续到1952年10月。西北文化部勘察团才在数百年后再次搭起了栈道。

其实,在明代前期,麦积山的香火也算是鼎盛。我们在洞窟中看到的诸多重绘的色彩,多数都是明代的,诸多的重绘题记可以证明这一点。

另外,麦积山石窟艺术研究所保存了很多明代的佛经,也说明这个时期佛事活动很盛,有很多的僧人在寺中修行。

一场火成为了转折点。

寺院盛景不复以往。

其实麦积山石窟的衰落和意外的火灾确实是有些"天命"之说,但寺院衰落自然有相应的历史背景。

明朝末年,政局腐败,明朝内忧外困,飘飘欲坠。

为了维持政权,明朝进一步加强了横征暴敛,民众负担更一步加重。民众起义在各地风起云涌,天水也是如此。

麦积山的衰落就是在这种背景下产生。

陇山苍茫,麦积山也就被笼罩在苍茫的暮色之中。

破败的寺院前,山门紧闭。

数名麦积山周边的乡村小吏气势汹汹,来到山门之前,咣咣咣,直接用拳头擂起山门,大声呼喊寺僧开门。

寺院内荒草萋萋,鼠窜鸟飞。

几名寺僧噤若寒蝉地呆在僧房里,僧门紧闭。甚至灶间的炉火也熄灭了,努力给外人一种寺中无人、僧人逃散的景象。

寺僧面带菜色,衣衫褴褛,相顾无言,又是轻轻的一声无奈的长叹。

:: 麦积山石窟藏明代佛经

外面的乡村小吏远去后,山林空寂,寺僧才将炉火点开,匆匆忙忙吃了点饭,又将烟火熄灭。

次日,几名僧人向方丈能信大师拜别,背负着简陋的行囊,离寺而去。

方丈能信望着远去的背影,心中充满了惆怅,又赶紧关闭了寺门,因为不知道乡村小吏什么时间会来。

一个煌煌的秦州大寺竟然到如此地步,令人悲叹!

寺僧惶惶如乞丐。

这些乡村小吏是来催收粮税的!

各个地方的寺院按照惯例都有一定数量的常住田或者是香火田,这些田地一般都是政府拨化和信众捐献,这些田地的收入除了维持僧人基本生活外,主要用于香火供养,如寺庙建设、塑造佛像等。

麦积山石窟也是如此,曾经和皇家结缘,如乙弗氏、隋文帝建塔、李允信开窟、宋神宗、宋徽宗等,其中宋神宗时期因高僧法秀的原因,给麦积山赐田地二百顷,也是个不小的数目。

明代前期,麦积山寺院有田地三百二十余亩,应该能满足寺院的日常活动。

正常情况下寺院对这些土地是有完全的控制权,能从田地中收到地租。

但随着社会乱局纷生,寺院对这些田地的控制权逐渐被破坏。

首先是租种的佃户不交或少交地租,或者干脆不承认土地是寺院的,理由多多。另外一种情况就是土地周边的农户越界耕种,逐步侵占寺院田产,致使寺院土地逐步减少。

这不是最重要或者是最要命的。

最要命的或者说是釜底抽薪的是有人开始收寺院土地的田税。

这些土地按惯例都是不上税,也没有人收过税。

但是惯例是惯例,又不是政府文件。这些惯例都是建立在信徒或民众对宗教崇敬的情况下。而如果生在乱世,一般民众都是以生计为主,宗教崇拜则可能置于一边。

惯例在乱世中是难以执行。

乡村小吏开始向麦积山寺院的田地收税,这时期寺院的田地已经尽剩下山间薄田。

这些山地,由于土质、光照等原因产量很低,二十年前坡地小麦的亩产量也就是一百多斤,和川地平原地区六百多斤的亩产量完全不是一个概念。

但是,乡村小吏却向寺院每亩征收田税二石九斗五

:: 1962年拍摄麦积山石窟

:: 1窟卧佛（明代）

升，也就是三石，折合现今的重量大约为 360 斤。

明代的田赋，根据各个地区土地肥厚、位置、水利等情况，田赋各不相同，上田（土地好、收成高）的田赋约为一石两斗，一百斤出头，而下田的田赋比例就更小一些。

麦积山寺院每亩应收三石田赋，相当于每亩的全部产量，这虽然是按照高产的川地来计算田赋，甚至更高，有些田地因战乱荒芜，乡官仍然是按田地面积计税。

之所以有这样的情况，估计是明末政局危困，民变四起，为了应付战争，供应军队，政府也就增加田赋。而基层的乡官也就自然将这种征粮的压力分解到寺院土地上。

寺院也就是在这种背景下逐渐衰落，经常有"催租者擂打寺门不休"。

其实也不是所有的寺院都是这样，麦积山石窟的仙人崖就是另外一个模样。

仙人崖石窟的规模比麦积山石窟要小得多，因其地理位置独特，在明清时期也成为了一方大寺。

在前面的篇章中，我们谈到过"古道"，而仙人崖就是在古道的出口附近，这个古道在后期成为一条民间商道，连通天水至汉中之间的商贸联系。在这条路上，也就自然形成了诸多的村镇，至今还能看到很多商贸遗迹。

这是催生仙人崖成为一个大寺的基本原因。

但是在乱世，这个是不管用的。

仙人崖能在明代昌盛发达，主要是因为这里是明朝韩王的家庙，家庙的地产也自然是韩王府的地产。

最早在永乐十四年（1416年）五月初三，明成祖朱棣就曾给这个寺庙颁过一道圣旨，要所在地的民众崇敬本寺僧人尕立什加的教诲，田地山林等不许侵占。

当时寺院住持是藏族僧人尕立什加，至于因何缘由朝廷钦赐圣旨不得而知，但是这个圣旨就奠定

∷ 仙人崖大明敕赐灵应寺碑（左）和钦赐韩府官地碑（右）

∷ 仙人崖大雄宝殿二十四天壁画

:: 仙人崖石窟西崖殿宇

了明代该寺院在秦州的地位。

明朝廷一开始就有封王制度，将皇子分封为诸王并外派，以拱卫京师。

朱元璋洪武二十四年（1391年），朱元璋第二十子朱松被封为韩王，封地在甘肃平凉府。

韩王的势力范围不局限于平凉，甘肃的多地都有韩王的印迹。

明隆庆四年（1507年），时为第十一任韩王朱朗錡为韩王。

时任秦州知州的杜延栋判决了一场土地官司，是关于韩王府在仙人崖周边的土地官司。以此看来，韩王府在仙人崖占有土地已经有很长时间了。

韩王府的土地从判决看，除了仙人崖周边的十余里地之外，还有很大面积的土地，大致范围包括东柯谷二十至三十公里范围内的土地以及仙人崖周边的土地，田亩未经计算，但可以肯定比麦积山寺院多得多。

另外以仙人崖明代一朝的塑像、壁画等艺术水平来看，远远高于麦积山石窟，是可以代表当时比较高的水平，而麦积山石窟则完全是民间工匠所为。

在这种背景下，明代末期尽管战乱，但是仙人崖还是没有受到大的影响，在地方官员的庇护下得以正常发展。

麦积山寺院没有这样的背景，自然是归于衰落。

一个偶然的事件，改变了这种窘境。

当时农民起义四起，政府也出兵镇压。

崇祯十五年（1624年），巡道范学颜镇压天水农民起义，临时驻在寺院里。

这说明，起义军多隐藏在麦积山周边的深山里，寺院相对一般的山区民宅，自然要宽敞一点，所以也是临时部署驻扎的良好场所。

这样既不扰民，又来往便利，两得其好。

范学颜为山西万泉县人，目前不知道更多的资料。

范学颜来到寺院，看到殿宇不遮风雨，寺僧袈裟破旧，面色惨淡，遂问寺院香火如何。

一句话勾起了方丈能信的伤心事，眼泪止不住流出，

∷ 麦积山瑞应寺大殿壁画局部

:: 瑞应寺外景

就将寺院香火田被乡官催收田租的事向范学颜哭诉。剩下的几个僧人也是一起眼泪汪汪。

范学颜颇为震怒,千百年来寺院香火都是依靠香火田维系,何有向寺院催收田租之事。寺院仅有的一些山田,对其征收田税对国库没有任何的益处,反而使民众对佛教崇敬之心荡然无存,弊远大于利。范学颜转身对跟随的秦州知州毛凤冠说,此事当为地方父母官之责,应即召乡官至寺院,申说原由,晓喻地方,不得再行催收。

毛凤冠立即差人将乡官、村里乡老等传唤到寺院。

乡官何曾见到这种场景,立即磕头认错,承诺不再催收。

方丈怕日久月移,世事变幻,再有乡官上寺催收,遂请毛凤冠发一个州府文告,明确麦积山寺院田地不得再催收田税。

事罢,方丈请举人姚隆运撰写了《麦积山开除地粮碑》,对此事的前因后果进行了说明。在碑文的开头部分提到"(麦积山)古迹系历代敕建者,有碑碣可考,自姚秦至今一千三百多年",这间接地指明了麦积山的开窟年代,也是历史研究的辅助性资料。

可能当时寺院中还有更多的碑刻记录了麦积山的相关历史事件，可惜这些碑刻却无法寻觅了。

麦积山田产免去了地粮，这种事情在当时确实会起到很大作用，无论是官府、乡官、乡老士绅、寺僧等都认可这样的官府文告，一般不会有纠纷发生。

但是很多事情都经不起岁月消磨。

七十年后，侵占寺院田地的事件再次上演。

这已经是清乾隆时期。

这时候寺院的田地仅仅是麦积山周边的一些山间薄田，不是坡地，就是阴地（山沟里面，光照时间短），亩产量都很低，在《麦积山开除地粮碑》中也说到："（麦积山的气候是）春回暑际，霜落秋前。"

但是周边的农户还是采用逐步侵占的方法侵占寺院土地，甚至是直接开垦寺院范围内的山坡，砍伐树木，寺僧也是往往诉与官府。

这种事情在当时可能是比较多，所以官府也颇为头疼。形成这种原因，可能和当时人口增加，一些人口向山区迁移，造成山区土地紧张有关。

此次官司由秦州知府费廷珍判

∷ 冯国瑞先生

决。

诉讼不复杂,寺院土地都有历代凭证,所以判决起来也很简单。

判决后寺院将香火田的四至范围和诉讼判决刻碑记事(乾隆二十九年,1764年),立于大殿前廊位置。

当时麦积山石窟的"四至"范围是:东至天池坪高岭为界,南至老庵大梁为界,西至庙沟梁为界,北至前湾石堡为界。

值得注意的是,在正文后缀的人名中,除了官员如知州和其他官员,还有两百余人的名单。在这些名单中,除了一些州县知名的士绅外,可能更多的是周边乡民,刻名于此,以此纪事。

这样的刻碑记名应该是对周边乡民的一种约束。

但是岁月风尘之下,多事难得长久。

至民国时期,麦积山寺院已经是没有任何土地了,数名僧人的生计是依靠周边村民捐献的几亩土地维持。

:: 1953年文化部麦积山石窟艺术勘察团留影

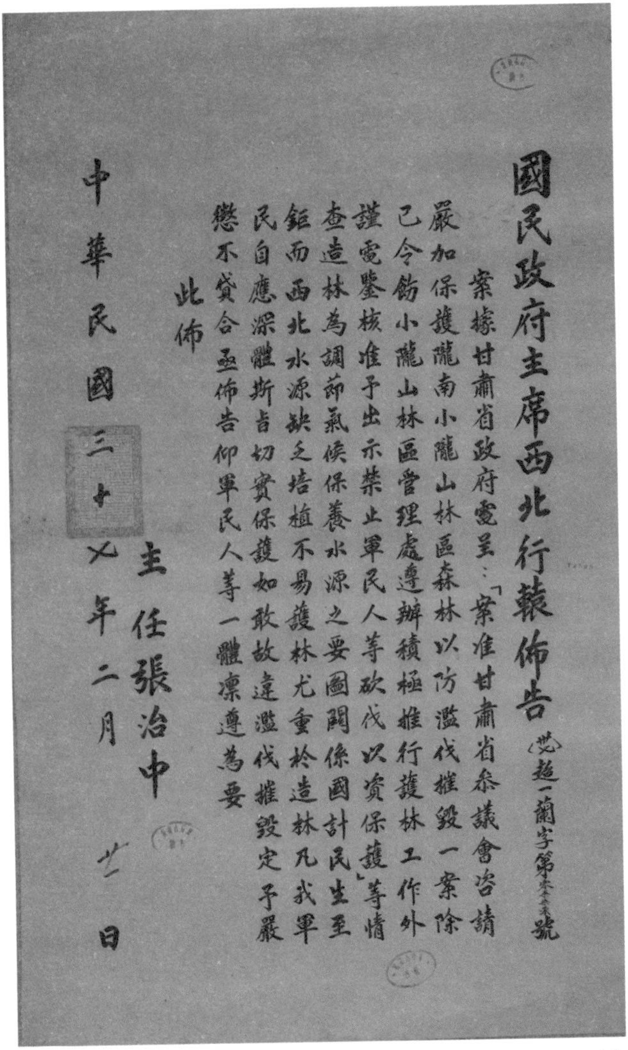

国民政府主席西北行辕佈告 荒字第号

案據甘肅省政府電呈：「案准甘肅省參議會咨請嚴加保護隴南小隴山林區森林以防濫伐摧毀一案除已令飭小隴山林區管理處遵辦積極推行護林工作外謹電鑒核准予出示禁止軍民人等砍伐以資保護」等情查造林為調節氣候保養水源之要圖關係國計民生至鉅而西北水源缺乏培植不易護林尤重於造林凡我軍民自應深體斯旨切實保護如敢違溷伐摧毀定予嚴懲不貸合亟佈告仰軍民人等一體凜遵為要

此佈

主任 張治中

中華民國三十七年二月　日

:: 西北行辕发布的《护林布告》

可能所有人都忘了，这些土地本来就是寺院的。

如果寺僧能细读明清时期的土地碑文，应该是怎样一种感受。

也只能是一声长叹！

因为寺院的土地是山下的村庄供养的，所以当时的习俗如果僧人骑马（驮运粮食用）路过村庄，必须是下马而行，不得骑马而过，否则就会受到指责甚至是打骂。

数年前，笔者和乡村少年坐饮，酣畅之时，少年说起寺僧过村之规矩，言说土地都是他们村庄的，寺僧必须尊抬（尊敬）他们。我抚掌大笑。

少年的话肯定是从老辈的村民那里听来的，这些都是历史的印记。

1941年，天水学者冯国瑞先生调查麦积山石窟，并撰写了《麦积山石窟志》。是麦积山研究的开拓者。

在以后数年中，冯先生多次来往麦积山，和寺僧本善多有交往。本善对冯国瑞先生也十分信赖。

当时随着周边人口增加，砍伐林木的事情在麦积山四周每天上演，石窟周边几乎砍尽。本善无力阻止，在一次谈话中说出了自己的担忧，请冯先生出面阻止。

冯先生仅为一介学者，面对乡民大规模的砍伐是完全没有办法的，但是冯先生也深知，石窟周边的树木也是必须要保护，否则，石窟将失去基本的气韵。

冯先生以自己兰州大学教授的身分，辗转联系上了西北行辕主任张治中先生，申明利害。张治中先生遂以西北行辕的名义发布了一个护林布告（1948年2月21日）。

布告的内容包含了天水周边的小陇山区域,案准甘肃省参议会请严加保护陇南小陇山区森林以防滥伐摧毁……山林为调节气候,保养水源之要,图关系国计民生之巨,而西北水源缺乏,培植不易,护林重于造林,凡我军民自应斯旨,切实保护,如敢违滥伐摧毁,定严惩不贷。

于此,麦积山周边树林的砍伐得到有效遏制。寺僧本善感念冯先生恩德,将冯先生称为大菩萨。

从明代末期的暮色秋风中,麦积山在不停地走向衰落。

一直到1952年10月西北文化部派员考察麦积山和1953年7月中央文化部派员考察麦积山,这种衰落才画上了句号。

曙光照耀着麦积山石窟。

∷ 薄肉塑飞天线描图

后语

将专著写成闲书,将研读变成悦读

原境考古、现场重建、情景再现。

这三个词语贯穿这本书的始终。

其实就是一个意思,无论是考古研究还是历史人文阐述,都是要真实地走进历史环境,现场感受历史现场或人物感情。只有这样,研究成果才能更可靠,人文阐释才能更感人!

2018年底,到外地出差,归途时为了打发时间,提前买了一本在电视上热播的人文历史片《河西走廊》的书本,书中的叙事方式很新颖,使读者在很轻松的状态下理解河西走廊宏大的历史篇章。

通常我们对河西走廊的理解,都是宏大的历史篇章,如霍去病驱逐匈奴、商队西行等,但这些内容和我们太遥远,显得不可触摸,无法真切感受。但是《河西走廊》这本书却用一个个真实的历史人物把我们拉回到了可以触摸、可以真实感受的历史场景。

河西走廊以真切的历史面目呈现在我们面前。

对麦积山石窟的阐释,无论是出版物还是现场讲解,都是以古代佛教艺术为重点,但是"艺术"一词对更多的读者或是听众而言,都显得虚空而不可捉摸,无法真切感受,无法引起心灵的共鸣。

麦积山石窟的历史都是由"人"来完成和创造的。这些人有高官大吏,但更多的是和我们一样的普通人,有着真切的情感,有着生活中的无奈和痛苦、欢乐和悲伤,这些内容离我们更近,更能引起普通人的心理共鸣。

我们需要走进历史、融入历史,而不是遥望历史、旁观历史。

这些雕塑和窟龛,都凝结着这些历史人物内心的希冀和盼望,所以我们通过这些雕塑和壁画采用现场还原或情景再现的笔法将一个个历史人物的生活轨迹、心路历程等展现出来,让读者在悦读中深度感受到麦积山石窟的历史人文。

当然,这种阐释不是演绎,都是要建立在严谨的历史考据之下。

历史文化的传承一方面是物质文化的传承,但同样重要的是人文精神的传承。只有将研究成果转化为可以在普通民众中传播的文化形态,才可能被铭记、被历史传承,从而达到"文化滋养社会"的目的。

所以，作为麦积山石窟的研究者，我有责任、有义务将麦积山石窟的研究成果转化为普通读者可以悦读的闲书，将麦积山石窟深厚的文化、动人的故事普及或融化在普通读者的心灵中，从而达到"润物细无声"的文化滋养效果。

愿更多的读者能了解麦积山，热爱麦积山！